10|18
12, avenue d'Italie — Paris XIIIe

Du même auteur
dans la collection 10/18

LE FIL DU RASOIR, n° 1399
LA COMÉDIENNE, n° 1474
CATALINA, n° 1546
IL SUFFIT D'UNE NUIT, n° 1547
LA PASSE DANGEREUSE, n° 1697
VACANCES DE NOËL, n° 1698
L'ENVOÛTÉ, n° 1707
LE FUGITIF, n° 2049
LA RONDE DE L'AMOUR, n° 2050
LE SORTILÈGE MALAIS, n° 2610
AMOURS SINGULIÈRES, n° 2659
L'ARCHIPEL AUX SIRÈNES, n° 2714
LA FEMME DANS LA JUNGLE, n° 2839
SERVITUDE HUMAINE, n° 2866

Mr. ASHENDEN, AGENT SECRET

PAR

SOMERSET MAUGHAM

Traduit de l'anglais
par Joseph DOBRINSKY,
Claude THOMAS, Pierre NORDON
et Jacky MARTIN

10 18

« Domaine étranger »
dirigé par Jean-Claude Zylberstein

Si vous désirez être régulièrement tenu au courant
de nos publications, écrivez-nous :
Éditions 10/18
c/o 01 Consultants
35, rue du Sergent-Bauchat
75012 Paris

Titre original :
Ashenden, or the British Agent

ISBN 2-264-02448-8

Mr. ASHENDEN, AGENT SECRET

Préface 9

Miss King, *Miss King*, traduit par Joseph Dobrinsky.. 15
Le Mexicain chauve, *The Hairless Mexican*, traduit par Joseph Dobrinsky........................ 63
Giulia Lazzari, *Giulia Lazzari*, traduit par Claude Thomas................................ 116
Le traître, *The Traitor*, traduit par Pierre Nordon 169
Son Excellence, *His Excellency*, traduit par Pierre Nordon 218
Pile ou face, *The Flip of a Coin*, traduit par Claude Thomas................................ 261
Le linge de Mr. Harrington, *The Harrington's Washing*, traduit par Jacky Martin 268

Préface

Ce recueil s'inspire de mon expérience d'agent secret pendant la guerre[1]*, mais remaniée au service de la fiction. Car la réalité est un piètre conteur. Elle entame ses récits au petit bonheur, en général bien avant le début de l'action, marche à l'aventure et décroche avant d'avoir dénoué les fils de ses intrigues. Elle s'achemine vers une scène à faire, puis tourne court et saute du coq à l'âne ; elle n'a pas le sens de la gradation dramatique et en noie les effets dans des détails oiseux. Pour les romanciers d'une certaine école, ce modèle s'impose à la fiction. Si la vie adopte une démarche capricieuse et sautillante, eh bien, disent-ils, la fiction doit en faire autant, vu que sa raison d'être est de la reproduire. Le hasard, qui préside aux événements de la vie, devrait régir la conduite du récit qui, pour ne pas violer la vraisemblance, évitera d'aboutir à un point culminant et se contentera d'aller droit devant lui. Rien ne leur déplaît tant que les coups de cymbales, les retourne-*

1. Celle, bien entendu, de 1914. Quatorze autres nouvelles du même cru, estimées trop confidentielles par Winston Churchill, sont restées inédites. L'auteur, au dire de son secrétaire, les aurait détruites vers la fin de sa vie. *(N.d.T.)*

ments de situation dont usent certains auteurs pour faire naître la surprise. Quant à eux, si leur récit semble conduire à un effet théâtral, ils s'emploient à l'éviter. N'attendez pas d'eux une histoire mais, tout au plus, les matériaux à partir desquels vous pourrez édifier la vôtre. Il peut s'agir d'une anecdote, à première vue non élaborée, et dont on vous invite à déchiffrer le sens. Ou bien d'un personnage qu'on se contente de vous présenter. On vous fournit les ingrédients d'un plat en comptant sur vous pour l'apprêter. En particulier, c'est là une façon comme une autre d'écrire des nouvelles, et qui en a inspiré de fort bonnes, notamment à Tchekhov. La méthode se prête mieux à des récits très courts qu'à de longs textes. L'évocation d'un état d'âme, d'un entourage ou d'une ambiance morale peut retenir l'intérêt sur cinq ou six pages, mais une nouvelle qui s'étend sur cinquante a besoin d'un canevas pour la soutenir. Il va de soi que l'intrigue en tient lieu.

Or, une intrigue narrative présente des particularités contraignantes. Elle comporte un début, un milieu et une fin. Elle constitue un ensemble autonome. A partir d'un faisceau de circonstances, aux origines connues ou inconnues, dont procède l'action, des conséquences s'enchaînent jusqu'au moment où le lecteur n'éprouve plus le besoin de connaître la suite. Cela implique qu'une histoire devrait commencer à un certain stade pour s'achever à un autre non moins défini. Elle ne devrait pas zigzaguer mais suivre une courbe franche et nette depuis l'exposition jusqu'au point culminant. Représentée sous la forme d'un diagramme, cette progression donnerait un demi-cercle. L'élément de surprise ne gâte rien, et les coups de cymbales ou retournements de situation, que méprisent les imitateurs de Tchekhov, ne constituent des fautes qu'en des mains maladroites : lorsqu'ils s'intègrent au récit et participent de son dénouement logique, leur apport est on ne peut plus positif. La montée de l'action vers un sommet, qui répond à une attente spontanée du lecteur, n'a rien de critiquable en soi : elle ne prête à redire que si les données préalables du récit n'y tendent pas naturellement. S'en écarter sous prétexte qu'en règle générale la vie nous offre des fins boiteuses n'est qu'une affectation.

Pourquoi, en effet, tenir pour un axiome que la littérature doit imiter la vie ? Ce n'est là qu'une théorie parmi d'autres. Il en existe, d'ailleurs, une seconde, qui n'est pas moins plausible : elle donne pour objet à la fiction de ne puiser dans le réel que la matière première des motifs qu'elle élabore. L'on en trouve une bonne analogie dans la peinture. Les paysagistes du XVII*e siècle ne se souciaient pas de représenter directement la nature : elle n'était à leurs yeux qu'un point d'appui pour un art de décoration formaliste. Ils construisaient un tableau en architectes, en équilibrant des masses — celle formée par un arbre avec celle des nuages, par exemple — et jouaient des lumières et des ombres pour obtenir un motif pictural bien défini. Leur propos n'était pas de reproduire un paysage, mais de créer une œuvre d'art, une composition méditée. En ordonnant ainsi les éléments fournis par la nature, ils se contentaient de ne pas heurter de front l'idée que leur public se faisait du vrai. Les impressionnistes ont été les premiers à peindre ce qu'ils voyaient. Ils ont tenté de saisir au vol les beautés de la nature : il leur suffisait de rendre l'éclat du soleil, la couleur des ombres ou la transparence du ciel... Ils cherchaient la vérité, réduisant le peintre à n'être qu'un regard et une main, et faisaient peu de cas de l'intelligence. Leurs tableaux nous sem-*

blent, aujourd'hui, étonnamment vides au regard des majestueuses compositions du Lorrain. La méthode du Lorrain annonce celle de Maupassant, ce maître de la nouvelle. Elle a de grandes vertus et j'ai le sentiment qu'elle survivra à l'autre. Déjà, notre intérêt pour la façon d'être des bourgeois russes d'il y a cinquante ans commence à fléchir et l'intrigue des nouvelles de Tchekhov n'est pas, en général, assez captivante (au sens où peut l'être l'histoire de Paolo et de Francesca ou celle de Macbeth) pour retenir l'attention au-delà de l'intérêt qu'inspirent les personnages. La méthode dont je parle consiste à choisir dans la réalité ce qui intrigue, révèle, ou s'offre au traitement dramatique ; sans viser à copier la vie, elle en reste assez proche pour ne pas ébranler l'adhésion du lecteur ; elle retranche des détails pour en modifier d'autres et, à partir des faits qui s'y prêtaient le mieux, accède à une décoration formalisée, à une composition qui est le fruit de l'art. Dans la mesure où le tempérament de l'auteur s'y reflète, il s'agit d'un autoportrait partiel, mais conçu pour émouvoir, intéresser, captiver le lecteur. Si l'œuvre est réussie, ce dernier la croit vraie.

J'ai écrit ce qui précède pour qu'il soit clair que le présent recueil est une œuvre de fiction, mais guère plus, il me semble, que plusieurs des ouvrages sur le même sujet, parus depuis quelques années, et qui se donnent pour des relations exactes. Dans l'ensemble, le travail d'un agent secret est très routinier. Bien souvent, il s'avère singulièrement ingrat. Les anecdotes qu'il offre à un conteur sont fragmentaires et plates : c'est à lui qu'il revient de les rendre cohérentes, dramatiques, en même temps que plausibles.

En 1917, j'avais reçu mission de me rendre en Russie pour faire obstacle à la révolution bolchevique et maintenir ce pays dans la guerre. Inutile de rappeler au lecteur l'échec de ma tentative. Au cours du long trajet qui m'amenait de Vladivostok à Petrograd, mon train s'arrêta un jour dans une gare sibérienne dont j'ignore le nom et, comme d'habitude, les voyageurs descendirent sur le quai : les uns pour refaire la réserve d'eau de leur samovar, d'autres pour acheter des provisions, d'autres encore pour se dégourdir les jambes. Un soldat aveugle était là sur un banc, au milieu de ses camarades : il y avait de vingt à trente hommes de troupe, certains assis près de lui, d'autres debout derrière. Leurs uniformes étaient maculés et en loques. L'aveugle, un robuste gaillard, était très jeune. Ses joues qui n'avaient jamais connu le rasoir étaient recouvertes d'un léger duvet blond. Il devait avoir moins de dix-huit ans. Son large visage aux gros traits épatés avait le front tailladé d'une énorme cicatrice : celle de la blessure qui l'avait privé de la vue. Ses yeux fermés lui donnaient une singulière expression d'hébétude. Il se mit à chanter d'une voix forte et mélodieuse en s'accompagnant d'un accordéon. Comme le train restait à quai, il chanta pour nous plusieurs chansons. Sans que j'en comprisse les paroles, leur véhémence et leur mélancolie évoquaient pour moi le cri des opprimés : j'imaginais la steppe désolée, les forêts infinies, le cours des grands fleuves russes, et tous les durs travaux de ces campagnes, du labour aux moissons ; je croyais entendre la plainte du vent d'automne dans les bouleaux, entrer dans les ténèbres des longs mois d'hiver, voir, au retour du printemps, danser les paysannes dans les bals de village, puis, en été, les jeunes gens se baigner dans les cours d'eau à l'étiage ; j'éprouvais l'horreur de la guerre, le froid glacial des nuits dans les tranchées, la fatigue des longues marches sur des chemins de boue, la terreur, la souffrance et la mort affrontées sur les champs de bataille. C'était insoutenable et bouleversant. Les voyageurs remplirent de leurs oboles le calot posé sur le sol aux pieds du chanteur : une émotion commune les avait envahis, faite d'un élan de compassion sans bornes et d'une espèce de recul horrifié, car ce visage aveugle, traversé d'une balafre, avait de quoi faire peur ; il semblait appartenir à une créature d'une autre espèce, coupée des joies et des attraits du monde, déchue d'une partie de son humanité. Les autres soldats restaient figés dans un silence hostile. Leur attitude semblait impliquer que les aumônes de cette horde migratrice leur étaient bien dues. Une barrière séparait leur révolte arrogante de l'excès de notre pitié ; sans que personne eût la moindre intuition qu'un seul moyen restait de compenser le mal subi par cet infirme.

S. M.
1941

Miss King

Quand la guerre éclata, l'écrivain Ashenden était à l'étranger et ne parvint à regagner l'Angleterre qu'au début de septembre. Quelques jours après, le hasard voulut qu'à l'occasion d'une réception mondaine, on le présentât à un colonel entre deux âges, dont il ne saisit pas le nom. Les deux hommes échangèrent quelques paroles. A la fin de la soirée, comme Ashenden allait prendre congé, l'officier s'avança vers lui et l'interpella :

— Dites-moi, vous serait-il possible de passer à mon bureau ? J'aimerais beaucoup bavarder avec vous.

— Mais bien sûr, répondit Ashenden, quand vous voudrez.

— Demain, onze heures, cela vous irait-il ?

— Parfaitement.

— Je vais vous donner mon adresse. Auriez-vous une carte de visite ?

Sur celle qu'Ashenden lui tendit, le colonel griffonna au crayon un nom de rue et un numéro.

Le lendemain matin, en allant à pied à son rendez-vous, Ashenden se trouva dans une rue bordée de pavillons d'assez mauvais goût, en brique rouge, au sein d'un quartier de Londres déchu de son chic d'autrefois aux yeux des snobs. La maison où il devait se présenter portait un écriteau indiquant qu'elle était à vendre, et semblait inoccupée derrière ses volets clos. Mais la promptitude avec laquelle, en réponse à son coup de sonnette, un sous-officier lui ouvrit la porte le fit sursauter. Sans rien lui demander, on l'introduisit aussitôt dans une pièce toute en longueur à l'arrière du pavillon : de toute évidence, il s'agissait d'une ancienne salle à manger dont la tapisserie à ramages s'alliait mal au mobilier de bureau, pauvre et sommaire, qui l'occupait à présent. Ashenden eut l'impression d'entrer dans un appartement livré aux commissaires-priseurs après une saisie. Le colonel, connu dans les services secrets (Ashenden l'apprit par la suite) sous l'initiale de R., se leva pour lui serrer la main. C'était un homme maigre, et d'une taille légèrement au-dessus de la moyenne. Son visage bilieux, sillonné de rides, était barré par une moustache en brosse, et ses cheveux rares grisonnaient. Mais l'on ne voyait, d'abord, que ses yeux bleus très rapprochés : il s'en fallait de peu qu'il ne fût affligé d'un strabisme. Dur et cruel, son regard soupçonneux lui donnait une expression fuyante et rusée qui, dès le premier abord, décourageait la sympathie et la confiance, en dépit de ses manières affables et de son ton cordial.

Après un feu roulant de questions, il émit tout de go l'opinion qu'Ashenden avait de quoi se rendre singulièrement utile dans le contre-espionnage. Il connaissait plusieurs langues européennes, et sa profession d'écrivain lui servirait admirablement de couverture : sous prétexte de rédiger un livre, il pourrait, sans se faire remarquer, séjourner dans n'importe quel pays neutre.

— Je suis sûr, ajouta R. sur ce chapitre, que vos

observations vous seraient très précieuses pour vos romans.

— Tant mieux, répondit Ashenden.

— Voici, par exemple, une anecdote récente dont je vous garantis l'authenticité. Je m'étais même dit, sur le moment, qu'il y avait là un sujet en or. Un ministre français était allé à Nice pour se remettre d'une grippe. Il avait emporté avec lui, dans une mallette, des documents d'État très importants ; je dirais même : d'une importance capitale. Un ou deux jours après son arrivée, voilà que, dans un restaurant-dancing, il fait la rencontre d'une jolie blonde avec laquelle il sympathise beaucoup. Bref, il commet l'imprudence de la ramener à son propre hôtel : mais, le matin, au réveil, la demoiselle avait disparu et la mallette avec. Une fois dans la chambre, ils avaient trinqué ensemble et le ministre suppose que cette femme a profité d'un moment où il lui tournait le dos pour verser un narcotique dans son verre.

R. s'interrompit et regarda son interlocuteur. Un éclair de triomphe passa dans ses yeux bigles :

— Sensationnel, vous ne trouvez pas ?

— Est-ce vraiment arrivé récemment ?

— Il y a moins de quinze jours !

— Incroyable ! s'écria Ashenden. Voilà une anecdote qui traîne depuis soixante ans dans notre théâtre et qu'ont exploitée des romans par centaines. Et vous venez me dire que la vie vient seulement de rejoindre la fiction ?

Un peu décontenancé, R. se défendit.

— S'il le fallait, je vous assure que je pourrais vous donner les noms et les dates. Croyez-moi, la disparition des documents contenus dans la mallette a mis les Alliés dans un beau pétrin !

— Eh bien, mon colonel, si les services secrets

n'ont rien de mieux à offrir à la littérature, j'ai bien peur que ce soit un four. Franchement, cette histoire-là commence à être usée !

Les deux hommes eurent tôt fait de se mettre d'accord sur la marche à suivre. Et, quand il se leva pour repartir, Ashenden avait pris acte de ses instructions. Il devait se rendre à Genève dès le lendemain. Le ton désinvolte sur lequel R. conclut leur entretien n'en donna que plus de poids à ses dernières paroles :

— Je tiens à vous dire une seule chose avant de vous laisser entreprendre cette mission, et il vous faudra la garder en mémoire. En cas de réussite, n'attendez aucun merci ; en cas d'ennuis, n'attendez aucune aide. Cela vous convient-il ?

— A merveille.

— Dans ce cas, je vous souhaite le bonjour.

Ashenden rentrait à Genève par une nuit de tempête. Sous un vent glacial venu des montagnes, le vapeur trapu luttait contre les vagues qui agitaient le lac. Une pluie mêlée de neige balayait le pont par rafales, avec les accès de hargne d'une matrone acariâtre qui ressasse un grief. Ashenden s'était rendu en France pour rédiger et expédier son rapport. Deux jours plus tôt, vers cinq heures de l'après-midi, l'un de ses agents, d'origine indienne, était venu le voir dans sa chambre d'hôtel et ne l'y avait trouvé que par chance, car sa visite était impromptue : ses instructions lui enjoignaient de ne prendre contact avec son supérieur qu'en cas d'urgence et pour une raison grave. Ashenden avait appris de sa bouche qu'un Bengali au service des Allemands venait de passer la frontière en provenance de Berlin et que sa malle en osier noir contenait de nombreux documents propres à intéresser le gouvernement de Sa Majesté. C'était l'époque où les Empires centraux s'efforçaient de fomenter des troubles aux Indes pour contraindre l'Angleterre à y maintenir ses troupes, voire à en retirer de France pour les y affecter. On avait réussi à faire arrêter le Bengali par la police de Berne sous une inculpation assez sérieuse pour le neutraliser quelque temps ; mais l'on n'avait pas pu mettre la main sur la malle. L'agent d'Ashenden, un garçon fort habile et d'un grand courage, évoluait librement dans les milieux indiens hostiles à la cause britannique. Il venait d'y apprendre qu'avant d'aller à Berne, le Bengali avait pris la précaution de déposer le colis à la consigne de la gare de Zurich. Mais, à présent qu'il était en prison dans l'attente d'un jugement, il ne trouvait pas le moyen de faire passer à l'un de ses complices le bulletin de bagages. Les services secrets allemands, qui attachaient un grand prix à récupérer sans délai le contenu de la malle, mais désespéraient d'y parvenir dans le respect de la légalité, avaient résolu de s'en emparer cette nuit-là en pénétrant par effraction dans les locaux de la consigne.

La témérité et l'ingéniosité de ce projet émoustillèrent Ashenden, voué pour sa part à des missions souvent très fastidieuses. Il y reconnaissait la fougue et l'absence de scrupules du responsable local du service d'espionnage allemand. Mais, comme l'opération était prévue la nuit suivante à deux heures du matin, il n'y avait pas une minute à perdre. Il ne pouvait pas prendre le risque de télégraphier ou de téléphoner à l'officier des services britanniques en poste à Berne. Lui envoyer l'Indien était hors de question — cet agent lui avait rendu visite au péril de sa vie : si quelqu'un le voyait ressortir de la chambre, il y avait lieu de craindre qu'on ne retrouvât un jour son cadavre flottant à la surface du lac, percé d'un coup de poignard entre les omoplates. Ashenden n'avait qu'un seul recours : se déplacer lui-même.

En faisant très vite, il pouvait encore prendre le prochain train pour Berne. Il enfila son pardessus, mit son chapeau en dévalant les marches et sauta dans un taxi. Quatre heures plus tard, il sonnait à la porte du quartier général des services britanniques de contre-espionnage. Une seule personne, qu'il demanda à voir, y connaissait son nom. Un homme de haute taille, aux traits tirés, qu'il rencontrait pour la première fois, vint le chercher dans la salle d'attente pour l'introduire dans son bureau. Mis au courant, il consulta sa montre.

— Il est trop tard pour que nos services puissent intervenir à Zurich : pas moyen d'arriver à temps.

Il réfléchit.

— Nous allons mettre les autorités helvétiques sur cette affaire. Elles disposent d'un téléphone privé et, quand vos petits amis tenteront leur effraction, je suis convaincu qu'ils trouveront dans la gare à qui parler. En tout cas, je vous conseille de repartir pour Genève.

Il serra la main d'Ashenden et le reconduisit. Ce dernier ne se faisait aucune illusion : il ne connaîtrait jamais la suite des événements. Rivet minuscule dans une vaste machine d'un fonctionnement complexe, il n'avait jamais le privilège de suivre une action de bout en bout : qu'il eût aidé à son déclenchement, contribué à son épilogue, ou bien encore à l'une de ses étapes, il était rare qu'il apprît le résultat de son intervention. Il se sentait frustré comme par l'un de ces romans modernes qui, présentant au lecteur une série d'épisodes autonomes, lui laissent le soin d'en rassembler le puzzle, pour construire mentalement un récit qui se tienne.

A présent, malgré son cache-col et sa pelisse,

Ashenden grelottait. Il aurait pu s'installer pour lire dans le salon, bien chauffé et bien éclairé, mais il avait estimé préférable de n'en rien faire pour éviter d'être reconnu par quelque habitué de ce trajet, qui aurait pu, dès lors, s'interroger sur les motifs de ses navettes constantes entre Genève et Thonon-les-Bains. Dans l'obscurité du pont, il s'abritait donc du mieux qu'il pouvait, pour la durée de ce retour fastidieux. Il n'arrivait pas à distinguer devant lui les lumières de Genève, et la pluie, qui tournait de plus en plus à la neige, l'empêchait de se repérer. Le Léman, si joli par beau temps, et calme comme une pièce d'eau dans un jardin à la française, prenait, sous la tempête, l'aspect ténébreux et sinistre d'une mer démontée. Ashenden se promettait, dès son retour à l'hôtel, de faire allumer un feu dans sa cheminée devant laquelle, après un bain brûlant, il s'installerait pour dîner douillettement en pyjama et robe de chambre. La perspective de cette soirée en tête à tête avec sa pipe lui réchauffait le cœur au point de justifier bel et bien rétrospectivement les affres de la traversée.

Deux matelots, baissant la tête pour se protéger des rafales de neige fondue, passèrent près de lui d'un pas lourd et l'un d'eux lui cria :

— *Nous arrivons*[1].

Ils se préparaient à retirer une barre du bastingage pour faire place à la passerelle de débarquement. Ashenden s'efforça à nouveau de percer les ténèbres où le vent mugissait, et distingua avec soulagement, au milieu du brouillard, les lumières du quai. Il ne fallut pas plus de deux ou trois minutes pour amarrer le bateau et Ashenden, le visage tout emmitouflé, rejoignit le petit groupe de passagers qui attendait pour

1. En français dans le texte. *(N.d.T.)*

descendre. Malgré la fréquence de ses voyages — car il devait passer le lac une fois par semaine pour remettre son rapport et recevoir ses instructions sur le sol français — il n'avait jamais l'esprit bien tranquille au moment de débarquer. Rien sur son passeport n'attestait son transit par la France : le vapeur y faisait deux escales au cours d'un circuit qui partait de la Suisse pour y revenir ; si bien qu'Ashenden pouvait ne s'être rendu qu'à Vevey ou à Lausanne. Mais comment être sûr que la police secrète ne l'avait pas remarqué et n'avait pas découvert en le faisant suivre qu'il avait fait étape en France ? Dans ce cas, il aurait du mal à expliquer l'absence d'un cachet sur son passeport. L'histoire qu'il avait préparée lui semblait à lui-même assez peu convaincante. Certes, les autorités helvétiques seraient bien en peine de démontrer qu'il n'était pas un touriste ordinaire, mais il n'en risquait pas moins de passer deux ou trois journées désagréables sous les verrous, puis de se voir piteusement reconduit *manu militari* jusqu'à la frontière ! Les Suisses n'ignoraient pas que leur pays était un nid d'espions : une foule d'agents secrets de tout poil, de révolutionnaires, d'agitateurs hantaient les hôtels de leurs villes principales. Soucieux de maintenir sa neutralité, leur gouvernement était fermement décidé à réprimer tous les agissements susceptibles de troubler ses bons rapports avec l'une ou l'autre des puissances belligérantes.

Comme d'habitude, deux policiers, debout sur le quai, surveillaient la descente des passagers, et Ashenden, qui prit son air le plus désinvolte en passant devant eux, eut le soulagement de ne pas être interpellé. Il s'enfonça dans l'obscurité, pressant le pas vers son hôtel. La tempête avait dédaigneusement balayé tout ce qui faisait l'ordre et la propreté méticuleuse de la promenade. Les magasins étaient fermés et les rares passants qu'il croisa avançaient de guingois, la tête rentrée dans les épaules comme s'ils fuyaient la vindicte aveugle de l'Inconnu. En cette nuit d'encre dont le froid vous transperçait, la civilisation semblait prendre honte de ce qui la séparait de la nature et se faire humble face à la fureur des éléments.

C'était de la grêle, à présent, qui cinglait son visage. La chaussée que l'eau rendait glissante l'obligeait à n'avancer qu'avec précaution. Son hôtel donnait sur le lac. Quand il arriva, un chasseur lui ouvrit la porte et un tourbillon d'air l'accompagna jusque dans le vestibule, faisant s'envoler les papiers de la réception. Ébloui par la lumière vive, Ashenden s'arrêta au bureau pour demander s'il avait du courrier. Comme il n'y avait rien, il était sur le point de prendre l'ascenseur quand le réceptionniste l'informa que deux messieurs l'attendaient dans sa chambre. Ashenden ne connaissait personne à Genève.

— Vraiment ? s'écria-t-il, stupéfait. De qui peut-il s'agir ?

Pour se faire bien voir du réceptionniste, il l'avait remercié par de copieux pourboires pour ses menus services. Ce dernier le regarda avec un petit sourire.

— Je peux bien vous le dire : ces gens sont de la police.

— Qu'est-ce qui les amène ? demanda Ashenden.

— Ils ne m'ont pas fait de confidences. Ils voulaient savoir où vous étiez. Quand je leur ai dit que vous faisiez une promenade, ils ont déclaré qu'ils attendraient votre retour.

— Ça fait longtemps qu'ils sont là ?

— Une heure.

Ashenden, consterné, prit soin de conserver un visage impassible.

— Je vais voir ce qu'ils veulent, dit-il.

Mais, quand le garçon d'ascenseur s'effaça pour le laisser entrer dans la cabine, il secoua la tête :

— Non, je monterai à pied pour me réchauffer un peu.

Pour se donner le temps de réfléchir, il gravit lentement les trois étages. Ses jambes n'arrivaient pas à le suivre. La raison pour laquelle deux officiers de police tenaient tellement à le voir n'était pas mystérieuse. Pressé de questions, il craignait de s'effondrer. Et si on l'arrêtait pour espionnage, il n'échapperait pas, pour cette nuit au moins, à la prison. Lui qui rêvait plus que jamais d'un bain brûlant et d'un repas tranquille au coin du feu ! Il eut la tentation de faire demi-tour et de fuir l'hôtel en y abandonnant toutes ses affaires : n'avait-il pas son passeport en poche ? Il connaissait par cœur les heures des trains pour la France et serait hors d'atteinte avant même que les autorités helvétiques aient eu le temps de se retourner. Pourtant, il continuait de monter d'un pas lourd. L'idée de renoncer si facilement à son entreprise lui déplaisait fort. N'avait-il pas accepté en connaissance de cause de partir pour Genève ? Il estimait souhaitable de mener sa mission jusqu'à son terme. A coup sûr, la perspective de passer deux années dans une prison suisse ne l'enchantait guère, mais c'était là un risque du métier : au même titre que, pour un monarque, l'éventualité d'un assassinat. Arrivé au troisième palier, il se dirigea vers sa chambre.

Le manque de sérieux d'Ashenden lui était souvent reproché. Sans doute restait-il enclin à prendre les choses avec le sourire car, dans l'instant où il hésitait à franchir la porte, sa situation lui apparut soudain sous un jour plus ou moins comique. Reprenant courage, il s'avisa de payer d'audace et, après avoir tourné la poignée, affronta ses visiteurs avec un franc sourire :

— Bonsoir, messieurs, dit-il.

La pièce baignait dans une vive lumière. Toutes les lampes y étaient allumées cependant qu'un bon feu flambait dans l'âtre. Mais l'air était envahi par la fumée grise des âcres cigares à quatre sous que, pour tromper leur attente, les deux inconnus fumaient à la chaîne. A les voir assis, engoncés dans leur pardessus et coiffés de leur chapeau melon, l'on aurait pu croire qu'ils venaient d'arriver ; mais il suffisait de regarder les cendres accumulées dans le petit cendrier posé sur la table pour changer d'avis : ils devaient être là depuis assez longtemps pour connaître par cœur la disposition des lieux. Bien charpentés, inclinant à la corpulence, ces deux colosses moustachus rappelaient à Ashenden les deux géants de *l'Or du Rhin* : Fafner et Fasolt. Leurs énormes brodequins, leur façon pataude de se carrer dans leur fauteuil, leur air soupçonneux et balourd à la fois ne laissaient aucun doute sur leur appartenance à la police d'État. Ashenden jeta un coup d'œil autour de lui. C'était un homme soigneux et il vit aussitôt que ses affaires, encore que bien remises en ordre, avaient été déplacées. Il devina que ses effets personnels avaient été soumis à une perquisition. Il ne s'en émut pas, car il ne gardait chez lui aucun papier compromettant. Il avait appris par cœur son code secret, et déchiré le modèle avant de quitter l'Angleterre. Les messages qu'il recevait d'Allemagne lui étaient remis par des tiers et il s'empressait de les transmettre à leurs destinataires. Mais, s'il n'avait rien à craindre d'une perquisition, l'existence de celle-ci étayait ses soupçons : quelqu'un l'avait dénoncé à la police pour ses activités de contre-espionnage.

— Que puis-je faire pour votre service, messieurs ? demanda-t-il d'un ton amène. Il fait chaud ici : n'aimeriez-vous pas vous mettre à l'aise ?

De les voir assis le chapeau sur la tête l'agaçait un peu.

— Nous ne restons qu'un instant, dit l'un d'eux. Nous passions dans le quartier et, comme l'on nous a dit à la réception que vous n'alliez pas tarder à rentrer, l'idée nous est venue de vous attendre.

Il ne s'était pas découvert. Ashenden dénoua son écharpe et enleva sa pelisse.

— Un cigare ? proposa-t-il.

Il présenta la boîte successivement aux deux inspecteurs. Le premier, Fafner, répondit : « Ce n'est pas de refus » ; le second, Fasolt, se servit en silence, ne prenant même pas la peine de le remercier.

Mais la marque des cigares sembla les impressionner puisque, après l'avoir vue, l'un et l'autre ôtèrent leur couvre-chef.

— Par ce temps de cochon, votre promenade a dû manquer de charme ? fit observer Fafner en jetant dans le feu le bout de son cigare qu'il venait de couper avec les dents.

Ashenden avait pour principe (non moins approprié à la vie quotidienne qu'à la pratique du contre-espionnage) de toujours s'en tenir à la vérité aussi longtemps qu'elle pouvait le servir. D'où cette réponse :

— Je ne suis pas fou. Je me serais bien gardé de sortir par un temps pareil sans y être obligé. J'avais promis d'aller voir aujourd'hui un ami malade qui habite Vevey. En revenant, il faisait un froid de chien sur le lac.

— Nous sommes de la police, laissa tomber Fafner négligemment.

Comment Ashenden aurait-il pu ne pas s'en rendre compte ? Ses visiteurs devaient le prendre pour un grand naïf. Mieux valait pourtant, en l'occurrence, éviter le persiflage.

— Ah bon ! fit-il.

— Avez-vous votre passeport sur vous ?

— Bien sûr. En ce temps de guerre, tout étranger a intérêt, je crois, à ne pas s'en séparer.

— C'est plus sage, en effet !

Ashenden lui tendit son beau passeport tout neuf, vierge d'indications au sujet de ses voyages. Il révélait seulement qu'il était venu de Londres trois mois plus tôt et n'avait plus ensuite traversé la frontière. L'inspecteur examina ce passeport avec soin avant de le passer à son collègue.

— Il m'a l'air tout à fait en règle, conclut-il.

Ashenden, debout devant l'âtre, une cigarette aux lèvres, essayait de se réchauffer. Il s'abstint de répondre. Tout en fixant les deux inspecteurs d'un regard circonspect, il se glorifiait de leur présenter un masque d'affabilité placide. Fasolt rendit le passeport à Fafner qui prit un air méditatif pour le tapoter d'un index dodu.

— Nous avons reçu l'ordre de venir vous poser quelques questions.

Ashenden sentit peser sur lui le regard scrutateur des deux hommes. Il n'ignorait pas que, lorsqu'on est en peine de répondre à propos, mieux vaut tenir sa langue. Quand une remarque qui appelle une réponse se heurte à un silence, celui qui l'a émise est un peu dérouté. Ashenden attendit la suite. Il avait l'impression que l'inspecteur tâtonnait.

— Nous avons reçu de nombreuses plaintes ces derniers temps à propos du vacarme que font les clients du casino lorsqu'ils en ressortent en fin de soirée. Nous aimerions savoir s'ils vous ont dérangé personnellement ? Étant donné que votre appartement donne sur le lac et que ces fêtards passent sous vos fenêtres, vous avez dû entendre leurs éclats de voix si ces plaintes sont fondées ?

Ashenden en fut abasourdi. Quelles balivernes on lui racontait là ! (Il entendait les battements de la grosse caisse accompagnant les lourds déplacements du géant sur la scène d'opéra.) Comment croire que la direction de la police genevoise lui aurait envoyé des limiers pour s'assurer qu'il n'était pas troublé dans son premier sommeil par des joueurs de baccara à la voix perçante ? Voilà qui ressemblait fort à un piège. Mais il n'est rien de plus sot que d'attribuer un sens profond à ce qui, au premier abord, est simplement inepte : c'est un piège dans lequel plus d'un critique littéraire subtil est tombé à pieds joints. Ashenden, qui croyait ferme à la bêtise humaine, s'en était bien trouvé tout au long de sa vie. Il comprit dans un éclair que, si l'inspecteur lui posait cette question, c'est parce qu'il n'avait pas l'ombre d'une preuve sur ses activités illégales. On avait dû le dénoncer sans détail à l'appui et la perquisition n'avait rien mis au jour. Mais quel mauvais prétexte pour leur visite ! De quelle pauvreté d'invention il témoignait ! Dans l'instant, Ashenden s'avisa de trois motifs que les inspecteurs auraient pu invoquer pour chercher à le voir et il regretta de ne pas être assez intime avec eux pour pouvoir les leur souffler. Celui-ci bafouait l'intelligence ! Ces hommes étaient encore plus stupides qu'il ne l'imaginait. Ashenden, qui avait toujours eu un faible pour les simples, contempla à présent ses interlocuteurs avec une indulgence inattendue. Il leur aurait volontiers passé la main dans les cheveux. Mais il répondit sérieusement sans se dérider.

— Ma foi, j'ai un sommeil de plomb : celui de l'innocence, sans doute ? Si bien que je n'ai jamais entendu le moindre bruit.

Ashenden les dévisagea, cherchant en vain sur leur visage inexpressif le petit sourire que sa remarque semblait mériter. Espion du gouvernement de Sa Majesté, Ashenden n'en restait pas moins un humoriste et soupira de voir qu'il manquait son effet. Il prit un air de dignité et continua d'un ton plus grave :

— D'ailleurs, même si des noceurs bruyants m'avaient réveillé, je n'aurais jamais songé à me plaindre. A une époque où le monde est si tourmenté et vit un tel calvaire, il serait de mauvais goût de troubler le plaisir de ceux qui ont la chance de pouvoir se distraire.

— *En effet*[1], approuva l'inspecteur. Reste qu'ils ont dérangé certaines personnes. D'où l'enquête qu'on nous a confiée.

Son collègue, au silence de sphinx, prit alors la parole.

— Je vois dans ce passeport que vous êtes écrivain ?

Rassuré, Ashenden se sentait d'humeur débonnaire. Il répondit gaiement.

— Rien de plus vrai. C'est un métier plein d'aléas, mais qui offre parfois certaines compensations.

— *La gloire*[1], commenta Fafner.

Ashenden se risqua à le contredire.

— Disons plutôt la notoriété.

— Et que faites-vous donc à Genève ?

L'aménité du ton raviva la méfiance d'Ashenden. Le moment où un policier devient plus aimable est celui où le sage voit venir le danger.

---

1. En français dans le texte. *(N.d.T.)*

— J'écris une pièce.

Ce disant, Ashenden fit un signe de la main (suivi par deux paires d'yeux) en direction de la table recouverte de feuilles manuscrites. Son bref coup d'œil lui avait confirmé que son manuscrit n'avait pas échappé à l'inventaire des inspecteurs.

— Pourquoi êtes-vous venu en Suisse pour écrire votre pièce au lieu de rester chez vous ?

Le sourire d'Ashenden s'épanouit car, depuis longtemps, il n'attendait que cette question pour placer sa réponse toute prête. Restait à voir comment elle passerait la rampe.

— *Mais, monsieur*[1], vous oubliez la guerre. En Angleterre tout est sens dessus dessous. Je ne vois pas comment je pourrais m'y asseoir derrière un bureau pour écrire une pièce à tête reposée !

— Est-ce une comédie ou une tragédie ?

— Une comédie, et qui plus est légère, répondit Ashenden. Un créateur a besoin de paix et de tranquillité. Faute d'une atmosphère sereine, comment pourrait-il maintenir en lui-même le détachement requis par son travail ? Puisque la Suisse a le bonheur d'être neutre, il m'a semblé que Genève m'offrirait l'ambiance idéale à laquelle j'aspirais.

Fafner hocha la tête à l'intention de Fasolt. Marquait-il son dédain pour une pensée si niaise ou sa compréhension d'un désir d'échapper aux tumultes du monde ? Ashenden eût été bien en peine de le dire. En tout cas, l'inspecteur s'était manifestement résigné à ne plus rien tirer de leur conversation : ses propos se firent décousus et, peu après, il se leva pour partir.

C'est avec un grand soupir de soulagement qu'après une poignée de main cordiale, Ashenden

1. En français dans le texte. *(N.d.T.)*

referma la porte de la chambre derrière ses visiteurs. Il ouvrit le robinet de sa baignoire pour la remplir d'une eau aussi chaude que possible et savoura, en se déshabillant, la pensée qu'il venait de l'échapper belle.

Un incident survenu la veille l'avait mis sur ses gardes. L'un de ses agents, un Suisse connu dans le service sous le nom de Bernard, était revenu depuis peu d'une mission en Allemagne. Ashenden, qui souhaitait le rencontrer, lui avait fixé un rendez-vous dans un café. Comme il ne l'avait jamais vu, et pour éviter toute erreur, il avait fait aviser Bernard du mot de passe qu'il lui faudrait fournir en réponse à sa question. L'heure choisie était celle du déjeuner, où le café devrait être assez vide. Et, en effet, Ashenden ne vit en entrant qu'un seul homme dont l'âge correspondait à celui de Bernard. Il vint à lui, lui posa sa question banale et, satisfait de sa réponse, s'installa à sa table et commanda un Dubonnet. L'espion, dont les vêtements criaient misère, était petit, trapu, avec des yeux bleus dans un visage rond au teint blême, des cheveux blonds taillés en brosse, et un regard chafouin. Il n'inspirait aucune confiance. Seule la difficulté de trouver des volontaires pour aller en Allemagne — dont Ashenden s'était aperçu — avait pu inciter son prédécesseur à recruter un tel individu. C'était un Suisse allemand et il parlait le français avec un accent à couper au couteau. D'emblée, il réclama ses gages qu'Ashenden lui remit en francs suisses, sous enveloppe. Il rendit compte de son séjour en Allemagne et répondit aux questions précises d'Ashenden. Son métier de garçon de café lui avait permis de trouver un emploi dans un restaurant allemand à proximité d'un des ponts du Rhin : cet endroit était tout indiqué pour recueillir les renseignements qu'on attendait de lui. Il avait trouvé un prétexte vraisemblable pour revenir quelques jours en Suisse et on ne devrait lui faire aucune difficulté au moment de repasser la frontière. Ashenden le félicita pour son habileté, lui donna de nouvelles instructions et allait mettre fin à leur entrevue lorsque Bernard lui lança :

— Tout ça, c'est bien joli mais, avant de repartir pour l'Allemagne, j'ai besoin de deux mille francs.

— Vraiment ?

— Oui, il me les faut tout de suite, avant que vous ne sortiez d'ici. C'est de l'argent que je dois et je ne peux pas attendre.

— Je regrette, mais c'est impossible.

L'homme fronça les sourcils, ce qui lui donna une mine encore plus patibulaire.

— Vous ne pouvez pas faire autrement !

— Comment ça ?

L'espion se pencha vers lui et, sans élever la voix, pour n'être entendu que de son interlocuteur, lui lança furieusement :

— Vous croyez quand même pas que j'vais continuer de risquer ma peau pour ces trois sous ? Il y a moins de dix jours, un type s'est fait prendre à Mayence et on l'a collé au mur. C'était pas un de vos gars ?

— Nous n'avons personne à Mayence, répondit Ashenden d'un ton désinvolte.

Vrai ou faux, il n'en savait rien officiellement. Mais le renseignement fourni par Bernard expliquait sans doute l'absence surprenante, depuis quelque temps, de nouvelles en provenance de cette localité. Ashenden reprit :

— Vous avez accepté cette mission en connaissance de cause. Si nos conditions ne vous convenaient pas, vous aviez tout loisir de refuser. Je n'ai pas qualité pour vous accorder un sou de plus.

— Lorgnez un peu ça, dit Bernard.

Sortant de sa poche un petit revolver, il souligna ses effets en promenant le doigt sur la détente.

— Que comptez-vous faire de ce joujou ? Le mettre en gage ?

L'espion furieux haussa les épaules et remit l'arme dans sa poche. Si cet homme, pensa Ashenden, avait eu un tant soit peu le sens du théâtre, il aurait fait l'économie d'un geste qui ne menait à rien.

— Vous ne voulez pas me remettre cette somme ?

— Il n'en est pas question.

L'espion était passé d'une note obséquieuse à un ton agressif. Malgré tout, il savait se contenir et se gardait constamment d'élever la voix. Cette belle canaille était un homme sûr. Ashenden résolut de proposer au colonel d'augmenter son salaire. La situation l'amusait. A une table proche, deux Genevois corpulents à barbe noire faisaient une partie de dames ; à l'autre bout de la salle, page après page, un jeune homme à lunettes écrivait une lettre-fleuve, au fil de la plume. Une famille suisse, composée d'un couple et de ses quatre enfants (et répondant, peut-être, au nom de Robinson) s'était fait servir en tout et pour tout deux petites tasses de café. Derrière son comptoir, la caissière, une grande brune, dont un corsage de soie noire enserrait le buste opulent, parcourait la gazette locale. Ce décor rendait saugrenue la scène de mélodrame à laquelle Ashenden participait. Sa propre pièce lui semblait bien plus vraie.

Bernard eut un rictus.

— Savez-vous qu'un mot de moi à la police suffirait à vous faire embarquer ? Les prisons suisses, vous connaissez ?

— Ma foi non. Ces derniers temps je me suis souvent demandé à quoi elles ressemblaient. En savez-vous plus que moi ?

— Ouais, et ça vous plairait pas des masses !

L'idée qu'il pourrait être arrêté avant d'avoir terminé sa pièce tracassait Ashenden depuis quelque temps ; il n'envisageait pas d'un cœur léger d'en voir la rédaction interrompue pour une période indéfinie. Serait-il traité en prisonnier politique ou en détenu de droit commun ? Il eut envie d'interroger Bernard sur les conditions de détention dans le second cas : le seul sur lequel il pouvait avoir quelque lumière. Lui laisserait-on alors le droit d'écrire ? Mais il eut peur que Bernard ne prît sa question pour un sarcasme. Malgré tout, il ne se sentait pas trop menacé et réussit à répondre avec calme au chantage dont il était l'objet.

— Bien entendu, vous pourriez me faire condamner à deux ans de réclusion.

— Deux au moins !

— Non, c'est la peine maximale encourue, à ce que je crois savoir, et j'estime que ça suffit bien. Je ne vous cacherai pas que, si ça devait m'arriver, j'y verrais de graves inconvénients. Mais ce serait encore bien plus fâcheux pour vous.

— Je ne vois pas ce que vous pourriez me faire ?

— Oh ! nous trouverions le moyen de vous avoir au tournant ! D'ailleurs, la guerre ne sera pas éternelle. En tant que garçon de café, il vous faut avoir les coudées franches. Si j'ai le moindre ennui, je peux vous garantir que vous serez interdit de séjour une fois pour toutes dans les pays alliés : de quoi vous gêner aux entournures !

Pour toute réponse, Bernard baissa le nez, fixant d'un air maussade le marbre de la table. Ashenden jugea le moment venu de régler l'addition et de quitter la place.

— Réfléchissez, Bernard, conclut-il. Si vous voulez reprendre votre poste, vous avez mes instructions : vous recevrez vos gages habituels par les voies que vous savez.

L'espion haussa les épaules. Pour incertain qu'il fût des résultats de ce dialogue, Ashenden estima qu'il entrait dans son rôle de sortir du café la tête haute ; ce qu'il fit en effet.

Mais, à présent, tout en tâtant de l'orteil la température de son bain pour voir s'il pourrait la supporter, il s'interrogeait sur le choix final de Bernard. Comme l'eau ne l'avait pas tout à fait échaudé, il s'y laissa glisser progressivement. Tout bien pesé, l'espion avait dû se convaincre qu'il avait intérêt à marcher droit. Il fallait chercher le mouchard ailleurs. Peut-être dans son propre hôtel ? Ashenden s'allongea dans sa baignoire et, quand il se fut fait à la chaleur de l'eau, soupira de plaisir.

« Vraiment, se disait-il, il y a dans l'existence des moments qui vous réconcilient avec les aléas qu'a connus notre espèce depuis sa création. »

Incontestablement, il avait eu de la chance de se tirer du pétrin où on l'avait fourré cet après-midi-là. Si on l'avait arrêté et condamné au bout du compte, R. se serait contenté de hausser les épaules et, tout en pestant contre sa bêtise, de lui trouver un remplaçant. Déjà, Ashenden connaissait assez son chef de service pour prendre à la lettre son avertissement : quand ce dernier l'avait prévenu qu'en cas d'ennuis, il ne devait compter que sur lui-même, ce n'était pas dans sa bouche une parole en l'air.

Bien au chaud dans son bain, Ashenden se réjouissait de penser qu'il pourrait, selon toute vraisemblance, achever en paix la rédaction de sa pièce.

La police avait fait chou blanc. Certes, à dater de ce jour, elle allait surveiller de près ses faits et gestes, mais il avait lieu de croire qu'elle ne ferait rien d'autre avant qu'il ait eu le temps au moins de dégrossir son troisième acte. La prudence s'imposait (son homologue à Lausanne s'était vu infliger une peine de prison quinze jours auparavant), mais à quoi bon se mettre martel en tête ? Son prédécesseur à Genève, qui s'exagérait sa propre importance, avait mal supporté de se voir filer du matin au soir. Ses nerfs avaient lâché : tant et si bien qu'on avait dû le rappeler. Deux fois par semaine, Ashenden devait se rendre au marché pour y recevoir ses instructions par l'entremise d'une vieille paysanne savoyarde qui venait y vendre du beurre et des œufs. Pour les marchandes qui se présentaient en groupe à la frontière, le contrôle demeurait très formel : leur passage avait lieu au point du jour, à un moment où les douaniers ne demandaient qu'à se débarrasser de ces bruyantes commères pour rentrer fumer leur cigare au coin du feu. Aussi bien, cette bonne grosse vieille, au visage rubicond et au large sourire, semblait si débonnaire et inoffensive qu'il aurait fallu être un vrai Sherlock Holmes pour soupçonner qu'au fond de son ample corsage se cachait un morceau de papier propre à faire déférer devant un tribunal une brave matrone française d'âge canonique (dont, en échange du risque qu'elle prenait, le fils se voyait dispensé de servir au front) et un écrivain anglais frisant la cinquantaine ! Ashenden arrivait au marché vers les neuf heures, quand la masse des ménagères genevoises avait terminé ses achats. Il s'arrêtait devant la corbeille près de laquelle cette femme restait héroïquement assise dans le vent ou la pluie, sous le soleil ou le froid, pour lui acheter une demi-livre de beurre. Elle lui glissait le message dans la main avec la monnaie de sa pièce de dix francs et il repartait d'un pas nonchalant. Il ne courait de danger que sur le chemin du retour puisqu'il avait, alors, ses instructions en poche. Mais, après l'alerte qu'il venait de connaître, il décida d'abréger le plus possible la période où il aurait sur lui cette pièce compromettante.

L'eau du bain perdait de sa chaleur. Ashenden soupira car il ne pouvait ni atteindre le robinet avec la main, ni l'ouvrir en se servant de ses orteils (comme toute installation bien conçue permet de le faire). Tant qu'à se lever pour faire couler de l'eau chaude, autant valait quitter la place. Mais le bouchon de vidange n'était pas non plus à portée de pied. Faute de pouvoir vider la baignoire, ce qui l'aurait contraint à en sortir, il n'avait pas assez de volonté pour s'en arracher d'un élan martial. On le louait souvent pour sa force d'âme mais les gens, se dit-il, concluent à la légère, à partir d'un dossier incomplet : que ne l'avait-on vu plongé dans un bain chaud en train de refroidir ! Cependant, il se remettait à songer à sa pièce, à essayer sur lui-même des épigrammes et des répliques tout en sachant d'expérience qu'une fois sur le papier ou dans la bouche d'un acteur, elles allaient, hélas, immanquablement s'affadir. Il en oubliait la température de son bain, à présent presque tiède, lorsqu'il entendit frapper à la porte. Une visite tombait mal : il eut la présence d'esprit de ne pas répondre « Entrez ». Mais l'on frappait à nouveau.

— Qui est là ? cria-t-il d'un ton agacé.

— J'ai un message à vous remettre.

— Entrez, j'arrive dans une minute.

Ashenden entendit s'ouvrir la porte de sa chambre : sortant de la baignoire, il enroula une serviette autour de sa taille et rejoignit dans la pièce voisine le chasseur qui l'y attendait, une lettre à la main. Une réponse orale suffirait. Une cliente de l'hôtel, qui signait en français « Baronne de Higgins », l'invitait à un bridge après le dîner. Ashenden, qui rêvait d'un repas bien tranquille, en pantoufles et avec un bon livre, allait décliner l'offre lorsqu'il s'avisa qu'il serait de bonne guerre de faire acte de présence ce soir-là dans la salle à manger. La nouvelle de la visite des inspecteurs avait dû se répandre dans la maison : mieux valait, donc, convaincre les autres pensionnaires qu'elle ne l'avait nullement embarrassé. Il s'était dit que le dénonciateur pourrait être l'un d'eux et, qui plus est, le nom de la sémillante baronne qui venait de lui écrire figurait en bonne place dans la liste des suspects. Faire un bridge avec sa délatrice ne manquait pas de piquant. Il renvoya donc le chasseur lui dire qu'il acceptait avec joie son invitation et prit le temps de se mettre en tenue de soirée.

La baronne de Higgins était autrichienne mais, installée à Genève depuis le premier hiver de guerre, elle avait jugé bon de franciser son titre. Elle parlait à merveille l'anglais comme le français. Son nom même, qui n'avait rien de teuton, lui venait de son grand-père, un garçon d'écurie du Yorkshire, lequel, dans les premières années du siècle précédent, avait suivi en Autriche un certain prince Blankenstein. Bien fait de sa personne, ce jeune palefrenier avait connu un destin agréable et romanesque : il avait plu à une archiduchesse et avait si bien su pousser ses avantages qu'il avait terminé sa vie dans la peau d'un baron, ministre plénipotentiaire dans l'une des principautés italiennes. La baronne, son unique descendante, avait fait un mariage malheureux, dont elle relatait volontiers toutes les vicissitudes à ses amis et connaissances, et au terme duquel elle avait repris son nom de jeune fille. Elle mentionnait à tout bout de champ l'emploi d'ambassadeur tenu par son aïeul, mais se gardait de jamais faire état de son premier métier. Cette précision intéressante venait de Vienne, car Ashenden, en se voyant amené à fréquenter la dame, avait jugé prudent de s'informer sur elle. Il avait appris entre autres choses que le grand train qu'elle menait à Genève était au-dessus de ses moyens connus ; comment un service secret à l'affût n'aurait-il pas accueilli dans ses rangs une personne aussi apte à faire de l'espionnage ? Ashenden était persuadé qu'elle faisait le même genre de travail que lui. Ses rapports avec elle n'en étaient que plus cordiaux.

La salle à manger était déjà pleine quand il arriva. Il prit place à la table qui lui était réservée et, tout guilleret après son aventure, commanda (aux frais de Sa Majesté) une bouteille de champagne. La baronne lui adressa de loin un sourire épanoui. Bien qu'elle eût passé la quarantaine, cette femme restait d'une beauté exceptionnelle mais d'un éclat frigide. Ashenden admirait sans la désirer cette blonde au teint vif dont les cheveux d'or présentaient des reflets métalliques : il s'était dit, dès leur premier contact, qu'il n'aimerait pas découvrir dans sa soupe des cheveux de cette couleur. A ses traits délicats s'alliaient des yeux bleus, un nez droit, une peau de nacre et de rose, mais un peu trop tendue sur les pommettes. Sa poitrine opulente qu'un décolleté généreux découvrait en partie était d'un blanc de marbre. Rien n'évoquait en elle la tendre soumission que les hommes portés sur la bagatelle prisent par-dessus tout. Elle arborait des robes magnifiques mais portait peu de bijoux. Ashenden, fort de sa propre expérience, en avait conclu que le chef du réseau de la baronne lui avait donné carte blanche pour le choix de ses couturières, mais avait estimé imprudent, et d'ailleurs inutile, de la fournir en bagues et en colliers de perles. S'il n'avait pas connu l'histoire du ministre rapportée par le colonel, Ashenden aurait cru qu'une femme aux toilettes malgré tout si voyantes ne pouvait espérer plumer aucun pigeon.

En attendant d'être servi, Ashenden promena son regard sur l'assistance. Il connaissait bien de vue la plupart des dîneurs. Genève était alors un foyer d'intrigues qui se nouaient au sein de cet hôtel même. L'on y côtoyait des Français aussi bien que des Italiens, des Russes, des Turcs, des Roumains, des Grecs et des Égyptiens. Certains étaient en exil, d'autres probablement en mission d'État. Il y avait là un Bulgare qui faisait partie des agents d'Ashenden mais à qui, pour éviter de le compromettre, il n'avait jamais adressé la parole dans cette ville : ce soir, cet homme dînait avec deux de ses compatriotes. Il aurait, sans doute, un rapport très intéressant à présenter dans un ou deux jours s'il ne se faisait pas assassiner dans l'intervalle. A une autre table était assise une petite prostituée allemande aux yeux d'un bleu de porcelaine dans un visage poupin. Elle circulait beaucoup autour du lac et faisait fréquemment le voyage de Berne : dans l'exercice de son métier, elle devait recueillir des bribes d'information que ses employeurs de Berlin devaient ensuite passer au crible. Ce n'était pas, bien entendu, une espionne d'aussi haut vol que la baronne et elle chassait un gibier plus facile. Mais Ashenden eut un sursaut en apercevant le comte von Holzminden. Que diable venait-il faire ? A la tête des services secrets allemands de Vevey, le comte ne venait à Genève qu'à de rares intervalles. Un jour, Ashenden l'avait surpris à un coin de rue de la vieille ville, aux maisons calmes et aux venelles désertes, en train de s'entretenir avec un homme qui sentait son espion à dix lieues. Il aurait payé cher pour entendre leur dialogue. Retrouver le comte sur sa route ne manquait pas de sel, car il l'avait assez bien connu à Londres avant la guerre. Il appartenait à la grande noblesse : sa famille avait même des liens de parenté avec les Hohenzollern. Excellent danseur, cavalier émérite, bon fusil, ce grand ami de l'Angleterre passait pour être plus anglais que les Anglais. Grand et mince dans ses vêtements de bonne coupe, il portait les cheveux coupés ras à la prussienne. Ses épaules se voûtaient un peu, de ce mouvement que l'on devine, tout au plus, chez les habitués des cours, comme s'ils étaient en permanence sur le point de saluer une altesse royale. D'une courtoisie affable, il patronnait les beaux-arts. Mais, à présent, Ashenden et lui feignaient de ne pas se connaître. Bien entendu, ils n'ignoraient rien de la nature de leurs activités respectives. C'était même un sujet sur lequel Ashenden avait envie de le chiner — cette affectation de ne s'être jamais connus lui semblait absurde de la part de deux hommes qui, pendant des années, avaient dîné aux mêmes tables par intermittence et joué aux cartes ensemble ! —, mais il s'était retenu de peur que l'Allemand ne vît dans sa conduite une preuve supplémentaire du manque de sérieux des Anglais vis-à-vis de cette guerre. La vue de Holzminden jeta Ashenden dans la perplexité. C'était la première fois qu'il mettait les pieds dans cet hôtel. Il devait donc avoir de bonnes raisons de le faire.

« Faut-il voir un lien, se demanda-t-il, entre cet événement et la présence insolite du prince Ali dans la même salle ? » Dans les circonstances actuelles, on ne pouvait prendre le risque d'attribuer au hasard la rencontre apparemment la plus fortuite. Proche parent du khédive, le prince Ali avait fui l'Égypte au moment de sa déposition. Très hostile aux Anglais, il passait pour vouer ses efforts à fomenter des troubles dans son pays.

La semaine précédente, le khédive était venu à Genève incognito et, tout au long des trois jours qu'il avait passés dans cet hôtel, les deux hommes s'étaient entretenus dans les appartements du prince. Ce dernier, ventru et court de taille, portait une grosse moustache noire. Il vivait avec ses deux filles et un certain Mustapha Pacha qui lui servait de secrétaire et de fondé de pouvoir. En ce moment, tous les quatre dînaient à la même table en vidant flegmatiquement force coupes de champagne. Les deux princesses, des jeunes filles très libres, passaient leurs nuits à danser avec les dandys locaux dans les restaurants de la ville. Petites et boulottes, elles avaient de beaux yeux noirs dans un visage aux traits épais et au teint jaune. Leurs toilettes d'un luxe agressif évoquaient plutôt la criée aux poissons du Caire que la rue de la Paix. En règle générale, le prince prenait ses repas dans son appartement alors que ses filles dînaient tous les soirs dans la salle commune. Une Anglaise, une petite vieille dame nommée Miss King, qui avait été leur gouvernante, leur tenait vaguement lieu de chaperon : mais elle mangeait à une table séparée et les princesses semblaient la traiter par le mépris. Un jour, Ashenden, en passant dans un couloir, avait surpris l'aînée en train de rabrouer la gouvernante en français, avec une violence qui l'avait laissé pantois. Elle criait à tue-tête et avait brusquement assené une gifle à la vieille femme. Quand elle avait aperçu Ashenden, la princesse lui avait décoché un regard furibond et s'était engouffrée dans sa chambre en claquant la porte. Il avait continué son chemin comme si de rien n'était.

Au début de son séjour, Ashenden avait tenté de faire la connaissance de Miss King. Ses avances avaient rencontré un accueil glacial, voire bourru. Lorsque, dans un premier temps, il se découvrait en la croisant, elle se contentait de le saluer par un signe de tête contraint. Plus tard, il lui avait adressé quelques mots, s'attirant des réponses d'une sécheresse qui marquait bien son intention de ne pas se commettre avec lui. Mais, n'écoutant que son devoir, il avait pris son courage à deux mains et saisi le premier prétexte pour entamer une conversation. Se dressant alors de toute sa hauteur, elle lui avait répondu en français avec un fort accent britannique :

— Je ne souhaite pas fréquenter des inconnus.

Elle lui avait tourné le dos et l'avait ignoré à partir de ce jour.

C'était une vieille femme toute menue, dont le corps amaigri flottait dans sa peau très ridée, surtout sur le visage. La perruque qu'elle portait était peu discrète : d'un brun tirant sur le gris, elle simulait une coiffure compliquée et se trouvait parfois posée de travers. Miss King se fardait beaucoup : de grosses plaques de carmin recouvraient ses joues flétries, et son rouge à lèvres était vermillon. Elle portait de façon extravagante des robes de couleurs vives qui semblaient provenir d'une vente en vrac chez un fripier. Dans la journée, elle mettait d'énormes chapeaux agressivement juvéniles. Elle avançait à petits pas, perchée sur de minuscules souliers fins à très hauts talons. L'ensemble était si grotesque qu'on en perdait l'envie de rire. Dans la rue, les gens se retournaient sur son passage et la regardaient bouche bée.

Ashenden avait appris que, depuis son premier

engagement comme gouvernante de la mère du prince actuel, Miss King n'avait jamais remis les pieds en Angleterre. Il restait confondu à l'idée de tout ce qui avait dû se dérouler sous ses yeux pendant ces longues années dans les harems du Caire ! Dieu seul savait l'âge qu'elle pouvait avoir : combien de ces vies brèves d'Orient avaient dû se succéder devant elle ! Quels secrets ténébreux elle avait dû connaître ! Quelle que fût la région de l'Angleterre où elle était née, elle ne pouvait, après un exil aussi long, y avoir conservé des parents ou des amis. Il la savait hostile à la cause britannique et présumait qu'on l'avait mise en garde contre lui : d'où la discourtoisie de ses réponses. Jamais on ne l'entendait user d'une autre langue que le français. A quoi pouvait-elle bien songer, assise seule à sa table au déjeuner comme au dîner ? Lui arrivait-il jamais de lire un livre ? Après chaque repas, elle montait tout droit à sa chambre : jamais on ne la voyait dans les salons de l'hôtel. Que pouvait-elle penser des deux princesses, ces filles émancipées aux robes voyantes, qui dansaient avec des inconnus dans des guinguettes ? Mais, quand Miss King, à la fin des repas, passait près de sa table, Ashenden croyait voir son visage s'assombrir sous son masque d'indifférence, comme si elle lui vouait une vive antipathie. Leurs yeux se rencontraient et, dans le regard qu'elle posait un instant sur lui, il s'imaginait lire un défi silencieux. La rencontre saugrenue d'une telle expression sur cette figure ridée et trop fardée engendrait curieusement un effet pathétique.

Ce soir-là, quand la baronne de Higgins eut fini de dîner, elle prit son mouchoir, ramassa son sac à main et traversa d'une démarche de reine la grande salle à manger entre une haie de serveurs déférents. Au passage, elle s'arrêta en face d'Ashenden. Elle avait grande allure.

— Je suis ravie que vous puissiez être des nôtres ce soir, dit-elle dans un anglais impeccable où ne perçait qu'un soupçon d'accent germanique. Quand vous aurez fini, voulez-vous venir prendre le café dans mon appartement ?

— Votre robe est superbe ! s'écria Ashenden.

— Vous voulez dire affreuse. Je n'ai rien à me mettre. Je ne sais plus comment m'habiller depuis que je ne peux plus me rendre à Paris. Ces horribles Prussiens (à mesure qu'elle haussait le ton, ses *r* devenaient gutturaux) ! Je me demande bien pourquoi ils ont voulu entraîner mon malheureux pays dans cette guerre effroyable !

Elle soupira, sourit à pleines dents et sortit très digne. Quand Ashenden, servi dans les derniers, quitta la salle à son tour, elle était presque vide. En passant près du comte von Holzminden, il se sentait d'humeur très joviale et risqua l'ébauche d'un clin d'œil. L'espion allemand se demanderait s'il avait bien vu et, dans ce cas, ce qu'il devait en augurer : peut-être allait-il se creuser la cervelle pour percer cette énigme ? Ashenden prit l'escalier jusqu'au second étage et frappa à la porte de la baronne.

— *Entrez, entrez*[1], dit-elle en l'ouvrant toute grande.

Elle lui prit les deux mains, les serra cordialement entre les siennes et l'entraîna dans le salon. Il découvrit avec stupéfaction que leurs deux partenaires, déjà présents, étaient le prince Ali et son secrétaire.

— Votre Altesse me permettra de lui présenter

1. En français dans le texte. *(N.d.T.)*

M. Ashenden, dit la baronne en français, langue qu'elle parlait avec aisance.

Ashenden s'inclina et prit la main qu'on lui tendait. Le prince le toisa d'un coup d'œil sans rien dire. Mme de Higgins reprit :

— Je ne sais pas si vous avez déjà rencontré le pacha ?

— Très heureux de vous connaître, monsieur Ashenden, dit le secrétaire en lui serrant chaleureusement la main. Notre belle baronne nous a parlé de vos talents au bridge : c'est un jeu qui passionne le prince. *N'est-ce pas, Altesse* [1] ?

— *Oui, oui*, concéda le prince Ali.

Mustapha Pacha était un colosse ventripotent qui devait avoir dans les quarante-cinq ans. Il avait de grands yeux au regard mobile et une ample moustache noire. En smoking, un gros diamant en évidence sur son plastron, il avait gardé son tarbouche égyptien. Il parlait de façon si volubile que les mots, en tombant de ses lèvres, se bousculaient comme les billes d'un sac que l'on vient d'ouvrir. Il se mettait vraiment en frais pour Ashenden. Le prince, silencieux dans son fauteuil, l'observait tranquillement entre ses paupières lourdes. Il donnait l'impression d'être timide.

— Je ne vous ai pas vu jusqu'à présent au cercle, monsieur, dit le pacha. N'aimez-vous pas le baccara ?

— Je n'y joue que rarement.

— La baronne qui a tout lu me dit que vous êtes un écrivain de premier ordre. Malheureusement, je ne lis pas l'anglais.

Ashenden dut subir les flagorneries de la baronne en prenant l'air béat qu'exige la courtoisie en de telles

1. En français dans le texte. *(N.d.T.)*

circonstances. Puis son hôtesse, après avoir servi le café et les liqueurs, sortit le jeu de cartes.

Ashenden se demandait bien pourquoi on l'avait invité à faire cette partie. Il se flattait de se faire peu d'illusions sur lui-même et, en particulier, sur ses dons pour le bridge : incontestablement bon joueur de seconde zone, il avait eu assez souvent en face de lui des champions de classe internationale pour savoir qu'il ne leur venait pas à la cheville. Ce soir-là, on jouait au bridge contrat dont les règles lui étaient assez peu familières, et les enjeux étaient élevés. Mais, de toute évidence, ce n'était qu'un prétexte et Ashenden s'interrogeait sur le genre de partie qui se jouait sous le manteau. Avertis de son appartenance aux services secrets britanniques, le prince et son secrétaire avaient peut-être voulu le rencontrer pour prendre sa mesure. Quelque chose se tramait : depuis un ou deux jours, Ashenden en avait le pressentiment, et cette petite réunion confirmait ses soupçons. Mais comment savoir ce dont il retournait ? Ces derniers temps, aucun de ses agents ne lui avait signalé de faits révélateurs. A présent, il n'en doutait plus : la visite des policiers suisses résultait d'une aimable intervention de la baronne. La partie de bridge avait dû être mise sur pied en second ressort, une fois connu l'échec des inspecteurs. Dans quel but ? Le mystère de la chose l'émoustillait et, tout en prenant part au dialogue nourri qui s'échangeait au cours du jeu, il surveillait d'aussi près ses propres paroles que celles des trois autres. Leur entretien portait pour une grande part sur la guerre, au sujet de laquelle la baronne et le pacha affichaient leur hostilité à l'Allemagne. Le cœur de la baronne était, à l'en croire, resté en Angleterre, le pays de ses ancêtres (celui de son grand-père, le palefrenier du Yorkshire !). Quant au pacha, il proclamait Paris sa patrie spirituelle. Ses souvenirs de Montmartre et de sa vie nocturne arrachèrent même le prince à son mutisme.

— *C'est une bien belle ville, Paris*[1], commenta-t-il.

— Le prince y possède un magnifique appartement, expliqua le secrétaire. Il contient de superbes toiles et des statues grandeur nature.

Ashenden manifesta la plus grande sympathie à l'égard des aspirations nationales de l'Égypte et prétendit tenir la ville de Vienne pour la plus agréable des capitales d'Europe. A bon chat, bon rat. Mais, si ces gens se figuraient pouvoir tirer de lui la moindre information autre que celles publiées dans la presse helvétique, il croyait pouvoir dire qu'ils se trompaient d'adresse. A un certain stade, il eut l'impression qu'on tâtait le terrain pour voir s'il était corruptible. Tout se faisait à mots couverts en sorte qu'il n'aurait pas juré qu'il avait bien compris. Il lui semblait, toutefois, qu'on lui donnait discrètement à entendre qu'un écrivain lucide pourrait bien à la fois servir son pays et se faire un argent fou. La condition en serait qu'il prît part à une combinaison propre à ramener la paix dans ce monde déchiré : cette paix dont rêve sincèrement tout homme au cœur sensible. Manifestement, ce soir-là, l'heure n'était pas venue d'entrer dans les détails. Mais, en gardant le sourire, et tout en s'efforçant de rester très évasif dans ses propos, Ashenden s'employa à donner l'impression que le sujet l'intéressait. Tout en conversant avec le pacha et la belle Autrichienne, il sentait le regard attentif du prince posé sur lui et avait l'intuition déplaisante d'être trop facilement percé à jour. Il devinait, faute d'en avoir la

1. En français dans le texte. *(N.d.T.)*

preuve, que le prince était un homme habile et perspicace. Après son départ, il allait peut-être avertir les deux autres qu'ils perdaient leur temps en essayant de le circonvenir ?

Un peu après minuit, à la fin d'un robre, le prince se leva.

— Il se fait tard, dit-il, et M. Ashenden aura sans doute beaucoup à faire demain. Nous ne devons pas le faire veiller trop tard.

Ashenden estima qu'on l'invitait ainsi à prendre congé. Il se retira donc pour laisser les trois autres faire le bilan de la soirée. Ne sachant que penser, il se consolait en se persuadant que leur perplexité devait valoir la sienne. Arrivé à sa chambre, il se sentit brusquement très las. C'est tout juste s'il parvint à garder les yeux ouverts le temps de se dévêtir. A peine se fut-il jeté sur son matelas qu'il sombra dans le sommeil.

Éveillé en sursaut par des coups à la porte, il tendit l'oreille. Il lui semblait qu'il venait à peine de s'endormir.

— Qui est là ? cria-t-il.

— La femme de chambre. Ouvrez, monsieur. J'ai une commission à vous faire.

Ashenden pesta, alluma la lumière et, d'un geste rapide, ramena sur le sommet de son crâne ses cheveux en désordre encore que clairsemés : comme Jules César, il trouvait disgracieuse sa calvitie naissante et répugnait à la laisser paraître. Après quoi, il tira le verrou et ouvrit la porte : une femme de chambre genevoise se tenait devant lui. Les cheveux en bataille et sans son tablier de service, elle donnait l'impression d'avoir jeté sur elle ses vêtements à la hâte.

— La vieille dame anglaise, la gouvernante des

princesses égyptiennes, est en train de mourir et voudrait voir Monsieur.

— Me voir, moi ? s'écria Ashenden. C'est impossible. Nous ne nous connaissons pas. Elle allait bien tout à l'heure.

Dans sa confusion d'esprit, il pensait à voix haute.

— Elle demande après vous, monsieur, et le docteur vous prie de bien vouloir venir. Elle n'en a plus pour bien longtemps.

— Vous devez faire erreur. Il ne peut pas s'agir de moi.

— Elle a donné votre nom et votre numéro de chambre. Elle répète : « Vite, vite. »

Ashenden haussa les épaules. Il rentra dans sa chambre pour mettre des chaussons et enfiler une robe de chambre. Réflexion faite, il glissa dans sa poche un petit revolver. Ashenden comptait bien plus sur sa présence d'esprit que sur une arme à feu, qui fait beaucoup de bruit et peut partir toute seule. Mais il y a des moments où de pouvoir palper une crosse de revolver vous rassure : or, il trouvait très étrange cet appel soudain. L'hypothèse que ces deux Égyptiens bedonnants et cordiaux lui tendaient un piège ne tenait pas debout. Mais, dans le cadre de ses activités, il arrivait qu'à une période de routine fastidieuse succédât sans vergogne une péripétie digne d'un mélodrame de 1860. De même que la passion use effrontément des clichés du discours, le hasard n'hésite pas à recourir aux conventions littéraires les plus éculées.

La chambre de Miss King se trouvait deux étages au-dessus de la sienne. Tout en suivant la femme de chambre le long des couloirs et dans l'escalier, Ashenden s'enquérait auprès d'elle de ce qui s'était passé. Sous le coup de l'émotion, elle était hébétée.

— Elle a eu une attaque, je crois. Mais je n'en suis pas sûre. Le portier de nuit est venu me réveiller. Il fallait que je me lève tout de suite : M. Bridet avait besoin de moi.

M. Bridet était le sous-directeur.

— Quelle heure est-il ? demanda Ashenden.

— Il doit être trois heures.

Ils arrivèrent à la porte de Miss King et, quand ils eurent frappé, M. Bridet leur ouvrit en personne. On l'avait, manifestement, arraché à son sommeil : il avait les pieds nus dans ses pantoufles mais, par-dessus son pyjama, il avait enfilé un pantalon rayé et une redingote. Il avait l'air grotesque. Ses cheveux, d'ordinaire plaqués avec soin, se dressaient sur sa tête comme des baguettes de tambour. Il se répandit en excuses.

— Mille pardons de vous avoir dérangé, monsieur Ashenden, mais elle vous réclamait avec tant d'insistance et le docteur pensait qu'il fallait vous appeler.

— Ne vous excusez pas.

Ashenden entra dans la chambre, qui était exiguë et donnait sur la cour. Toutes les lampes étaient allumées dans cette pièce aux fenêtres closes et aux rideaux tirés. Il y régnait une chaleur étouffante. Le médecin, un Suisse grisonnant et barbu, était debout au chevet de la malade. Sous son accoutrement et malgré son désarroi visible, M. Bridet conservait assez de présence d'esprit pour se conduire en directeur d'hôtel. Il ne manqua pas de faire les présentations dans les formes :

— Voici M. Ashenden, que Miss King a demandé à voir. Le docteur Arbos, de la faculté de médecine de Genève.

Sans un mot, le docteur désigna le lit sur lequel Miss King reposait. Ashenden n'en crut pas ses yeux.

Elle portait une immense chemise de nuit blanche très montante et un grand bonnet de coton de la même couleur, noué sous le menton, lui recouvrait la tête : en entrant, Ashenden avait aperçu la perruque brune accrochée à un support sur la table de toilette. Le bonnet comme la chemise évoquaient un passé révolu, celui des illustrations par Cruikshank des romans de Dickens [1]. L'on voyait encore sur son visage des traces de la crème qu'elle avait utilisée pour se démaquiller au moment de se coucher. Mais son démaquillage trop rapide avait laissé des raies noires sur les sourcils et des traînées de carmin sur les pommettes. Étendue là, elle semblait minuscule, guère plus grande qu'une enfant, et d'une vieillesse extrême.

« Elle doit avoir bien plus de quatre-vingts ans », se dit Ashenden.

Elle avait perdu toute apparence humaine et pris l'aspect d'une poupée caricaturale, telle qu'aurait pu la façonner, à l'image d'une très très vieille sorcière, un fabricant de jouets d'humeur sardonique. Elle gisait dans une immobilité totale et les formes de son corps si menu soulevaient à peine la couverture qui la recouvrait. Privé de son dentier, son visage s'était encore rapetissé, et on l'aurait crue morte sans le regard fixe de ses yeux noirs, curieusement agrandis dans ce masque ratatiné. Ashenden crut y lire un changement d'expression lorsqu'il entra dans son champ visuel.

— Vraiment, Miss King, s'écria-t-il avec un enjouement de commande, je suis navré de vous savoir malade.

— Elle ne peut pas vous répondre, précisa le doc-

1. George Cruikshank, 1792-1878, fut notamment l'illustrateur d'*Oliver Twist. (N.d.T.)*

teur. Depuis que la femme de chambre est partie vous chercher, elle a encore eu une légère attaque. Je viens de lui faire une piqûre. Il est possible qu'elle recouvre partiellement l'usage de la parole dans un petit moment. Elle a quelque chose à vous dire.

— Je suis prêt à attendre tout le temps qu'il faudra.

Ashenden eut l'impression qu'un éclair de soulagement passait dans les yeux sombres de la mourante que, debout autour du lit, les quatre personnes présentes fixaient du regard. Au bout d'un moment, M. Bridet dit au docteur :

— Ma foi, si je ne sers plus à rien, autant vaut-il que je retourne me coucher.

— *Allez, mon ami*[1], répondit ce dernier. Vous ne pouvez rien faire de plus.

M. Bridet se tourna vers Ashenden.

— Puis-je vous entretenir un instant ? demanda-t-il.

— Bien entendu.

Le docteur, qui lut une inquiétude dans le regard de Miss King, la rassura.

— Ne craignez rien, dit-il avec compassion, M. Ashenden ne va pas repartir. Il restera aussi longtemps que vous le désirerez.

Le sous-directeur emmena Ashenden jusqu'au palier et referma la porte à demi pour éviter d'être entendu des personnes restées à l'intérieur. Il commença à mi-voix :

— J'espère pouvoir me fier à votre discrétion, monsieur Ashenden. Un décès survenu dans un hôtel crée beaucoup de complications : ça incommode les autres clients et nous devons tout faire pour le leur cacher. Dès que ce sera possible, je ferai enlever le

1. En français dans le texte. *(N.d.T.)*

corps et je vous serais vraiment très obligé de ne parler à personne de tout cela.

— Vous pouvez compter sur moi, dit Ashenden.

— Par malchance, le directeur est absent cette nuit. Il sera très mécontent, je le crains, d'apprendre ce qui s'est passé. Bien sûr, si j'avais pu, j'aurais appelé une ambulance pour faire transporter la malade à l'hôpital, mais le docteur m'a dit qu'elle risquait de mourir en cours de transfert, avant même d'arriver en bas, et s'y est opposé. Ce ne sera pas ma faute si elle meurt dans l'hôtel.

— Ce ne serait pas la première fois, murmura Ashenden, que la mort manque de tact dans le choix de son heure.

— Après tout, cette femme est très vieille. Voilà des années qu'elle aurait dû mourir. Ce prince égyptien avait bien besoin d'une gouvernante de cet âge ! Il aurait dû la renvoyer dans son pays natal. Avec ces Orientaux, on n'a que des ennuis !

— Où est le prince en ce moment ? demanda Ashenden. Ça fait bien des années qu'il emploie cette personne. Ne vous semble-t-il pas qu'il faudrait l'avertir ?

— Il n'est pas dans l'hôtel. Il est sorti avec son secrétaire. Peut-être sont-ils au baccara ? Mais comment le saurais-je ? De toute façon, je ne peux pas envoyer des gens à sa recherche aux quatre coins de la ville.

— Et les princesses ?

— Elles ne sont pas rentrées. Il est rare qu'elles rentrent à l'hôtel avant le petit jour. Elles ne pensent qu'à danser. Je n'ai aucune idée de l'endroit où elles peuvent être et, de toute manière, elles m'en voudraient de les avoir arrachées à leurs distractions parce que leur gouvernante a eu une attaque. Je les connais.

Le portier de nuit les mettra au courant quand elles reviendront : elles décideront alors de ce qu'elles doivent faire. Miss King ne veut les voir ni les uns ni les autres. Quand je suis entré dans la chambre avec le portier de nuit et qu'elle m'a entendu lui demander où était Son Altesse, elle a crié de toutes ses forces : « Non ! Non ! »

— Elle arrivait encore à parler ?

— Oui, plus ou moins. Mais le plus étonnant c'est qu'elle s'exprimait en anglais. Jusque-là, elle s'en était toujours tenue au français. Elle détestait les Anglais, vous savez !

— Pourquoi donc voulait-elle absolument me voir ?

— Mystère. Elle répétait qu'elle avait quelque chose à vous dire et que c'était urgent. Le plus drôle, c'est qu'elle connaissait le numéro de votre chambre. Au début, quand elle vous a réclamé, je n'ai pas voulu qu'on vous envoie quelqu'un. Je n'admets pas qu'on dérange un client en pleine nuit parce qu'une vieille toquée demande à le voir ! Vous avez le droit de dormir en paix, il me semble. Mais, quand le docteur est arrivé, c'est lui qui a insisté. Elle nous bassinait, et quand je lui ai dit qu'il lui faudrait attendre jusqu'au matin, elle s'est mise à pleurer.

Ashenden regarda le sous-directeur. Tout ce que le tableau qu'il traçait avait de pathétique semblait lui échapper.

— Le docteur m'a demandé qui vous étiez. Quand je le lui ai dit, il a supposé qu'elle avait envie de voir un compatriote.

— Peut-être, dit sèchement Ashenden.

— Ma foi, je vais essayer de prendre un peu de repos. Je donnerai l'ordre au portier de nuit de me réveiller quand tout sera terminé. Heureusement qu'en cette saison, les nuits sont longues ! Si tout se passe bien, nous arriverons peut-être à faire enlever le corps avant le jour.

Ashenden rentra dans la chambre et, aussitôt, les yeux sombres de la mourante se fixèrent sur lui. Il se sentait obligé de dire quelque chose mais, tout en parlant, il songeait à l'ineptie des discours que l'on tient aux grands malades.

— Vous devez, j'en ai peur, vous sentir bien mal !

Un éclair d'agacement passa dans le regard de Miss King, sans doute exaspérée par l'inanité de son commentaire.

— Ça ne vous gêne pas d'attendre ? demanda le docteur.

— Bien sûr que non.

Le portier de nuit avait été réveillé par la sonnerie du téléphone de la chambre de Miss King mais, en prenant l'écouteur, il n'avait trouvé personne au bout du fil. Comme la sonnerie continuait de retentir, il était monté frapper à sa porte, puis s'était introduit dans la chambre, à l'aide de son passe. Il avait découvert Miss King gisant sur le sol. Le combiné du téléphone l'avait suivie dans sa chute. Prise d'un malaise, elle avait, selon toute vraisemblance, décroché le récepteur pour appeler à l'aide avant de s'évanouir. Le portier avait couru prévenir le sous-directeur et, à eux deux, ils avaient soulevé la malade pour la remettre dans son lit. C'est ensuite qu'on avait réveillé la femme de chambre et fait venir le médecin. D'entendre ce dernier évoquer ces détails devant Miss King donnait à Ashenden une curieuse impression. Cet homme parlait comme si elle ne comprenait pas le français, voire comme si, à ses yeux, elle était déjà morte.

Enfin, le docteur dit :

— Bon. Je ne vois pas ce que je pourrais faire de plus. Ma présence devient inutile. S'il y a du nouveau, vous pourrez m'appeler au téléphone.

Ashenden savait que l'état de Miss King pouvait rester stationnaire pendant des heures. Il répondit avec résignation :

— Comptez sur moi.

D'un geste paternel, le docteur tapota la joue fardée de la vieille femme.

— Il faut essayer de dormir. Je reviendrai vous voir dans la matinée.

Il referma sa trousse et, après s'être lavé les mains, enfila son gros pardessus. Ashenden le reconduisit jusqu'au palier et, en lui serrant la main, le docteur fit une moue dans sa barbe en guise de pronostic.

En revenant vers la malade, Ashenden eut un regard pour la femme de chambre : assise d'un air gêné tout au bord de son siège, elle semblait craindre de prendre trop de libertés en présence de la mort. Son visage ingrat, taillé à coups de serpe, était bouffi de fatigue.

— A quoi bon vous priver de sommeil ? lui dit-il. Pourquoi n'iriez-vous pas vous recoucher ?

— Monsieur n'aimerait pas rester seul ici. Il faut bien que je lui tienne compagnie.

— Je ne vois pas pourquoi ! Demain, vous aurez votre travail à faire.

— Je dois me lever à cinq heures de toute façon.

— Raison de plus pour essayer de vous reposer un peu jusque-là. Il suffira que vous repassiez me voir quand vous serez debout. *Allez*[1] !

Elle eut du mal à se remettre sur ses jambes.

1. En français dans le texte. *(N.d.T.)*

— Comme Monsieur voudra, mais ça ne me gênerait pas de rester.

Ashenden, en souriant, lui fit non de la tête.

— *Bonsoir, ma pauvre demoiselle* [1], dit la femme de chambre.

Elle sortit, et Ashenden, resté seul, s'assit au chevet de la moribonde. Ses yeux rencontrèrent à nouveau le regard de Miss King, dont la fixité le mettait mal à l'aise.

— Ne vous tourmentez pas, mademoiselle. Vous avez eu une légère attaque. Je suis sûr que vous allez recouvrer l'usage de la parole dans un petit moment.

Un effort démesuré pour dire quelque chose semblait se refléter dans les prunelles sombres. La paralysie du corps entravait le désir poignant de l'esprit. Aucun doute sur ce point car, comme pour attester sa frustration, de grosses larmes lui vinrent, qui roulèrent le long de ses joues. Ashenden dut sortir son mouchoir pour les essuyer.

— Ne vous désolez pas, ayez un peu de patience. Je vous assure que vous allez pouvoir me dire ce que vous voudrez.

A présent, son regard semblait exprimer son désespoir à l'idée qu'elle ne tiendrait pas jusque-là. Peut-être Ashenden ne faisait-il que lui prêter ses propres réflexions ? Sur la table de toilette, l'on s'apitoyait de voir le modeste attirail de la gouvernante : un miroir argenté et des brosses à cheveux au dos plaqué d'argent. Dans un angle de la pièce, une malle noire minable avait été dressée contre le mur ; une grande boîte à chapeaux, en cuir tout lustré, reposait sur le haut de l'armoire à vêtements. Dans cette chambre d'hôtel élégante, aux meubles bien cirés, en palis-

1. En français dans le texte. *(N.d.T.)*

sandre, ces objets sentaient la misère. La lumière crue était insupportable.

— Vous serez mieux, je crois, si je baisse l'éclairage.

Il éteignit tout sauf la lampe de chevet et se rassit. L'envie de fumer le prenait. A nouveau, son regard fut aimanté par celui de cette très vieille femme où s'était réfugié un reliquat de vie. De toute évidence, elle brûlait de lui parler. Mais que pouvait-elle donc avoir à lui dire ? Peut-être la seule explication de sa requête était-elle qu'à l'approche de la mort au terme d'un long exil, le désir l'avait prise de voir à son chevet un homme de sa nation trop longtemps oubliée ? Le docteur penchait pour cette hypothèse. Mais pourquoi l'avoir demandé en particulier ? D'autres compatriotes logeaient dans cet hôtel. Par exemple, ce vieux couple de retraités — un ancien administrateur civil des Indes accompagné de son épouse — avec qui Miss King aurait dû se sentir plus d'affinités. Personne ne pouvait avoir moins de points communs avec cette gouvernante que l'écrivain Ashenden.

— Avez-vous quelque chose de précis à me confier, Miss King ?

Il sondait son regard pour connaître la réponse. Sa fixité tenace était éloquente, mais comment deviner le contenu du message ?

— N'ayez crainte, tant que vous aurez besoin de moi, je ne vous quitterai pas.

Rien, toujours rien. Les yeux noirs (qui lui semblaient briller d'un éclat mystérieux, comme si un feu couvait sous les prunelles) ne se détournaient pas de son visage. Et si elle avait demandé à le voir parce qu'elle était au courant de son appartenance aux services secrets britanniques ? Aurait-elle éprouvé à ce stade ultime une réaction imprévue de rejet contre tout ce qui avait compté dans sa vie depuis tant d'années ? L'amour de l'Angleterre, un amour en sommeil depuis un demi-siècle, se serait-il réveillé au dernier moment, lui inspirant le désir de servir le pays qui restait le sien malgré tout ?

« Je deviens bête, se dit Ashenden, de m'imaginer de telles balivernes, dignes d'un mauvais roman-feuilleton ! »

Et pourtant, dans la période présente, tout le monde avait un peu changé. Le patriotisme — heureusement confiné, en temps de paix, aux discours politiques, aux slogans commerciaux et aux professions de foi des imbéciles, mais qui, dans les années sombres de toute guerre, recouvre son emprise sur les cœurs —, le patriotisme engendrait des conduites singulières. Pourquoi Miss King s'était-elle refusée à voir le prince aussi bien que ses filles ? Se serait-elle brusquement mise à les haïr pour lui avoir fait trahir son pays en les servant ? Songerait-elle, en cette onzième heure, à réparer ses torts ?

« Voilà qui est invraisemblable, pensa-t-il encore. Miss King n'est qu'une vieille fille stupide qui a vécu plusieurs années de trop ! »

Mais il faut toujours faire la part de l'improbable. Bousculant les réserves que lui dictait le bon sens, une conviction absurde s'empara d'Ashenden : celle que la gouvernante avait un secret à lui communiquer. Elle avait voulu le voir, le sachant, de par ses fonctions, susceptible d'en tirer le meilleur parti. Sur le point de mourir, elle ne risquait plus rien. Mais ce secret était-il vraiment capital ? Ashenden se pencha vers la mourante, avide de déchiffrer le message de son regard. Peut-être ne s'agissait-il que d'un détail minèur dont son esprit sénile s'exagérait le poids ? Ashenden était las de ces gens qui prenaient pour des espions les passants les plus inoffensifs et voyaient des complots dans les concours de circonstances les plus fortuits. Si Miss King recouvrait l'usage de la parole, il y avait à parier que ses révélations n'auraient aucune valeur.

Mais à quels mystères cette vieille femme n'avait-elle pas eu accès ? Ses yeux perçants et son ouïe fine lui avaient permis, à coup sûr, de découvrir des choses qu'on aurait pris le soin de dissimuler à des gens moins falots. Ashenden avait l'intuition que quelque chose de grave se tramait dans l'hôtel. La venue de Holzminden ce jour-là était suspecte. Et pourquoi le prince Ali et le pacha, qui jouaient de grosses sommes au baccara, avaient-ils sacrifié une soirée pour faire avec lui une partie de bridge contrat ? Peut-être un nouveau complot, de dimension internationale, s'élaborait-il ? Qui sait si les révélations que la vieille dame tenait à lui faire n'allaient pas renverser le cours de l'Histoire, faire changer la victoire de camp ? Leurs conséquences pouvaient être incommensurables. Mais elle était là, couchée sur ce lit, incapable d'articuler un mot. Ashenden la fixa longuement en silence puis s'écria brusquement d'une voix forte :

— Il s'agit de la guerre, n'est-ce pas, mademoiselle ?

Un éclair s'alluma dans les yeux de Miss King et son petit visage flétri fut pris d'un tremblement. Manifestement, un mécanisme mystérieux et horrible venait de se déclencher. Le corps menu et frêle de la mourante se tordit brusquement dans un spasme : comme mue par un dernier effort héroïque de la volonté, elle se redressa sur son lit. Il se précipita pour la soutenir.

« Patrie » fut le seul mot qu'elle parvint à former,

d'une voix brisée et rauque, avant de s'écrouler dans les bras d'Ashenden.

En replaçant sa tête sur l'oreiller, il vit qu'elle était morte.

Le Mexicain chauve

— Aimez-vous le macaroni ? demanda le colonel R.

— Qu'entendez-vous par là ? répondit Ashenden. C'est comme si vous me demandiez si j'aime la poésie. J'aime Keats et Wordsworth, Verlaine et Goethe. Quand vous parlez de macaroni, voulez-vous dire *spaghetti, tagliatelli, rigattoni, vermicelli, fettucini, tufali, farfalli,* ou simplement macaroni ?

— Macaroni, répéta R. avec son laconisme habituel.

— J'aime tous les plats simples, les œufs à la coque, les huîtres, le caviar, les truites au bleu, le saumon grillé, l'agneau rôti (surtout la selle), le coq de bruyère froid, la tarte à la mélasse et le gâteau de riz. Mais le seul que je supporte de manger jour après jour, non seulement sans rechigner, mais d'un appétit insatiable, c'est bien le macaroni !

— Tant mieux, parce que je compte vous envoyer en Italie.

Ashenden, venu de Genève à Lyon pour y rencontrer R., avait, en l'attendant, passé l'après-midi à flâner dans les rues ternes, mornement affairées, de cette ville florissante. A présent, ils étaient attablés dans un restaurant qui donnait sur une grande place : Ashenden y avait amené R. tout droit, lors de son arrivée, car il passait pour être le meilleur de la région. Mais les Lyonnais sont portés sur la bouche, si bien qu'il y avait foule : comme on ne sait jamais quelles oreilles indiscrètes cherchent à glaner des renseignements en guettant vos paroles, les deux hommes n'avaient échangé que des banalités tout au long d'un repas succulent.

— Reprendrez-vous du cognac ? demanda R.

— Non, merci, répondit Ashenden, ennemi des excès.

R. prit la bouteille, remplit son propre verre, puis celui d'Ashenden en disant :

— Il faut bien se consoler de la dureté des temps !

Ashenden, qui ne voulait pas avoir l'air d'un poseur, s'abstint de protester mais ne put s'empêcher de dire au colonel qu'il ne tenait pas la bouteille comme il convenait.

— Dans ma jeunesse, lui dit-il à mi-voix, on me répétait toujours qu'il faut prendre une femme par la taille et une bouteille par le collet.

— C'est bon à savoir. Je n'en continuerai pas moins à tenir les bouteilles par le ventre et les femmes à distance.

La réponse était sans réplique : Ashenden se contenta donc de siroter le cognac sans plus rien dire, jusqu'au moment où R. demanda l'addition. Cet homme important, qui avait un pouvoir discrétionnaire sur une foule de gens et dont les chefs d'État écoutaient les avis, était toujours dans ses petits souliers au moment d'évaluer le montant d'un pourboire. La crainte le tenaillait de passer pour un niais en laissant trop d'argent ou de s'attirer le mépris glacial d'un garçon de café en se montrant trop pingre. Quand on lui présenta la note, il glissa dans la main d'Ashenden plusieurs billets de cent francs.

— Ayez la bonté, dit-il, de régler l'addition : je me perds toujours dans les comptes en argent français.

Le chasseur apporta leurs pardessus et leurs chapeaux.

— Souhaitez-vous que nous revenions de ce pas à l'hôtel ? demanda Ashenden.

— C'est la meilleure solution.

La saison n'était guère avancée, mais la température s'était radoucie du jour au lendemain, si bien que les deux hommes gardèrent pour marcher leur manteau sur le bras. Ashenden, qui connaissait les goûts du colonel, lui avait retenu un appartement avec un salon, où ils montèrent dès leur arrivée à l'hôtel. C'était un établissement à l'ancienne mode : la pièce était spacieuse, avec un mobilier en acajou massif, dont les fauteuils, garnis de velours vert, s'alignaient méticuleusement autour d'une grande table. Les murs aux tapisseries fanées s'ornaient de gravures sur acier qui représentaient les batailles de Napoléon. Un lustre volumineux, conçu pour l'éclairage au gaz mais équipé à présent d'ampoules électriques, répandait sur cette pièce lugubre une lumière froide et dure.

— Voilà qui me plaît beaucoup, dit R. en franchissant la porte.

— Ça manque d'intimité, objecta timidement Ashenden.

— Sans doute, mais on a l'impression que c'est le meilleur appartement de l'hôtel et je trouve qu'il ne manque pas d'allure.

Il écarta de la table l'un des fauteuils de velours vert, y posa son séant et alluma un cigare. Puis il desserra son ceinturon et ouvrit sa tunique.

— Autrefois, je n'avais pas de plus grand plaisir que de fumer un manille, mais la guerre m'a fait découvrir le délice des havanes. Ma foi, ça durera ce que ça durera !

Les coins de sa bouche se retroussèrent dans un demi-sourire :

— A quelque chose malheur est bon !

Ashenden tira deux fauteuils : l'un pour s'y asseoir, l'autre pour lui servir d'appui-jambes. R., séduit par son exemple, prit à son tour un second siège sur lequel il étala ses bottes en soupirant d'aise.

— Qui occupe la pièce voisine ? demanda-t-il.

— Personne : c'est votre chambre à coucher.

— Et qu'y a-t-il derrière l'autre cloison ?

— Une grande salle pour les banquets.

R. se leva et fit lentement le tour du salon. Comme par simple curiosité, il jeta, en passant près de la fenêtre, un coup d'œil furtif dans la rue, à travers les épais rideaux de reps ; puis il revint s'asseoir et reposa avec volupté ses pieds sur le deuxième fauteuil.

— Prudence est mère de sûreté !

Il dévisagea Ashenden d'un air pensif. Un petit sourire voltigeait sur ses lèvres minces, mais l'expression de ses yeux pâles trop rapprochés restait froide et dure. La fixité du regard qu'il portait sur lui aurait eu de quoi décontenancer un interlocuteur moins averti qu'il ne l'était devenu. Manifestement, R. cherchait une ouverture pour aborder le thème qui l'occupait.

Le silence dut se prolonger deux à trois minutes. Enfin, le colonel se lança :

— J'attends ce soir la visite d'un type dont le train doit arriver vers les dix heures.

Il jeta un coup d'œil à la montre qu'il portait au poignet :

— On l'appelle le Mexicain chauve.

— Pourquoi ?

— Parce qu'il est chauve et qu'il est mexicain.

— L'explication me paraît impeccable !

— Il vous racontera lui-même sa vie par le menu : c'est un vrai moulin à paroles. La première fois que je l'ai vu, il était dans la dèche. Il semblerait qu'après avoir trempé dans une vague révolution au Mexique, il ait dû déguerpir avec, pour tout bagage, les vêtements qu'il portait. Quand je l'ai rencontré, on en voyait la corde. Si vous voulez lui faire plaisir, appelez-le « mon général ». Il prétend avoir eu ce grade dans l'armée, celle de Huerta, si je ne me trompe. En tout état de cause, il raconte à qui veut l'entendre que, si les choses avaient bien tourné, il serait à présent ministre de la Guerre et ferait la pluie et le beau temps dans son pays. Il m'a rendu de grands services et ce n'est pas un mauvais bougre. A vrai dire, je n'ai qu'un reproche à lui faire : c'est un homme qui se parfume.

— En quoi suis-je concerné ? demanda Ashenden.

— Il part pour l'Italie où je l'ai chargé d'accomplir une mission délicate. Vous allez lui servir de tuteur. Je ne tiens pas à lui confier une grosse somme : il court trop les tables de jeu et les jupons. Vous avez, sans doute, utilisé votre passeport au nom d'Ashenden pour venir de Genève ?

— En effet.

— J'en ai un autre à vous offrir et qui, de plus, est diplomatique. Il est établi au nom de Somerville, avec des visas pour la France et l'Italie. Je crois qu'il serait bon que vous fassiez le voyage ensemble. Vous ne vous ennuierez pas avec ce type, une fois qu'il sera lancé. De toute façon, il faudra bien apprendre à vous connaître.

— En quoi consiste cette mission ?

— Je ne sais pas encore si je dois vous le dire.

Ashenden ne répondit rien. Les deux hommes se dévisagèrent d'un air détaché, comme deux voyageurs du même compartiment qui, se voyant pour la première fois, se demanderaient, chacun de son côté, à quel genre de personne ils ont affaire.

— A votre place, je laisserais le général faire les frais de la conversation et bornerais mes propres confidences au strict nécessaire. Il ne vous posera aucune question, je peux vous l'assurer. J'ai l'impression qu'à sa façon c'est un gentleman.

— A propos, quel est son vrai nom ?

— Je l'appelle toujours Manuel, mais je ne crois pas que ça lui plaise tellement. Son nom de famille est Carmona.

— Si je comprends bien ce que vous venez de ne pas me dire, cet individu est une franche canaille ?

Une lueur narquoise s'alluma dans les yeux bleu pâle de R.

— Je n'irai pas tout à fait aussi loin. Il n'a pas eu le privilège de passer par une *public school* anglaise et sa règle du jeu diffère un peu de la nôtre. Je ne sais pas si je laisserais traîner à portée de sa main un porte-cigarettes en or. Par contre si, après vous avoir piqué le vôtre, il perdait au poker en jouant contre vous, il le mettrait au clou sans hésiter pour vous régler sa dette. Il ne manquera pas une occasion de séduire la femme d'un ami mais partagera avec lui sa dernière croûte de pain s'il le trouve dans la débine. Quand il entend l'*Ave Maria* de Gounod au gramophone, il pleure d'attendrissement mais, si vous froissez son amour-propre, il vous tuera comme un chien. J'ai appris qu'au Mexique le fait de passer entre un homme et son verre constitue une insulte. Lui-même m'a raconté qu'un jour un Hollandais, qui ignorait ce détail, était passé entre le comptoir et lui ct qu'il avait alors sorti son revolver pour l'abattre sur place.

— Il n'y a pas eu de suite ?

— Non, vu qu'il appartient à l'une des plus grandes familles du Mexique. L'affaire a été étouffée et les journaux ont répandu la version d'un suicide : ce qui n'était pas loin de la réalité. Je ne crois pas que notre homme fasse grand cas de la vie de son prochain.

Ashenden, qui n'avait pas quitté le colonel des yeux, eut un petit sursaut et scruta de plus près encore les traits las de son visage jaune, sillonné de rides. Il était convaincu que cette dernière remarque n'était pas gratuite. R. reprit :

— Que de sornettes on entend sur le prix de la vie humaine ! C'est comme si l'on accordait une valeur intrinsèque à des jetons de poker : leur seule valeur est celle qu'on veut bien leur prêter. Et il en va de même pour les hommes aux yeux d'un général qui mène un combat : il aurait tort de faire du sentiment et de les considérer comme des personnes.

— A cela près que ces jetons-là ont un cœur et une intelligence : s'ils ont l'impression qu'on les gaspille, qui sait s'ils ne vont pas se rebiffer ?

— De toute façon, là n'est pas la question. Nous avons appris qu'un certain Constantin Andréadi est parti de Constantinople avec, dans ses valises, certains dossiers sur lesquels nous tenons à mettre la main. C'est un Grec au service d'Enver Pacha dont il a toute la confiance et qui lui a confié de bouche à oreille des messages à transmettre, d'une teneur trop confidentielle et d'une importance trop capitale pour être consignés par écrit. Andréadi doit s'embarquer au Pirée sur un navire qui s'appelle l'*Ithaca* à destination de Brindisi, d'où il repartira pour Rome. Là, il est prévu qu'il remettra ses documents à l'ambassade d'Allemagne et communiquera son message verbal à l'ambassadeur en personne.

— Je comprends.

A cette époque, l'Italie restait neutre. Les Empires centraux faisaient tout pour l'encourager dans cette voie, alors que les Alliés s'efforçaient de l'entraîner dans leur camp.

— Il nous faut éviter les conflits avec les autorités italiennes, ce qui pourrait tout remettre en question. Mais nous devons empêcher Andréadi d'arriver jusqu'à Rome.

— A n'importe quel prix ? demanda Ashenden.

— Nous y consacrerons tout l'argent nécessaire, répondit le colonel, esquissant un rictus.

— Quelle méthode envisagez-vous ?

— Vous n'avez pas besoin de vous occuper de ça.

— J'ai beaucoup d'imagination, repartit Ashenden.

— Je vous demande d'accompagner le Mexicain jusqu'à Naples. Il meurt d'envie de repartir pour Cuba où, paraît-il, ses amis mijotent un petit baroud. Il tient à être sur place pour n'avoir plus qu'un saut à faire jusqu'au Mexique dès que le projet sera mûr. Il a besoin d'argent liquide. J'ai apporté les fonds en dollars pour vous les remettre tout à l'heure. Vous aurez intérêt à garder les billets sur vous.

— S'agit-il d'une grosse somme ?

— Un joli paquet. Mais, pour ne pas vous encombrer, je me suis procuré des coupures de mille dollars. Vous les remettrez au Mexicain en échange des documents d'Andréadi.

Une question vint aux lèvres d'Ashenden, mais il s'abstint de la poser et la remplaça par une autre :

— Cet homme a-t-il compris ce qu'on attend de lui ?

— A merveille.

On frappa à la porte. Quand elle s'ouvrit, le Mexicain chauve se tenait devant eux.

— Me voilà. Bonsoir, mon colonel, content de vous revoir !

R. se leva pour faire les présentations :

— J'espère, Manuel, que vous avez fait bon voyage ? Je vous présente Mr. Somerville qui vous accompagnera jusqu'à Naples. Le général Carmona.

— Heureux de faire votre connaissance, monsieur.

La poignée de main du Mexicain fut si vigoureuse qu'elle arracha une grimace de douleur à Ashenden.

— Mon général, murmura-t-il, vous avez une poigne de fer.

Ce dernier regarda ses mains.

— Je me suis fait faire les ongles ce matin, mais je trouve que ça n'a pas été une réussite. J'aime les voir briller bien plus que ça !

Ses ongles, taillés en pointe, étaient peints en rouge vif : aux yeux d'Ashenden, leur vernis brillait comme un miroir. Malgré la douceur de la température, le général portait une pelisse à col d'astrakan. Des bouffées de parfum se répandaient dans l'air à chacun de ses gestes.

— Enlevez votre manteau, mon général, et prenez un cigare, lui proposa R.

Malgré sa maigreur relative, le Mexicain donnait une impression de vigueur exceptionnelle en raison de sa grande stature. Son élégant complet de serge blanche s'ornait d'une pochette de soie pliée avec soin. Il portait au poignet un bracelet-montre en or. Ses yeux bruns brillaient d'un éclat félin dans une figure aux traits harmonieux encore qu'un peu épais. Il était non seulement chauve, mais totalement imberbe. Son visage bistré, lisse comme celui d'une femme, était même dépourvu de sourcils et de cils. Il portait une perruque châtain clair, assez longue, dont les boucles étaient disposées en un savant désordre. Associée à son visage olivâtre et uni et à sa mise recherchée, cette perruque lui donnait, au premier abord, un air rébarbatif. Mais sa hideur ridicule aimantait le regard et sa mine insolite exerçait sur les gens une fascination trouble.

Il prit un siège et remonta les jambes de son pantalon pour lui éviter de faire des poches aux genoux.

— Eh bien, Manuel, combien de cœurs avez-vous brisés aujourd'hui ? lui demanda R. avec son humour sardonique.

Le général se tourna vers Ashenden.

— Notre excellent ami est jaloux de mes succès auprès du beau sexe. Je ne cesse de lui dire qu'il en aurait autant que moi s'il consentait seulement à suivre mes conseils. Il suffit d'être sûr de soi ; qui ne craint pas l'échec n'en subira jamais.

— Allons donc, Manuel, il faudrait aussi avoir votre savoir-faire. Il y a en vous un je-ne-sais-quoi auquel les femmes ne savent pas résister.

Le Mexicain eut un rire suffisant : il était content de lui et ne s'en cachait pas. Il parlait très bien l'anglais mais avec une intonation yankee et un accent espagnol.

— Bon, puisque vous tenez à le savoir, mon colonel, j'ai fait une touche dans le train avec une petite dame qui venait faire une visite à sa belle-mère. Ce n'était plus une jeunesse et elle était un peu trop maigre à mon gré, mais acceptable. Grâce à elle, je n'ai vraiment pas trouvé le temps long.

— Bon, dit R., parlons de choses sérieuses.

— A vos ordres, mon colonel.

Son regard se posa sur Ashenden.

— Mr. Somerville appartient aux cadres de l'armée ?

— Non, il est homme de lettres.

— Comme on dit dans votre langue, il faut de tout pour faire un monde. Je suis ravi de vous connaître, Mr. Somerville. J'ai pas mal d'histoires à vous raconter qui vous intéresseront. Je suis sûr que nous nous entendrons très bien. Vous avez l'air sympathique. Ça compte beaucoup pour moi. A vrai dire, je suis un grand nerveux et la compagnie d'une personne antipathique me porte sur le système.

— J'espère que notre voyage sera agréable, dit Ashenden.

— Quand notre ami doit-il arriver à Brindisi ? demanda le Mexicain en se tournant vers le colonel.

— Il doit embarquer le 14 au Pirée. L'*Ithaca* est sans doute un vieux rafiot. Mieux vaut tout de même que vous arriviez en avance à Brindisi.

— J'en suis bien d'accord.

R. se leva et vint s'asseoir sur le bord de la table, les mains dans les poches. Avec son uniforme un peu défraîchi et sa tunique ouverte, il faisait négligé auprès de ce Mexicain tiré à quatre épingles.

— Mr. Somerville ignore presque tout de votre mission et je ne souhaite pas que vous lui en parliez. Restez discret, ça vaudra mieux. Il a pour instructions de vous remettre les fonds dont vous aurez besoin pour votre travail, mais ses modalités ne le concernent pas. Vous pouvez, bien sûr, le consulter si besoin est.

— Je demande rarement des conseils. Quant à ceux qu'on me donne, je n'en tiens jamais compte.

— Et si les choses tournaient mal par votre faute, je compte sur vous pour ne pas mettre Mr. Somerville dans le bain. En aucun cas, il ne doit être impliqué.

— Mon colonel, je suis un homme d'honneur,

répondit le Mexicain en se rengorgeant. Je me ferais couper en morceaux plutôt que de trahir mes amis.

— C'est ce que j'ai déjà dit à Mr. Somerville. En revanche, si tout marche sur des roulettes, Mr. Somerville doit vous remettre la somme convenue en échange des documents dont je vous ai parlé. Il n'a pas à savoir comment vous avez fait pour vous les procurer.

— Ça va de soi. Il n'y a qu'une chose que je tienne à mettre au point. Mr. Somerville a-t-il bien compris que ce n'est pas l'amour de l'argent qui me pousse à vous servir ?

— Il en est convaincu, répondit gravement R. en fixant le Mexicain droit dans les yeux.

— Je suis corps et âme dans le camp des Alliés : je ne peux pas pardonner aux Allemands d'avoir violé la neutralité de la Belgique et, si j'accepte l'argent que vous m'offrez, c'est en tant que grand patriote. Puis-je avoir une confiance aveugle en Mr. Somerville ?

R. ayant opiné du bonnet, le Mexicain se tourna vers Ashenden.

— Une expédition se prépare pour déloger les tyrans qui exploitent mon malheureux pays et le mènent à la ruine. Les sommes qui me seront remises serviront jusqu'au dernier sou à acheter des fusils et des cartouches. Je n'ai pas besoin d'argent pour moi-même : je suis un soldat et je peux vivre d'une croûte de pain et d'une poignée d'olives. Il n'y a que trois occupations dignes d'un homme du monde : la guerre, les cartes et l'amour. Accrocher un fusil à son épaule pour prendre le maquis ne coûte rien — c'est d'ailleurs ça, la vraie guerre : pas les mouvements de troupes et les tirs de barrage —, je n'ai pas besoin d'argent pour plaire aux femmes ; et, quand je joue aux cartes, je gagne presque toujours !

Ashenden trouvait haut en couleur ce curieux personnage dont le mouchoir empestait le parfum et qui arborait un bracelet-montre en or. Du moins s'écartait-il d'une norme banale dont la tyrannie nous irrite mais finit par s'imposer à nous. C'était un oiseau rare, propre à séduire l'amateur de baroque en matière de nature humaine ; un morceau de bravoure sur deux jambes. Malgré sa perruque et son grand visage glabre, on ne pouvait nier qu'il eût beaucoup d'allure. L'on sentait bien qu'il n'eût pas fait bon prendre cet excentrique pour tête de Turc. Sa suffisance elle-même ne manquait pas de panache.

— Qu'est-ce que vous avez fait de votre barda, Manuel ? demanda R.

Interrompu au milieu de sa tirade par cette question abrupte qui semblait balayer sa rhétorique avec irrévérence, le Mexicain parut se renfrogner un peu, mais s'abstint de marquer autrement son déplaisir. Il devait tenir le colonel pour un béotien, fermé aux joies de l'esprit.

— J'ai laissé mes bagages à la gare.

— Mr. Somerville a un passeport diplomatique. Si vous voulez, à la frontière, il pourra vous éviter la fouille de la douane en les faisant passer avec les siens.

— Je n'ai pas grand-chose avec moi : quelques costumes et du linge de corps, mais l'idée me paraît bonne. Avant de quitter Paris, j'ai acheté une demi-douzaine de pyjamas de soie.

— Êtes-vous chargé ? demanda R. en se tournant vers Ashenden.

— Je n'ai qu'un sac de voyage et il est dans ma chambre.

— Vous feriez bien de profiter de ce qu'il y a

encore des chasseurs disponibles pour le faire porter à la gare. Votre train part à une heure dix.

— Ah bon ?

Ashenden venait ainsi d'apprendre qu'ils devaient quitter Lyon le soir même.

— Plus tôt vous arriverez à Naples, mieux ça vaudra, je crois.

— Très bien.

R. se remit debout.

— Je ne sais pas ce que vous comptez faire l'un et l'autre, mais moi je vais aller au lit.

— Je compte faire un petit tour en ville, dit le Mexicain, pour voir vivre les gens. C'est un sujet qui me fascine. Ça ne vous ennuierait pas, mon colonel, de me prêter cent francs ? Je n'ai pas de monnaie sur moi.

R. sortit son portefeuille et s'exécuta, avant de se tourner vers Ashenden :

— Et vous ? Comptez-vous attendre à l'hôtel ?

— Non, je préfère aller lire un bouquin dans la salle d'attente.

— Que diriez-vous tous les deux d'un whisky-soda avant de partir ? Manuel ?

— Vous êtes trop aimable, mais je ne prends jamais que du champagne et du cognac.

— Les deux ensemble ? demanda R. d'un air pince-sans-rire.

— Pas nécessairement, répondit l'autre imperturbable.

R. commanda du cognac et de l'eau gazeuse. Lui-même et Ashenden coupèrent leur alcool mais le Mexicain se versa les trois quarts d'un grand verre de cognac pur qu'il avala bruyamment, en deux gorgées. Puis il se leva, enfila sa pelisse à col d'astrakan, prit de la main gauche son vaste feutre noir et tendit la droite au colonel R., d'un geste ample de tragédien qui marque son renoncement à la femme qu'il aime au profit d'un rival plus digne de ses faveurs.

— Eh bien, mon colonel, je vous souhaite une bonne nuit et j'espère que vous ferez de beaux rêves. Nous ne sommes pas appelés à nous revoir de sitôt.

— Ne gâchez pas le travail, Manuel et, si ça tourne mal, ne lâchez pas le morceau.

— J'ai entendu dire que, dans l'une de vos grandes écoles — celle où l'on forme des fils de bonne famille à la carrière navale —, on lit une inscription en lettres d'or : « Le mot "impossible" n'existe pas dans la marine anglaise. » Moi, c'est le mot « échec » dont j'ignore le sens !

— Il ne manque pas de synonymes, répliqua le colonel.

— Rendez-vous à la gare, Mr. Somerville, dit le Mexicain qui salua les deux hommes d'un geste large avant de se retirer.

R. regarda Ashenden avec le petit sourire qui lui donnait toujours un air machiavélique.

— Eh bien, que pensez-vous de cet homme ?

— Je ne vous comprends pas. C'est un cabotin, glorieux comme un paon. Avec la tête qu'il a, vous croyez vraiment à ses conquêtes amoureuses ? Peut-on se fier à lui ?

R. pouffa de rire. Il frottait l'une contre l'autre ses mains maigres et flétries comme pour les savonner en imagination.

— Je me doutais qu'il vous plairait. C'est un original, vous ne trouvez pas ? Je crois qu'on peut lui faire confiance.

Subitement, son regard se ferma :

— Je ne vois pas ce qu'il aurait à gagner à jouer au plus malin. D'ailleurs, ajouta-t-il après un petit temps, c'est un risque à prendre : nous n'avons pas le choix. Je vais vous remettre les billets de chemin de fer et l'argent pour que vous leviez le camp. Je suis vanné et je voudrais me coucher.

Dix minutes plus tard, Ashenden s'acheminait vers la gare, suivi par un chasseur de l'hôtel qui portait sur l'épaule son sac de voyage.

Sachant qu'il en avait pour près de deux heures encore, il s'installa confortablement dans la salle d'attente et, voyant que l'éclairage y était convenable, ouvrit son roman.

Quand l'heure d'arrivée du Paris-Rome approcha, Ashenden, qui commençait à s'inquiéter, passa sur le quai à la recherche du Mexicain chauve. Il souffrait de cette douloureuse maladie que l'on appelle la fièvre du chemin de fer : une heure avant que le train fût attendu, la peur s'emparait de lui à l'idée de le manquer. Il enrageait contre les chasseurs de son hôtel qui — craignait-il — ne descendraient jamais ses bagages à temps et il ne s'expliquait pas pourquoi le car de l'établissement ne prenait pas une plus grande marge de sécurité. Pendant le trajet, le moindre embarras de la circulation le paniquait et, une fois dans la gare, il s'exaspérait de la nonchalance de ses porteurs. Tout le monde trempait dans une odieuse machination qui visait à le mettre en retard : à l'entrée des portillons, des gens se tenaient là qui lui barraient le passage ; d'autres avaient formé de longues files d'attente devant les guichets pour acheter des billets pour d'autres destinations et n'en finissaient pas de compter leur monnaie. Quant à l'enregistrement de ses bagages, il prenait un temps interminable. Qui plus est, s'il voyageait avec des amis, il lcur prenait envie d'acheter un journal ou d'aller jusqu'au bout du quai se dégourdir les jambes : à coup sûr, le train allait partir sans eux ! Comment osaient-ils s'arrêter pour tailler une bavette avec des inconnus ou, pris d'un désir soudain de téléphoner, disparaître en courant de son champ visuel ? Il n'y avait pas de doute ; l'univers entier conspirait pour lui faire manquer le train, et il ne recouvrait la sérénité qu'une fois installé dans sa place de coin avec ses affaires dans le filet à bagages et une bonne demi-heure devant lui jusqu'au départ. Parfois, le fait d'arriver à la gare tellement en avance lui avait permis de monter dans un train qui partait plus tôt. Mais il trouvait cela éprouvant pour les nerfs car de savoir qu'il l'avait pris au vol le remplissait d'affres rétrospectives.

On annonça l'express pour Rome : mais le Mexicain restait invisible ! Le train entra en gare : toujours personne. Ashenden commençait à être dans les transes. Il arpenta toute la longueur du quai, jeta un coup d'œil dans toutes les salles d'attente, fit un saut jusqu'à la consigne : l'homme était introuvable. Il n'y avait pas de wagons-lits mais Ashenden profita de la descente de plusieurs voyageurs de première pour retenir deux places assises dans un compartiment. Debout à la portière, il balayait du regard toute la longueur du quai en levant périodiquement les yeux vers l'horloge. Partir seul n'aurait aucun sens : il prit le parti de redescendre ses bagages au moment où il entendrait crier « *En voiture* [1] ». Mais, nom de Dieu, cet abruti allait recevoir son paquet ! Encore trois minutes, puis deux, puis une seule ! A présent, le quai était presque vide : tous les voyageurs avaient pris leurs places. C'est alors qu'il aperçut le Mexicain chauve suivi de deux porteurs chargés de bagages et en compagnie d'un homme à chapeau melon. Il arri-

1. En français dans le texte. *(N.d.T.)*

vait nonchalamment le long du quai. Quand il vit Ashenden, il lui fit un signe de la main :

— Ah, mon cher, vous voilà ! Je me demandais bien où vous étiez passé !

— Grand Dieu, dépêchez-vous, nous allons manquer le train.

— Je n'ai encore jamais manqué un train de ma vie. J'espère que vous avez trouvé de bonnes places ? Le *chef de gare*[1] est absent cette nuit, mais je vous présente son adjoint.

Le quidam au chapeau melon se découvrit en réponse au petit signe de tête d'Ashenden.

— Mais c'est un wagon ordinaire ! Pas question pour moi de voyager là-dedans !

Se tournant vers le sous-chef de gare, il déclara avec un beau sourire :

— *Mon cher*[1], il faudrait me trouver quelque chose de mieux !

— *Certainement, mon général*[1], je vais vous installer dans un compartiment-lit. Ça va de soi.

Le sous-chef de gare les amena le long du train et les fit monter dans un compartiment vide qui contenait deux couchettes. Le Mexicain examina les lieux d'un air satisfait puis surveilla la mise en place des bagages par les porteurs.

— Voilà qui est parfait, je vous en suis très obligé, dit-il à l'homme au chapeau melon en lui tendant la main. Je me souviendrai de vous et, la prochaine fois que je verrai le ministre, je ne manquerai pas de lui parler de la courtoisie de votre accueil.

— Vous êtes trop bon, mon général. Je vous en remercie vivement par avance.

Un coup de sifflet retentit et le train s'ébranla.

1. En français dans le texte. *(N.d.T.)*

— C'est mieux qu'un simple wagon de première classe, vous ne trouvez pas, Mr. Somerville ? commenta le Mexicain. Pour bien voyager, il faut savoir s'y prendre !

Mais la colère d'Ashenden n'était pas retombée.

— Je me demande bien pourquoi vous avez résolu de n'arriver qu'à la dernière minute ! Nous n'aurions pas eu l'air fin de rester sur le quai.

— Mon cher ami, le risque était nul. En arrivant à Lyon, j'ai dit au chef de gare que j'étais le général Carmona, commandant en chef des armées du Mexique, et que je devais faire une étape de quelques heures à Lyon pour m'entretenir avec le maréchal britannique. Je l'ai prié de faire attendre le train au cas où je serais retardé en lui donnant à espérer qu'en échange mon gouvernement trouverait peut-être un biais pour lui conférer une décoration. Ce n'est pas mon premier séjour à Lyon. J'aime bien ses petites femmes : elles n'ont pas le chic des Parisiennes, mais je leur trouve un je-ne-sais-quoi. On ne m'ôtera pas ça de l'idée. Une gorgée de cognac avant de vous endormir ?

— Non, merci, répondit Ashenden d'un air maussade.

— Moi, j'en prends toujours un verre au moment de me coucher : ça calme les nerfs.

Il ne lui fallut pas longtemps pour trouver une bouteille dans sa valise. Portant le goulot à ses lèvres, il but une longue rasade, s'essuya la bouche avec le dos de la main et alluma une cigarette. Après quoi, il enleva ses souliers et s'allongea. Ashenden mit la lumière en veilleuse.

— Je me demande toujours, rêva tout haut le Mexicain, ce qui est le plus agréable : s'endormir en ayant encore sur la bouche le goût des baisers d'une belle fille ou bien une cigarette au bec ? Êtes-vous jamais allé au Mexique ? Demain, je compte bien vous parler de mon pays. Bonne nuit !

Bientôt, sa respiration régulière indiqua qu'il s'était endormi et Ashenden ne tarda pas à s'assoupir. Quand il se réveilla peu après, le Mexicain dormait comme une souche : il avait retiré sa pelisse pour s'en servir comme d'une couverture mais avait gardé sa perruque. Soudain, il y eut une secousse et le train s'arrêta dans un grincement aigu de freins. En un éclair, avant même qu'Ashenden eût compris ce qui se passait, le Mexicain avait bondi de sa couchette et porté la main à sa poche-revolver.

— Qu'est-ce que c'est ? cria-t-il.

— Rien. Sans doute un feu rouge sur la voie.

Le Mexicain se laissa retomber de tout son poids sur le lit. Ashenden alluma la lumière.

— Pour quelqu'un qui dort aussi bien, vous avez le réveil rapide.

— Il faut ça dans mon métier.

Ashenden eut envie de lui demander à quel métier il faisait allusion : celui d'assassin ? de conspirateur ? ou de chef d'armée ? Mais, tout compte fait, il estima plus sage de tenir sa langue. Le général rouvrit sa valise et sortit la bouteille.

— Un petit coup de cognac ? proposa-t-il. Il n'y a rien de tel quand on est réveillé en sursaut en pleine nuit.

Devant le refus d'Ashenden, il leva la bouteille et ingurgita une énorme quantité d'alcool. Au total, Ashenden l'avait vu, ce soir-là, vider l'équivalent d'une bouteille presque entière de cognac. Comment ne pas penser qu'il en avait encore consommé une bonne dose au cours de ses pérégrinations dans la ville ? Pourtant, il avait, à coup sûr, tous ses esprits. A le voir et à l'entendre, personne n'aurait pu se douter qu'il avait bu, au cours de la soirée, autre chose que de la limonade.

Mais le train repartait et, bientôt, Ashenden se rendormit. Quand il ouvrit les yeux, il faisait jour. Il se tourna paresseusement sur le côté et vit que le Mexicain, éveillé avant lui, était en train de fumer une cigarette. Plusieurs mégots jonchaient le sol du compartiment près de sa couchette ; l'air, gris de fumée, était à couper au couteau. Sur les instances de son compagnon de route, Ashenden avait dû renoncer à ouvrir la fenêtre car, disait-il, la nuit, l'on risquait de prendre froid.

— Je ne m'étais pas levé pour ne pas vous réveiller. Voulez-vous faire votre toilette avant ou après moi ?

— Rien ne me presse.

— La vie de camp, ça me connaît : je n'en ai pas pour longtemps. Est-ce que vous vous lavez les dents tous les jours ?

— Oui, répondit Ashenden.

— Moi aussi. C'est une habitude que j'ai prise à New York. Je trouve toujours que d'avoir de belles dents fait honneur à un homme.

Le général se brossa vigoureusement les siennes au-dessus du lavabo et se rinça la bouche avec force glouglous et gargouillis. Puis il sortit d'un sac de voyage un flacon d'eau de Cologne, en répandit une bonne quantité sur une serviette qu'il se passa ensuite énergiquement sur la figure et sur les mains. Après quoi, il peigna méticuleusement sa perruque demeurée bien en place pendant la nuit : à moins qu'il ne l'eût remise d'aplomb avant le réveil d'Ashenden ? Enfin, il tira de son sac un autre flacon, muni d'un vaporisateur, et en pressa la poire pour répandre un nuage de parfum sur sa chemise et sa veste. Quand il eut répété cette opération sur son mouchoir, il tourna vers Ashenden le visage épanoui d'un homme en règle avec le monde.

— Me voici prêt à affronter les périls du jour. Je vais vous laisser mon nécessaire de toilette. Vous pouvez faire confiance à cette eau de Cologne : c'est la meilleure de Paris.

— Vous êtes trop aimable. Je n'ai besoin que d'eau et de savon.

— De l'eau ? Jamais je ne m'en sers, sauf pour prendre un bain. Il n'y a rien de plus mauvais pour la peau.

Quand le train approcha de la frontière, Ashenden se rappela le geste révélateur qu'avait eu le général réveillé en sursaut au beau milieu de la nuit.

— Si vous portez un revolver sur vous, proposa-t-il, mieux vaudrait, sans doute, me le confier. Avec mon passeport diplomatique, j'ai de grandes chances d'échapper à la fouille : qui sait si la police frontalière ne va pas s'aviser de vous retourner les poches ? Et ce n'est pas le moment d'avoir des histoires.

— C'est à peine une arme, tout au plus un joujou, répondit le Mexicain en sortant de sa poche un revolver chargé, d'une taille impressionnante. Je n'aime pas m'en séparer, même pour une heure : ça me donne l'impression de ne pas être entièrement habillé ! Mais j'en suis bien d'accord, nous devons éviter de prendre des risques. Autant que je vous donne mon couteau aussi. Je préfère toujours jouer du couteau plutôt que du revolver : ça me paraît une arme plus élégante.

— Question d'habitude, sans doute. Ou affaire de tempérament ?

— N'importe qui est capable d'appuyer sur une

détente. Mais, pour manier le couteau, il faut du cœur au ventre.

Ashenden le vit, rapide comme l'éclair, soulever les pans de son gilet, tirer de sa ceinture un long couteau d'aspect homicide et en faire jaillir la lame. Il tendit l'objet avec un sourire béat sur son gros visage glabre et patibulaire.

— Une belle arme, hein, Mr. Somerville ? Je n'ai jamais vu de meilleur acier : ça tranche comme un rasoir et pourtant ça ne casse pas. On peut s'en servir aussi bien pour faire de la dentelle que pour abattre un chêne. Rien ne peut s'y enrayer et, une fois replié, il paraît aussi inoffensif qu'un canif d'écolier.

Il referma le couteau avec un bruit sec et Ashenden le rangea avec le revolver dans l'une de ses poches.

— Vous n'avez pas d'autre arme ?

— Mes mains, répondit le Mexicain avec superbe. Mais je ne crois pas que les douaniers nous cherchent des histoires à leur sujet ?

Ashenden se rappela sa poigne de fer et un petit frisson lui courut le long du dos. Ses mains, longues et lisses, étaient de vrais battoirs, mais se trouvaient dépourvues, jusque sur les poignets, de tout système pileux. Et, sous leur vernis rouge, les ongles acérés semblaient peu rassurants.

Ashenden et le général passèrent la douane séparément. Quand ils furent remontés dans le train, Ashenden rendit à son compagnon le couteau et le revolver que celui-ci retrouva avec un soupir d'aise.

— Je respire à présent. Que diriez-vous d'une partie de cartes ?

— Je ne suis pas contre.

Ouvrant une fois de plus son sac de voyage, le Mexicain tira de ses profondeurs un paquet de cartes graisseuses achetées en France. Ashenden dut décliner son offre d'une partie d'écarté dont il ignorait les règles mais accepta de faire un piquet, jeu qu'il pratiquait. Ils fixèrent les enjeux et commencèrent. Pour aller plus vite, ils avaient décidé de jouer en quatre manches seulement, la première et la dernière comptant pour deux. Mais Ashenden eut beau tirer d'assez bonnes cartes, celles du général étaient toujours meilleures. Comme il n'excluait pas l'hypothèse que son adversaire fût homme à aider la chance, il surveilla son manège sans rien noter de suspect. Quand il eut perdu une levée après l'autre, et à force d'être mis capot ou de perdre sa marque, sa dette s'enfla et finit par atteindre un millier de francs, somme rondelette à l'époque. Le général fumait à la chaîne, roulant ses cigarettes d'une main experte et les collant d'un seul coup de langue avec une prestesse stupéfiante. Enfin, il se renversa en arrière.

— A propos, cher ami, est-ce que le gouvernement de Sa Majesté assume vos dettes de jeu quand vous êtes en mission ?

— Pas le moins du monde !

— Dans ce cas, il me semble que vous avez perdu assez d'argent. Si vous aviez pu faire figurer vos pertes dans vos frais généraux, j'aurais prévu de prolonger la partie jusqu'à Rome, mais vous m'êtes sympathique. Je ne veux pas gagner un sou de plus de votre propre argent.

Il ramassa les cartes et mit le paquet de côté. L'oreille basse, Ashenden sortit plusieurs billets qu'il tendit au Mexicain. Celui-ci les compta et les plia avec le soin qu'il mettait en toute chose avant de les ranger en bel ordre dans son portefeuille. Puis, se penchant vers son compagnon, il lui tapota le genou d'un geste paternel.

— J'aime votre modestie, votre absence de prétention. Vous n'avez pas la morgue de vos compatriotes. Je suis sûr que vous n'allez pas prendre en mauvaise part le conseil que je vous donne : ne jouez jamais au piquet avec des inconnus !

Froissé dans son amour-propre, Ashenden dut mal cacher sa réaction, car le Mexicain prit sa main dans la sienne.

— Mon cher ami, vous aurais-je offensé ? Je n'en avais pas la moindre intention. Vous ne jouez pas au piquet plus mal que la moyenne. Il ne s'agit pas de ça. Si nous avions plus de temps à passer ensemble, je vous apprendrais l'art de ne jamais perdre aux cartes. On y joue pour gagner de l'argent : pourquoi se laisserait-on plumer ?

Ashenden eut un petit rire :

— Je croyais que c'était seulement en amour et à la guerre que tous les moyens étaient bons ?

— Je me réjouis de voir que vous prenez la chose du bon côté : c'est comme ça qu'il faut savoir perdre. Je note que vous ne manquez ni d'humour ni de bon sens. Vous irez loin dans la vie. Quand je serai de retour au Mexique et que j'aurai récupéré mes biens, il faudra que vous soyez mon hôte. Vous serez traité comme un roi. Je vous promets de vous faire monter mes meilleurs chevaux et je compte bien vous emmener à des courses de taureaux. Et, si des filles vous plaisent, un seul mot suffira pour qu'elles soient à vous.

Au bénéfice d'Ashenden, il se mit à faire l'inventaire des vastes territoires, des haciendas et des mines qu'on lui avait confisqués au Mexique et à décrire son ancienne existence de seigneur féodal. Peu importait que son récit fût vrai ou le produit de son imagination : son discours hyperbolique et savoureux distillait les essences du romanesque. La vie sans entraves qu'il décrivait semblait appartenir à un autre âge et son action oratoire évoquait les horizons fauves, l'immensité des plantations verdoyantes, les troupeaux innombrables et les nuits de pleine lune où résonnaient les romances et vibraient les guitares des chanteurs aveugles.

— J'ai tout perdu, absolument tout. A Paris, il m'a fallu gagner un salaire de famine en donnant des leçons d'espagnol ou en servant de guide à des Américains — je veux dire des Yankees — dans les clubs de nuit de la capitale. Moi qui n'hésitais pas à payer mille douros pour un seul repas, j'ai dû mendier mon pain comme un Indien aveugle. Moi dont le plaisir était de placer un bracelet de diamants au poignet d'une belle femme, j'en ai été réduit à me faire offrir un costume par une rombière dont j'aurais pu être le fils ! Patience ! L'homme naît pour souffrir, comme les étincelles pour s'élever en l'air ; mais la malchance ne dure pas toujours. Les temps sont mûrs et nous frapperons bientôt.

Il reprit le paquet de cartes graisseuses et en fit plusieurs petits tas.

— Voyons ce que disent les cartes. Elles ne mentent jamais. Si seulement j'avais eu plus de foi en elles, j'aurais pu éviter la seule action de ma vie dont le souvenir m'oppresse. Non pas que j'aie agi contre ma conscience : tout autre homme aurait fait de même en pareil cas. Mais ce que je regrette, c'est que la fatalité m'ait contraint à ce geste.

Il inspecta les cartes, en mit quelques-unes de côté selon un critère inconnu d'Ashenden et battit celles qui restaient avant de les répartir à nouveau en petits tas.

— Les cartes m'avaient prévenu, j'en conviens

volontiers. Leur avertissement n'était pas équivoque : l'amour et une femme brune ; danger, trahison, mort. C'était clair comme de l'eau de roche. Le premier idiot venu aurait compris. Moi qui manie les cartes tous les jours de ma vie et qui n'entreprends rien sans les consulter, je n'avais pas d'excuse. J'avais perdu la tête. Vous qui êtes un homme du Nord, vous ne savez pas ce que c'est que l'amour : une passion propre à vous interdire le sommeil, à vous couper l'appétit, à vous ronger ainsi le corps comme une fièvre. Vous ne pouvez pas concevoir la fureur d'un désir qui vous égare au point que, pour le satisfaire, plus rien ne vous arrête. Sous son joug, un homme de mon espèce est capable de toutes les folies, de tous les crimes : *sí Señor*, et même d'actions d'éclat. Il est prêt à gravir des sommets plus élevés que l'Everest, à traverser à la nage des océans plus larges que l'Atlantique. Il devient à la fois dieu et démon. Ce sont les femmes qui m'ont perdu !

Une fois de plus, le Mexicain consulta rapidement les cartes, en retira plusieurs de chacun des petits tas, et rebattit celles qui restaient.

— J'ai été aimé d'une multitude de femmes. Je ne dis pas ça par vanité : c'est un fait que je ne m'explique pas. Si vous allez à Mexico, demandez à n'importe qui ce que l'on sait de Manuel Carmona et de ses conquêtes et si l'on a connu beaucoup de femmes qui lui aient résisté !

Ashenden fronça légèrement les sourcils, en fixant son interlocuteur d'un air préoccupé. Il se demandait si R., pour sagace qu'il fût, n'avait pas, en l'occurrence, fait fausse route, et cette pensée le troublait. Ce Mexicain se croyait-il vraiment irrésistible ou n'était-il qu'un fieffé menteur ? A force d'enlever des cartes, il n'en conservait plus qu'une rangée de quatre, la face tournée vers la table. Il les toucha du doigt l'une après l'autre sans pourtant les retourner.

— Le destin, reprit-il, est écrit là et aucune force au monde ne peut rien y changer. J'hésite. C'est un moment qui m'effraie toujours, et je dois m'armer de courage pour retourner les cartes qui m'annonceront peut-être un malheur. Je ne suis pas poltron mais, à ce stade, il m'est arrivé de n'avoir pas le cran de regarder les cartes fatidiques.

En ce moment même, il contemplait, d'ailleurs, le dos des quatre cartes, sans chercher à dissimuler son appréhension.

— J'ai oublié ce que je vous disais.

— Vous me parliez de votre charme irrésistible, lui rappela Ashenden avec une pointe d'ironie.

— Et pourtant, un beau jour, j'ai rencontré une femme qui m'a résisté. Je l'avais croisée pour la première fois dans une maison de passe de Mexico : une *casa de mujeres*, comme on dit chez nous. Elle descendait l'escalier au moment où je montais. Sa beauté n'était pas exceptionnelle — j'avais connu de plus belles filles par centaines —, mais elle avait un je-ne-sais-quoi qui me plaisait. J'ai demandé à la tenancière de me l'envoyer. C'est une vieille femme dont vous ferez la connaissance quand vous irez à Mexico : on la surnomme *la Marquesa*. Elle m'a répondu que cette fille n'était pas l'une de ses pensionnaires, qu'elle ne se prostituait chez elle qu'à intervalles et qu'elle venait de partir. Je l'ai priée de la convoquer pour le lendemain soir et de la retenir jusqu'à mon arrivée. Mais, ce jour-là, j'ai été retardé et, quand je me suis présenté chez *la Marquesa*, j'ai appris de sa bouche que la jeune personne était repartie en disant qu'elle n'avait pas l'habitude qu'on la fasse attendre. Je suis de bonne composition et j'accepte volontiers qu'une femme ait des caprices ou joue les allumeuses : ça fait partie du charme de son sexe. J'ai donc pris la chose en riant et lui ai fait porter un billet de cent douros, assorti de ma promesse d'être exact le lendemain. Mais, quand je suis arrivé à l'heure militaire, *la Marquesa* m'a rendu mon billet en m'informant que la donzelle ne me trouvait pas à son goût. J'ai ri encore de cette impertinence. Je portais une bague de diamants que j'ai retirée de mon doigt en chargeant la vieille entremetteuse de la remettre à cette fille pour voir si ce cadeau la ferait changer d'avis. Le lendemain, en échange de ma bague, *la Marquesa* me rapportait un œillet rouge. Je ne savais plus si je devais goûter la plaisanterie ou me mettre en colère. Je n'ai pas l'habitude d'être contrarié dans mes amours et j'ai toujours été généreux dans ce domaine : à quoi bon avoir de l'argent si ce n'est pour conquérir les belles ? J'ai donc renvoyé *la Marquesa* dire à la mignonne que j'étais prêt à lui payer mille douros si elle consentait à dîner le soir même avec moi. Ma messagère est revenue rapidement me donner sa réponse : elle acceptait mon invitation, à condition que je la laisse repartir dès la fin du repas. J'y ai consenti en haussant les épaules. Je ne prenais pas cette requête au sérieux : elle ne voulait sans doute qu'attiser mon désir. Je l'ai reçue chez moi. Ai-je dit qu'elle n'était pas d'une grande beauté ? C'était la plus belle, la plus exquise des femmes que j'aie jamais rencontrées. J'étais ivre d'amour. Non seulement elle était charmante, mais encore spirituelle : c'était un parangon de *gracia* andalouse ; en un mot, un être adorable. Quand je lui ai demandé pourquoi elle m'avait traité si cavalièrement, elle m'a ri au nez. Je me suis mis en quatre pour lui plaire. Le grand jeu : jamais je n'en avais tant fait. Et, malgré tout, à la fin du repas, elle s'est levée en me disant « bonne nuit ». Je lui ai demandé où elle allait. Elle m'a rappelé que je lui avais promis de la laisser repartir et m'a dit qu'elle se fiait à mon honneur pour que je tienne parole. J'ai eu beau récriminer, discuter, jeter feu et flammes, elle ne m'a pas délié de mon engagement. Tout ce que j'ai pu obtenir, c'est qu'elle consente à revenir dîner le lendemain aux mêmes conditions.

« Vous allez me trouver bien naïf : j'étais aux anges. Une semaine durant, je lui ai payé mille douros par jour pour dîner en ma compagnie. Soir après soir, je l'attendais avec un serrement de cœur : j'avais autant de trac qu'un *novillero* au moment d'entrer dans l'arène pour la première fois. Et elle ne manquait jamais de se jouer de moi : elle riait de mes avances, m'aguichait, affolait mon désir. J'en étais éperdument amoureux comme jamais d'aucune femme, avant ou après elle. Je ne pouvais plus penser à rien d'autre. J'en perdais la raison et négligeais tous mes devoirs. Je suis très patriote. Nous étions plusieurs à nous être réunis pour convenir de secouer le joug d'un mauvais gouvernement. Nous étions écartés des postes lucratifs ; contraints de payer des impôts comme de simples boutiquiers ; et nous devions essuyer des avanies odieuses. Nous avions des fonds et des hommes. Nos plans étaient au point et nous étions prêts à frapper. J'avais une foule de choses à faire : des réunions où je devais me rendre ; des munitions à me procurer ; des ordres à donner. Mais j'étais tellement entiché de cette fille que je n'arrivais plus à m'occuper de rien.

« N'aurais-je pas dû lui en vouloir de se payer ma tête, moi qui ne savais pas ce que c'était que de ne pas assouvir le moindre de mes caprices ? J'avais cessé de me dire qu'elle me résistait par calcul. Je la croyais sincère lorsqu'elle m'affirmait qu'elle ne me céderait pas sans amour. Je l'idéalisais et m'armais de patience. Ma passion était si ardente qu'elle finirait bien un jour ou l'autre par devenir contagieuse, comme un feu de prairie dévore tout ce qui l'entoure. Et, en effet, à la fin des fins, elle m'a dit qu'elle m'aimait. J'ai failli en mourir de saisissement. Quelle ivresse, quelle joie délirante ! Je lui aurais fait don de tout ce que je possédais ! Pour en parer sa chevelure, j'aurais arraché les étoiles du ciel. Je voulais lui prouver mon amour sans limites, faire pour elle l'impossible, l'incroyable ; lui donner tout de moi : mon âme, mon honneur, tout mon avoir et tout mon être. C'est pourquoi, cette nuit-là, tandis qu'elle reposait dans mes bras, je lui ai confié notre projet et les noms des principaux conjurés. J'ai alors senti son corps se raidir sous l'effet de l'attention et j'ai deviné le cillement de ses paupières. Il se passait quelque chose, mais quoi ? La main qui me caressait le visage était sèche et glacée. J'ai été pris d'un brusque soupçon et, d'un seul coup, la prédiction des cartes m'est revenue à l'esprit : l'amour et une femme brune ; danger, trahison, mort. A trois reprises, les cartes m'en avaient averti et j'avais refusé de les entendre. J'ai fait comme si je n'avais rien remarqué. Elle s'était blottie contre ma poitrine en prétendant que mes révélations lui faisaient peur, mais elle m'a demandé si telle ou telle personne trempait aussi dans le complot. Je lui ai répondu. Je voulais être sûr de mon affaire. Avec une ruse infinie, elle m'a alors, progressivement, tiré les vers du nez : m'arrachant, entre ses baisers, tous les autres détails de la conspiration. Plus aucun doute : je n'étais pas moins sûr qu'elle était une espionne que de vous voir aujourd'hui assis en face de moi ! Le président l'avait envoyée pour me séduire, m'ensorceler. A présent qu'elle m'avait extorqué tous nos secrets, la vie de chacun de nous était entre ses mains : à n'en pas douter, si elle quittait cette maison, nous serions tous exécutés dans les vingt-quatre heures. Et pourtant, je l'aimais, ô combien ! Aucun mot ne saurait décrire les affres du désir qui consumait mon cœur. Un tel amour relève de la souffrance et non pas du plaisir. Mais d'une souffrance dont l'intensité nous transporte plus haut que le plaisir : c'est la divine angoisse dont nous parlent les saints à propos de leurs extases sublimes. Je savais qu'elle ne devait pas ressortir vivante de ma chambre et j'avais peur en retardant mon acte de perdre mon courage.

« — Je sens que je m'endors, a-t-elle murmuré.

« — Dors, ma colombe, lui ai-je répondu.

« — *Alma de mi corazón*, « âme de mon cœur » : c'est ainsi qu'elle m'a appelé.

« Ce devaient être ses dernières paroles. Ses lourdes paupières, humides et bistrées comme les fruits de la vigne, se sont refermées et, bientôt, j'ai su qu'elle dormait, en sentant contre ma poitrine le mouvement régulier de sa respiration.

« Dites-vous bien que je l'aimais. L'idée qu'elle pût souffrir m'était intolérable. Bien sûr, ce n'était qu'une espionne, mais mon cœur m'enjoignait de lui épargner la terreur de prévoir sa mort. Le plus étrange est que je ne lui en voulais pas de m'avoir trompé. J'aurais dû la haïr pour son ignominie : mais c'était impossible. Je sentais seulement que j'avais l'âme en deuil. J'étais prêt à pleurer sur le sort de la pauvrette. J'ai retiré délicatement le bras sur lequel elle reposait — mon bras gauche, car l'autre était libre — et j'ai pris appui sur la main que je venais de dégager pour me soulever. Mais ma compagne était si belle que j'ai dû détourner les yeux de son cou ravissant au moment d'appuyer de toutes mes forces sur le poignard avec lequel je lui tranchais la gorge. Sans reprendre conscience, elle est passée du sommeil au trépas.

Il s'interrompit et fixa d'un air sombre les quatre cartes alignées devant lui et qu'il n'avait toujours pas retournées.

— C'était dans les cartes. Pourquoi n'ai-je pas pris garde à leur avertissement ? Au diable ces cartes, je ne veux pas les voir. Enlevez-moi ça !

D'un geste brusque, il balaya le paquet, éparpillant toutes les cartes sur le sol.

— J'ai beau être libre penseur, j'ai fait dire des messes pour le repos de son âme.

Il s'appuya sur le dossier de sa banquette, se roula une cigarette et en tira une longue bouffée. Puis il eut un haussement d'épaules.

— Vous êtes écrivain, à ce que dit le colonel, mais dans quelle branche en particulier ?

— J'écris des histoires.

— Des histoires policières ?

— Non.

— Qu'est-ce qui vous en empêche ? Moi, je ne lis que des romans policiers, et c'est ça que j'écrirais si j'étais à votre place.

— C'est un genre très difficile. Il y faut des trésors d'imagination. Une fois, j'ai eu l'idée d'une intrigue fondée sur un meurtre, mais il était si habilement conçu que je n'ai jamais su comment j'arriverais à faire incriminer le coupable. Somme toute, l'une des conventions du genre est qu'au terme du récit, le mystère devrait être élucidé et le criminel traduit en justice.

— Si votre crime est si parfait que vous le croyez, le seul moyen de confondre l'assassin passe par la découverte de ses mobiles. Dès qu'on connaît le mobile, il y a de grandes chances pour que des indices négligés jusqu'alors vous sautent aux yeux. A l'inverse, faute de comprendre le mobile, les preuves les plus accablantes ne mènent nulle part. Supposez, par exemple, que, par une nuit sans lune, vous abordiez un homme dans une rue déserte pour l'abattre d'un coup de poignard dans le cœur. Qui songerait à vous soupçonner ? Mais, si c'était l'amant de votre épouse, ou votre propre frère, ou encore une personne qui avait abusé de votre confiance ou vous avait insulté, il suffirait, alors, d'un petit morceau de papier, d'un bout de ficelle ou d'une parole fortuite pour vous faire condamner à mort. Il vous faudrait rendre compte de tous vos faits et gestes à l'heure du crime ; craindre qu'une douzaine de témoins vous aient aperçu juste avant ou juste après. En revanche, si vous ne connaissiez la victime ni d'Ève ni d'Adam, vous ne seriez pas suspect un seul instant. Jack l'Éventreur ne pouvait qu'échapper à la justice, tant qu'on ne l'avait pas pris sur le fait.

Ashenden avait plusieurs raisons pour changer de sujet. L'une d'elles était qu'en arrivant à Rome, il allait se séparer de son compagnon et qu'il estimait nécessaire de faire le point sur leurs déplacements respectifs. Le Mexicain devait faire route vers Brindisi cependant que lui-même se rendrait à Naples. Là, il prévoyait de descendre à l'*Hôtel de Belfast*, un vaste établissement situé près du port : c'était un hôtel de second ordre que fréquentaient des représentants de commerce et des touristes qui voyageaient à l'économie. Mieux valait que le général fût au courant du numéro de sa chambre pour pouvoir, si besoin était, se rendre auprès de lui sans rien avoir à demander au portier.

Au premier arrêt, Ashenden se fit donner une enveloppe au buffet de la gare et pria son compagnon de se l'adresser, poste restante, à Brindisi. Plus tard, lui-même n'aurait plus qu'à inscrire le numéro de sa chambre sur un papier et à poster la lettre.

Le Mexicain haussa les épaules.

— Je trouve cet excès de précautions un peu puéril. Le risque est nul. Mais, en tout état de cause, soyez certain que je ne veux pas vous compromettre.

— Je n'ai guère l'habitude de ce genre de travail, répondit Ashenden. Je ne fais qu'appliquer les directives du colonel, pour le reste, je ne sais rien de plus que le strict nécessaire.

— J'ai bien compris. A supposer que je me trouve contraint d'employer la manière forte et que ça m'attire des désagréments, je ne peux avoir que le statut de prisonnier politique. Tôt ou tard, l'Italie ne manquera pas de se joindre aux Alliés et je serai remis en liberté. J'ai envisagé toutes les hypothèses. Mais je tiens beaucoup à ce que vous n'ayez aucune inquiétude quant à l'issue de notre mission : vous ne courez pas plus de risques qu'en partant pique-niquer sur la Tamise.

Malgré tout, quand, enfin, Ashenden se retrouva seul dans le train de Naples, il poussa un profond soupir de soulagement. Il appréciait d'être débarrassé de cet ostrogoth d'une laideur agressive qui le soûlait de paroles. Le général était parti attendre Andréadi sur le quai de Brindisi et, même en faisant la part de l'exagération, Ashenden ne pouvait que se féliciter de n'être pas à la place de l'espion grec. La pensée que cet homme — dont, en somme, il ignorait tout, sauf qu'il transportait des documents confidentiels et connaissait des secrets dangereux — voguait sur les flots bleus de la mer Ionienne, sans savoir qu'il allait se jeter dans la gueule du loup, était atroce. Mais quoi, c'était la guerre, et il fallait laisser aux innocents l'illusion qu'on pourrait la gagner sans enlever ses gants.

Arrivé à Naples, Ashenden n'eut pas plus tôt retenu sa chambre d'hôtel qu'il inscrivit son numéro en caractères majuscules sur une feuille de papier et l'expédia au Mexicain dans l'enveloppe toute prête. Après quoi, il se rendit au consulat de Grande-Bretagne où R. avait prévu de lui envoyer d'éventuelles instructions : l'on y avait reçu notification de son passage et tout était en ordre. Il prit donc le parti d'oublier ces problèmes pour jouir de son séjour.

Dans cette terre du Sud, le printemps était très avancé et les rues animées étaient chaudes de soleil. Ashenden connaissait assez bien la cité. La *Piazza di San Ferdinando* si affairée, et la *Piazza del Plebiscito*, avec sa belle église, faisaient revivre en lui d'agréables souvenirs. La *Strada di Chiaia* était aussi bruyante que jamais. Il s'arrêtait aux carrefours pour explorer des yeux les ruelles escarpées qui prenaient d'assaut les hauteurs de la ville : entre deux rangées de maisons à plusieurs étages, le linge, étendu sur des fils, flottait au vent comme les banderoles d'un jour de fête. Il se promenait aussi le long de la mer, discernant confusément, au-delà des vagues étincelantes, la silhouette de Capri détachée sur le ciel. Il allait jusqu'au Pausilippe : là se dressait un vieux palais en ruine, plein de coins et de recoins, à l'intérieur duquel il avait passé dans sa jeunesse de longues heures de rêverie sentimentale. Il s'étonnait d'éprouver un petit pincement au cœur au souvenir de cette période révolue. Après quoi, il hélait un fiacre, tiré par un petit poney tout efflanqué, et se faisait ramener en cahotant jusqu'à la *Galleria* où il s'attablait à l'abri du soleil. Il y sirotait un americano en contemplant les Napolitains qui restaient là à palabrer sans fin, en gesticulant. Il cherchait à imaginer le genre d'hommes qu'ils étaient d'après leur extérieur.

Trois jours durant, Ashenden mena la vie oisive qui paraît si bien adaptée à cette ville fantasque, indolente et joyeuse. Du matin jusqu'au soir, il se contentait de flâner sans but en regardant autour de lui : non pas dans l'esprit du touriste à la recherche des spectacles prescrits, ni de l'écrivain en quête de sa matière (qui ne voit dans un coucher de soleil que l'occasion d'une phrase mélodieuse ou, dans la physionomie d'un inconnu, que l'ébauche d'un personnage) ; mais dans l'optique intemporelle d'un clochard. Il alla au musée contempler la statue de la jeune Agrippine qu'il avait des raisons précises de se rappeler avec attendrissement, et profita de l'occasion pour revoir, dans les salles de peinture, les Titien et les Breughel. Mais l'édifice auquel il ne se lassait pas de revenir était l'église de Santa Chiara : son allégresse gracieuse, son apparente désinvolture vis-à-vis de la religion, dissimulant sous des dehors frivoles une ferveur sensuelle ; sa richesse décorative alliée à l'élégance des lignes, tout cela constituait aux yeux d'Ashenden une métaphore grandiloquente et baroque de Naples tout entière — exquise sous sa poussière dorée par le soleil — et de sa population alerte. Son message semblait être que l'existence peut être à la fois triste et pleine d'attrait : que, s'il est regrettable de ne pas avoir d'argent, celui-ci ne fait pas le bonheur ; qu'en tout état de cause, la vie est bien trop brève pour qu'on se fasse du souci ; qu'elle ne manque pas, d'ailleurs, de moments exaltants et de sujets de distraction ; et que, tout bien pesé, mieux vaut s'accommoder de ce qu'on a : *facciamo una piccola combinazione.*

Mais, le matin du quatrième jour, au moment où Ashenden, à la sortie de son bain, se battait avec une serviette trop neuve pour tenter de s'essuyer, sa porte s'ouvrit d'un coup et un homme se glissa dans son appartement.

— Que venez-vous faire ici ? cria Ashenden.

— Du calme. Vous ne me reconnaissez pas ?

— Bon Dieu, vous êtes le Mexicain ! Je vous reconnais à peine !

Le général avait changé de perruque. Celle qu'il portait à présent était noire avec des cheveux en brosse et lui enserrait le crâne comme un béret. Non moins baroque que l'ancienne, cette perruque s'en distinguait beaucoup et métamorphosait son apparence. Il portait un costume râpé de couleur grise.

— Je ne peux rester que quelques instants. Il est en train de se faire raser.

Ashenden se sentit devenir apoplectique.

— Si je comprends bien, vous l'avez trouvé ?

— Ça n'a été qu'un jeu d'enfant. C'était le seul passager grec du navire. Dès que celui-ci est arrivé à quai, je suis monté à bord et j'ai demandé à voir un ami du nom de Diogenidis en provenance du Pirée. J'ai pris l'air stupéfait en ne le trouvant pas là et j'ai lié connaissance avec Andréadi. Il voyage sous le pseudonyme de Lombardos. Je lui ai emboîté le pas quand il a débarqué. Vous ne devinerez jamais la première chose qu'il a faite ? Il est entré chez un coiffeur pour se faire raser la barbe. Qu'est-ce que vous en dites ?

— Que voulez-vous que j'en dise ? N'importe qui peut éprouver l'envie de se faire couper la barbe.

— Je ne suis pas de votre avis. Il voulait éviter d'être reconnu. Oh, c'est un fin renard ! J'admire la façon dont les services allemands ne laissent rien au hasard : car il a une histoire toute prête que je vous raconterai tout à l'heure.

— A propos, vous vous êtes fait une nouvelle tête, vous aussi ?

— Ah, oui, comme vous le voyez, j'ai mis une perruque ; ça me change, vous ne trouvez pas ?

— Je ne vous aurais jamais reconnu.

— Mieux vaut prendre des précautions. Lui et moi sommes devenus de grands amis. Il nous a fallu attendre une journée entière à Brindisi et il ne parle pas l'italien. Il n'a été que trop heureux de m'avoir comme interprète : si bien que nous avons fait ensemble le voyage de Naples et que je l'ai amené à cet hôtel. Il m'a dit qu'il comptait partir demain pour Rome, mais je ne vais pas le lâcher d'une semelle : je ne tiens pas à ce qu'il me file entre les doigts. Il m'a dit qu'il voulait visiter Naples et je lui ai proposé de lui montrer tout ce qui en vaut la peine.

— Pourquoi ne part-il pas pour Rome dès aujourd'hui ?

— Ça fait partie de son affabulation. Il se fait passer pour un homme d'affaires qui se serait enrichi depuis le début de la guerre comme armateur : il possédait, dit-il, deux vapeurs de cabotage qu'il vient de revendre. A présent, il a décidé d'aller faire la bringue à Paris : ça a toujours été, à ce qu'il prétend, le rêve de sa vie et voilà qu'il va pouvoir enfin le réaliser. Ce n'est pas un homme communicatif. Pour essayer de le mettre en confiance, je lui ai dit que j'étais espagnol et que j'étais venu à Brindisi pour établir des contacts avec la Turquie à propos de livraisons d'armes. Il m'a écouté avec un intérêt qui ne m'a pas échappé mais ne m'a rien révélé en retour et, bien entendu, je me suis bien gardé de le pousser dans ses retranchements. Il porte les documents sur lui.

— Comment le savez-vous ?

— Il n'est jamais inquiet pour sa valise alors qu'à tout bout de champ, il se palpe la taille. Les papiers doivent être cousus à l'intérieur de sa ceinture ou sous la doublure de son gilet.

— Je me demande bien pourquoi vous l'avez fait descendre dans mon hôtel !

— Il m'a semblé que ça simplifierait les choses. Nous pouvons avoir à fouiller ses bagages.

— Avez-vous pris une chambre, vous aussi, dans cet établissement ?

— Pas si bête ! J'ai prétexté que j'allais prendre le train de nuit pour Rome. Mais je dois filer : j'ai promis de revenir l'attendre au bout d'un quart d'heure devant le salon de coiffure.

— Très bien.

— En cas de nécessité, où pourrais-je vous trouver ce soir ?

Ashenden lui jeta un regard en coulisse puis détourna les yeux : son front s'était rembruni.

— J'ai l'intention de rester dans ma chambre.

— Parfait. Pourriez-vous jeter un coup d'œil dans le couloir pour voir si la route est libre ?

Ashenden ouvrit la porte et regarda : le couloir était vide. A vrai dire, c'était la saison creuse pour cet hôtel. Il y avait peu d'étrangers à Naples et les affaires marchaient au ralenti.

— Tout va bien, dit-il.

Le Mexicain sortit hardiment et Ashenden referma la porte de sa chambre. Il se rasa puis s'habilla sans hâte. La place n'était pas moins ensoleillée, les passants moins pittoresques, les voitures, tirées par des rosses, moins vétustes que les jours précédents, mais ce spectacle ne l'amusait plus. Il n'avait pas l'esprit tranquille. Il passa au consulat, selon sa coutume, pour voir si une dépêche ne l'y attendait pas. Rien. Après quoi, il se rendit à l'agence Cook pour s'enquérir des heures des trains pour Rome : il y avait un départ peu après minuit, et un autre à cinq heures du matin. Quel dommage qu'il ne pût pas prendre le premier des deux trains ! Il ignorait les intentions du général : s'il voulait vraiment se rendre à Cuba, il aurait intérêt à partir pour l'Espagne. En jetant un coup d'œil au tableau des mouvements de navires, Ashenden découvrit qu'un bateau à destination de Barcelone devait appareiller le lendemain.

Il prenait Naples en grippe. Les rues écrasées de soleil lui fatiguaient les yeux ; la poussière le prenait à la gorge, le bruit l'assourdissait. Il chercha refuge à la *Galleria* où il se fit servir une consommation, puis tua une partie de l'après-midi en allant au cinéma. Rentré à l'hôtel, il jugea bon de payer sa note tout de suite vu qu'il partirait aux aurores, et alla déposer ses bagages à la gare : il n'avait conservé dans sa chambre qu'une serviette qui contenait la partie imprimée de son code et un ou deux romans. Après le dîner, il revint à l'hôtel et s'installa chez lui dans un fauteuil pour attendre le retour du Mexicain.

Il se rongeait d'inquiétude. Il entama la lecture d'un roman mais en trouva l'histoire ennuyeuse et passa à l'autre. Il n'arrivait pas à fixer son attention et regardait sa montre à tout bout de champ. Il était encore affreusement tôt ; il reprit son volume et décida de ne plus s'occuper de l'heure avant d'en avoir lu une trentaine de pages. Mais il avait beau s'accrocher au texte, il ne se faisait qu'une idée confuse de ce qu'il lisait. Il consulta sa montre une fois de plus. Grand Dieu, il n'était encore que vingt-deux heures trente ! Où pouvait bien être le Mexicain en ce moment et que faisait-il ? Il craignait que sa tentative ne tournât très mal. Quel sale boulot ! Puis il s'avisa qu'il vaudrait mieux fermer la fenêtre et tirer les rideaux. Il se mit à fumer une cigarette après l'autre. Voilà qu'il était vingt-trois heures quinze ! Une idée lui vint qui lui donna des palpitations ; il eut la curiosité de se prendre le pouls et s'étonna de le trouver normal. Bien que la nuit fût tiède et l'atmosphère de sa chambre confinée, il avait les mains et les pieds glacés.

Il pesta contre son imagination : il se serait bien passé de voir défiler les images qu'elle lui proposait ! Un meurtre soulevait des problèmes de narration qu'il s'était souvent posés. La description horrible de *Crime et Châtiment* lui revint à l'esprit. Il s'efforçait en vain de penser à autre chose : ce thème l'obsédait. Il laissa retomber le livre sur ses genoux et, le regard fixé sur le papier brun au motif fleural terni qui tapissait le mur de la chambre, il se demanda comment, en cas de nécessité, quelqu'un pouvait s'y prendre pour commettre un assassinat dans la ville de Naples ? Certes, il y avait la *Villa Nazionale*, ce grand parc qui donne sur la baie et abrite l'aquarium sous d'épaisses frondaisons. Après le crépuscule, il s'y passait des choses qui n'auraient pas supporté la lumière du jour, et ses allées, sinistres dans les ténèbres, ne pouvaient attirer que des imprudents. Au-delà du Pausilippe, la route était très peu fréquentée : la nuit, il n'y avait pas un chat sur les chemins de traverse qui montaient à flanc de coteau : toutefois, seul un homme aux nerfs d'acier se laisserait entraîner dans un tel décor ! On pouvait encore proposer une promenade en barque dans la baie : mais comment cacher son visage au loueur ? D'ailleurs, il y avait peu de chances pour qu'il laissât des inconnus partir seuls en mer. Dans le quartier du port, il existait des hôtels louches où l'on ne demandait pas d'explications aux clients tardifs démunis de bagages. Néanmoins, là aussi, le garçon qui vous accompagnait jusqu'à la chambre aurait l'occasion de vous dévisager. D'ailleurs, l'on devait, en arrivant, remplir une fiche aux multiples rubriques.

Une fois encore, Ashenden regarda l'heure. Une grande lassitude l'avait envahi. Assis dans son fauteuil, il avait à présent renoncé à lire. Il se sentait la tête vide.

En voyant la porte s'ouvrir silencieusement, il se leva d'un bond. Il avait la chair de poule. Le Mexicain se tenait devant lui.

— Je vous ai fait peur ? demanda-t-il en souriant. C'est pour éviter ça que je n'avais pas frappé !

— Vous a-t-on vu entrer dans l'hôtel ?

— C'est le portier de nuit qui m'a ouvert : mon coup de sonnette l'avait réveillé en sursaut. Il ne m'a même pas regardé. Pardonnez-moi d'arriver si tard : j'ai dû prendre le temps de me changer.

Le Mexicain avait remis le costume qu'il portait au cours du voyage ainsi que sa perruque blonde. Le changement était extraordinaire : il donnait l'impression d'être plus haut de taille et plus truculent ; les contours mêmes de son visage semblaient modifiés. Ses yeux pétillaient de bonne humeur. Il jeta un coup d'œil à son hôte.

— Mais vous êtes blanc comme un linge, mon cher ! Vous n'allez pas me dire que vous êtes inquiet ?

— Avez-vous les documents ?

— Non, il ne les portait pas sur lui. Voilà tout ce que j'ai trouvé.

Il déposa sur la table un portefeuille bourré de billets et un passeport.

— Je n'en veux pas, s'écria Ashenden précipitamment. Reprenez-les !

Le Mexicain haussa les épaules et remit le tout dans sa poche.

— Qu'est-ce que vous avez trouvé dans sa ceinture ? Vous disiez qu'il y portait constamment la main.

— Rien que de l'argent. J'ai fouillé son portefeuille : il ne contient que des lettres personnelles et des photos de femmes. Il a dû enfermer les documents dans sa valise avant de sortir ce soir.

— Quelle poisse ! gémit Ashenden.

— J'ai la clef de sa chambre. Nous ferions bien d'aller voir ce qu'il y a dans ses bagages.

Ashenden fut pris de nausées. Il hésita. Le Mexicain lui adressa un sourire indulgent.

— Il n'y a rien à craindre, *amigo*, le raisonna-t-il, sur le ton d'un père qui rassure son enfant. Mais si ça vous gêne de m'accompagner, j'irai seul.

— Non, je viens avec vous.

— Tout le monde dort dans l'hôtel et ce n'est pas M. Andréadi qui viendra nous déranger. Enlevez vos chaussures si vous voulez.

Ashenden ne répondit rien. Il fronça les sourcils en voyant que ses mains tremblaient. Il délaça ses souliers et se mit en chaussettes, imité par le Mexicain.

— Passez devant moi, ça vaudra mieux, suggéra celui-ci. Vous n'aurez qu'à tourner à gauche et enfiler le corridor. C'est la chambre 38.

Ashenden ouvrit la porte et se glissa dans le couloir éclairé par une veilleuse. Il était furieux d'éprouver une telle appréhension alors que, de toute évidence, son compagnon était très à son aise. Arrivé à la chambre, le Mexicain introduisit la clef dans la serrure, l'ouvrit et, dès qu'il fut entré, alluma la lumière. Ashenden, qui le suivait, referma la porte. Il nota que les volets étaient clos.

— A présent, nous ne risquons rien. Nous pouvons prendre tout notre temps.

Carmona sortit de sa poche un trousseau de clefs et en essaya une ou deux avant de trouver la bonne. La valise était pleine de vêtements.

— Des vêtements de confection, dit-il avec condescendance en les sortant de la valise. Moi, mon principe est qu'au bout du compte la qualité revient toujours moins cher. Et puis, on est homme du monde ou on ne l'est pas !

— Vos commentaires sont-ils indispensables ? demanda Ashenden.

— Un soupçon de danger n'affecte pas tout le monde de la même façon. Moi, ça ne fait que m'émoustiller ; mais vous, *amigo*, ça vous rend grincheux.

— Voyez-vous, répliqua Ashenden dans un accès de franchise, la différence, c'est que moi j'ai la frousse.

— Ce n'est qu'une question de nerfs !

Tout en parlant, il palpait d'une main preste mais avec minutie chacun des vêtements qu'il tirait de la valise. Elle ne contenait pas le moindre papier. Le général prit alors son couteau et fendit la doublure. Mais c'était une valise de bazar : la doublure, collée à son faux cuir, ne laissait pas d'espace pour cacher quoi que ce fût.

— Les papiers ne sont pas là. Ils doivent être dissimulés dans la pièce.

— Êtes-vous sûr qu'il ne les a pas laissés en dépôt auprès de quelque organisme ? Par exemple, à l'un des consulats ?

— Je ne l'ai pas perdu de vue un seul instant, sauf pendant qu'il était chez le coiffeur.

Le Mexicain ouvrit tous les tiroirs et inspecta

l'intérieur du placard. Il n'y avait pas de tapis dans la chambre, mais il regarda sous le lit, scruta la literie et souleva le matelas. Il promena rapidement les yeux d'un bout à l'autre de la pièce à la recherche d'une cachette. Ashenden était persuadé que rien n'avait pu échapper à son examen.

— N'aurait-il pas déposé les papiers au bureau de l'hôtel ?

— Je l'aurais vu faire. D'ailleurs, il n'aurait pas pris un tel risque. Je ne comprends pas que ces documents ne soient pas dans la chambre.

Il regarda autour de lui d'un air perplexe. Un froncement de sourcils attestait son effort pour percer cette énigme.

— Sortons d'ici, proposa Ashenden.

— Attendez.

Le général s'agenouilla pour replier rapidement mais avec soin les vêtements, avant de les remettre dans la valise qu'il referma à clef. Puis il se redressa et, après avoir éteint la lumière, entrouvrit lentement la porte pour inspecter le couloir. Ensuite, il fit signe à son compagnon de le suivre et se glissa hors de la pièce. Le seuil franchi, il referma la porte à clef, remit la clef dans sa poche, et tous deux revinrent à la chambre d'Ashenden.

Une fois à l'intérieur et le verrou tiré, ce dernier essuya ses mains moites et s'épongea le front.

— Dieu merci, nous voilà hors d'affaire !

— Franchement, le risque était nul. Mais que faire à présent ? Le colonel va être furieux de nous voir les mains vides.

— Je prends le train pour Rome à cinq heures. Je demanderai des instructions par télégramme une fois arrivé.

— Très bien, je vous accompagne.

— Ne vaudrait-il pas mieux que vous quittiez le pays sans tarder ? Il y a un bateau pour Barcelone demain. Pourquoi ne pas le prendre ? Si besoin est, je pourrai vous rejoindre en Espagne.

Le général esquissa un sourire.

— Vous êtes impatient de vous débarrasser de moi, à ce que je vois ? Soit ! Je ne vais pas contrarier un vœu que votre inexpérience de ce genre de mission rend bien excusable. Je partirai donc pour Barcelone. J'ai un visa pour l'Espagne.

Ashenden consulta sa montre : il était un peu plus de deux heures, ce qui lui laissait près de trois heures à attendre. Son compagnon roulait une cigarette d'un air placide.

— Que diriez-vous d'un petit casse-croûte ? demanda-t-il. J'ai une de ces fringales !

La seule idée de manger soulevait le cœur d'Ashenden mais il mourait de soif. Et, s'il n'avait pas envie de sortir avec le Mexicain, la perspective de rester seul dans cet hôtel ne le tentait guère plus.

— Où pourrait-on aller à l'heure qu'il est ?

— Venez, je trouverai.

Ashenden mit son chapeau et prit sa serviette sous le bras. Ils descendirent. Étendu sur un matelas, le portier de nuit dormait à poings fermés au beau milieu du hall qu'ils traversèrent à pas de loup pour ne pas l'éveiller. En passant devant le bureau, Ashenden vit une lettre dans son casier, la prit et s'assura qu'elle lui était bien adressée. Après être sortis sur la pointe des pieds, les deux hommes refermèrent derrière eux la porte de l'hôtel et s'éloignèrent rapidement. Mais, un peu plus loin, Ashenden s'arrêta sous un réverbère pour tirer la lettre de sa poche et en lire le texte. Elle lui était adressée par le consul et disait ceci : « Le télégramme ci-joint nous est parvenu ce soir. Je le fais porter à votre hôtel pour le cas où sa teneur serait urgente. » Selon toute vraisemblance, on avait déposé cette enveloppe très tard dans la soirée alors qu'Ashenden attendait dans sa chambre. Il ouvrit la dépêche : elle était codée.

— Ma foi, murmura-t-il en la remettant dans sa poche, on verra ça plus tard !

Le Mexicain enfila le dédale des rues désertes comme s'il savait parfaitement où il allait ; Ashenden marchait à son côté. Enfin, au fond d'une impasse sinistre et nauséabonde, ils aboutirent à une taverne dont le Mexicain franchit la porte en disant :

— Ce n'est pas le *Ritz* mais, à l'heure qu'il est, nous ne trouverons à manger que dans un boui-boui de ce genre !

Ashenden se trouva dans une salle sordide toute en longueur. A l'autre bout, l'on voyait un piano devant lequel était assis un jeune homme au visage vieillot. A droite et à gauche, des tables flanquées de bancs en bois avaient été dressées perpendiculairement aux murs. Plusieurs d'entre elles étaient occupées par des consommateurs de l'un et l'autre sexe, en train de boire de la bière ou du vin. Les femmes n'étaient pas jeunes : hideusement fardées, elles jacassaient d'une voix aiguë avec une gaieté bruyante et factice. A peine furent-ils entrés qu'Ashenden et le Mexicain devinrent leurs points de mire et, quand ils s'assirent à une table, Ashenden dut détourner les yeux pour ne pas rencontrer leurs regards lascifs et quasiment accrocheurs. Le jeune pianiste au visage vieillot se mit à taper un air et plusieurs couples se formèrent. Faute de cavaliers, quelques-unes des femmes dansaient ensemble. Le général commanda deux portions de macaroni et une bouteille de capri. Dès qu'on lui eut apporté la boisson, il en vida une rasade d'un seul trait et, en attendant la *pasta*, lorgna les femmes qui restaient attablées.

— Dansez-vous ? demanda-t-il à Ashenden. Moi, je vais inviter l'une de ces filles à faire un tour de piste.

Il se leva et Ashenden le suivit du regard. Il se dirigea vers une femme qui avait du moins en sa faveur des yeux étincelants et des dents blanches. Il l'enlaça dès qu'elle eut quitté son banc. Il dansait bien. Ashenden le vit entamer un dialogue qui fit pouffer sa cavalière : l'expression de celle-ci, indifférente quand il l'avait abordée, s'animait et le couple ne tarda pas à deviser gaiement. A la fin de cette danse, le Mexicain la raccompagna jusqu'à sa table, rejoignit Ashenden et vida un second verre de vin.

— Que pensez-vous de ma petite amie ? demanda-t-il. Pas mal, vous ne trouvez pas ? Ça fait du bien de se dégourdir les jambes. Pourquoi n'invitez-vous pas une de ces filles ? Ce bistrot est sympathique, non ? Faites-moi confiance pour dénicher un coin de ce genre. Question de flair.

En entendant le pianiste entamer un autre air, la femme tourna les yeux vers le Mexicain et s'empressa de se lever quand il désigna du pouce la piste de danse. Il l'attendit debout près de la table, en boutonnant son veston jusqu'au col et en cambrant la taille. Dès qu'elle l'eut rejoint, il l'entraîna dans un tourbillon sans cesser de lui parler en souriant. Il avait déjà établi des rapports cordiaux avec tout le monde et échangeait des plaisanteries en italien (langue qu'il parlait couramment, avec un accent espagnol) tantôt avec l'un, tantôt avec l'autre. Ses bons mots faisaient s'esclaffer les clients. Mais, dès qu'il vit que le garçon venait d'apporter deux platées de macaroni, il planta là sa cavalière et revint s'attabler précipitamment, sans prendre, cette fois, la peine de la raccompagner.

— J'ai l'estomac dans les talons, dit-il. Et pourtant, j'avais fait un bon dîner. Et vous, où avez-vous pris le vôtre ? Vous allez bien manger un peu de macaroni ?

— Je n'ai pas faim, dit Ashenden.

Mais, en goûtant au plat, il fut surpris de son propre appétit. Le Mexicain s'empiffrait avec volupté. Ses yeux pétillaient et il parlait d'abondance. Pendant le peu de temps qu'ils avaient dansé ensemble, sa partenaire avait trouvé le moyen de lui raconter sa vie et il relatait ses confidences. Après avoir enfourné d'énormes morceaux de pain, il commanda un second litre de capri.

— Le vin, dit-il dédaigneusement, n'est pas une vraie boisson : ça ne coupe même pas la soif. Pour ça, il n'y a que le champagne. Eh bien, *amigo*, le moral est-il meilleur ?

— Je l'avoue, répondit Ashenden en souriant.

— L'habitude, voilà tout ce qui vous manque !

D'un geste protecteur, il étendit la main pour tapoter le bras de son compagnon. Ashenden sursauta :

— Qu'est-ce que c'est que ça ? s'écria-t-il. Cette tache au poignet ?

Le Mexicain regarda la manche de son veston.

— Ça ? Ce n'est rien. Un peu de sang. Je me suis coupé accidentellement.

Ashenden se tut. Ses yeux cherchaient la pendule fixée au-dessus de la porte.

— Auriez-vous peur de manquer votre train ? Laissez-moi faire un dernier tour de danse. Après ça, je vous accompagnerai à la gare.

Le Mexicain se leva et, avec l'aplomb sublime qui lui était habituel, attira vers lui sa voisine la plus proche pour l'entraîner vers la piste. Ashenden le suivit des yeux d'un air morose. Sa perruque blonde et son visage lisse lui conféraient une laideur monstrueuse et lui donnaient une mine patibulaire mais la grâce de ses mouvements était incomparable. Ses pieds, petits pour sa taille, prenaient sur le sol un appui aussi souple que des coussinets de chat ou de tigre. Il avait un sens du rythme exceptionnel et l'on voyait bien que l'harmonie de ses gestes grisait sa partenaire, une fille parée comme une châsse. Depuis la pointe des pieds jusqu'aux hanches, où s'articulaient bizarrement des jambes de papa-faucheux, et tout au long des bras démesurés qui étreignaient sa cavalière, son corps vibrait en mesure. En dépit de son allure inquiétante et grotesque, l'élégance féline, voire le charme qui, à présent, émanait de sa personne, engendrait une séduction secrète et inavouable. Il ressemblait à l'une de ces statues que les pré-Aztèques taillaient à même le roc : primitives et robustes dans une note de cruauté féroce mais, en même temps, empreintes d'une beauté ténébreuse.

Malgré tout, il l'aurait volontiers abandonné dans ce caboulot pour y finir la nuit, s'ils n'avaient pas eu à parler affaires. Perspective peu réjouissante ! Ses instructions étaient de remettre à Manuel Carmona une certaine somme en échange de certains documents. Or ces documents faisaient défaut. Quant au reste, Ashenden n'avait pas à le savoir : ça ne le concernait pas. En passant près de la table, le Mexicain tout guilleret le salua de la main et lui cria :

— Je vous rejoindrai dès que la musique s'arrêtera : vous avez juste le temps de payer l'addition.

Si seulement Ashenden avait pu lire dans ses pensées ! Mais comment deviner son mode de raisonnement ? Quand le Mexicain revint vers lui, en s'épongeant le front avec son mouchoir parfumé, il lui demanda :

— Alors, mon général, vous êtes-vous bien amusé ?

— Je m'amuse toujours bien. Ce sont des filles de bas étage, mais peu importe. J'aime le contact d'une femme dans mes bras. J'aime voir le désir alanguir son regard et entrouvrir ses lèvres à mesure que tout son être fond de volupté. Au plus bas de l'échelle, une femme reste une femme.

Quand ils furent sortis, le Mexicain proposa à son compagnon d'aller à pied à la gare : et, en effet, vu l'heure qu'il était, ils auraient eu peu de chances de trouver un fiacre dans ce quartier de Naples. Mais le ciel brillait de toutes ses étoiles ; c'était une nuit d'été sans un souffle d'air. Un silence spectral accompagnait leurs pas. Aux abords de la gare, les contours des maisons se profilèrent en gris, à l'annonce de l'aube. Un frisson courut dans l'obscurité, porteur d'une inquiétude, d'une brève angoisse des tréfonds : comme si, héritée d'un passé immémorial, s'affirmait dans le cœur des hommes la peur irrationnelle de ne plus revoir le jour. Mais, en entrant dans la gare, ils replongèrent dans les ténèbres. De rares porteurs traînaient dans le hall, tels des machinistes au cours d'un entracte, une fois qu'ils ont mis en place le nouveau décor. Deux soldats, dont on distinguait vaguement l'uniforme, montaient la garde, immobiles.

Bien que la salle d'attente fût entièrement vide, Ashenden et le Mexicain s'installèrent tout au fond.

— Il me reste une heure avant le départ du train. Voyons ce que contient ce télégramme.

Il le sortit de sa poche et prit le code imprimé dans sa serviette. Celui qu'il utilisait à cette époque n'était guère compliqué. Il comportait deux parties : la première était consignée dans le présent livret, l'autre lui avait été remise sur une feuille volante qu'il avait détruite, après en avoir appris le contenu par cœur, au moment de quitter le territoire allié. Ashenden chaussa ses lunettes et se mit au travail.

Le Mexicain, installé au bout de la banquette pour profiter de l'accoudoir, roulait et fumait des cigarettes à la chaîne. L'âme sereine, il jouissait d'un repos bien gagné, indifférent aux activités d'Ashenden. Ce dernier déchiffrait le message mot après mot, en notant le résultat à mesure sur un morceau de papier. Il avait pour règle de ne pas chercher à comprendre tant qu'il n'avait pas terminé le décodage : car il s'était aperçu qu'en interprétant le texte comme il vient, l'on est souvent tenté de conclure trop vite, au risque de se laisser induire en erreur. Il transcrivait donc comme un automate, sans prêter attention aux mots qu'il alignait. Arrivé au bout, il lut le texte complet qui disait ceci :

Constantin Andréadi souffrant, retenu au Pirée. Stop. Voyage annulé. Stop. Regagnez Genève, recevrez instructions.

Ashenden en resta d'abord interloqué. En relisant la dépêche, il fut pris d'un grand tremblement. Puis, arraché pour une fois à son flegme, il murmura d'une voix bouleversée que la fureur étranglait dans sa gorgc :

— Bougre d'idiot ! L'homme que vous avez tué n'était pas le bon !

Giulia Lazzari

Ashenden avait pour habitude d'affirmer qu'il ne s'ennuyait jamais. C'était l'une de ses convictions personnelles que cela n'arrive qu'aux personnes vides de toute richesse intérieure et que seuls les gens stupides comptent sur le monde extérieur pour les distraire. Ashenden ne se faisait aucune illusion sur lui-même et le succès qui avait pu lui échoir dans le domaine des lettres modernes ne lui avait pas tourné la tête pour autant. Il faisait une distinction subtile entre la gloire et la notoriété qui récompense l'auteur d'un roman à succès ou d'une pièce à la mode et il était indifférent à cette dernière, excepté dans la mesure où elle s'assortissait de bénéfices tangibles. Il était tout disposé à tirer profit de son renom pour obtenir sur un bateau une cabine plus luxueuse que celle qu'il avait retenue, et si un douanier laissait passer ses bagages sans les ouvrir parce qu'il avait lu ses nouvelles, Ashenden se plaisait à admettre que la carrière des lettres avait ses compensations. Il soupirait lorsque de jeunes étudiants d'art dramatique passionnés cherchaient à discuter avec lui de techniques théâtrales, et quand des dames enthousiastes chuchotaient à son oreille d'une voix tremblante l'admiration qu'elles portaient à ses livres, il s'était plus d'une fois souhaité la mort. Mais il s'estimait intelligent et aussi était-ce absurde qu'il pût s'ennuyer. C'était un fait qu'il pouvait converser avec intérêt avec des personnes dont on pensait ordinairement qu'elles étaient si atrocement ennuyeuses que leurs semblables les fuyaient comme s'ils leur devaient de l'argent. Peut-être ne faisait-il ici que satisfaire l'instinct professionnel qui était rarement en sommeil chez lui. Ces personnes qui constituaient sa matière première ne l'ennuyaient guère plus que les fossiles n'ennuient le géologue. Et pour le moment, il jouissait de tout ce qu'un homme raisonnable pouvait souhaiter pour son divertissement. Il avait une suite confortable dans un bon hôtel et Genève est l'une des villes les plus agréables d'Europe pour y séjourner. Il louait une barque et faisait du canotage sur le lac, ou bien louait un cheval et partait au petit trot bien tranquillement — car dans ce canton net et ordonné il est difficile de trouver une étendue de gazon où l'on puisse faire un temps de galop — le long des routes macadamisées des environs de la ville. Il flânait à pied dans ses vieilles rues, tentant, parmi ces maisons de pierre grise si paisibles et si dignes, de ressaisir l'âme d'une époque révolue. Il relisait avec délice *les Confessions* de Rousseau, et pour la deuxième ou troisième fois, il essayait en vain de se remettre à *la Nouvelle Héloïse*. Il écrivait. Il connaissait peu de gens car, de par sa profession, il se devait de se tenir à l'arrière-plan, mais il avait fait la connaissance, en engageant simplement la conversation, de plusieurs personnes qui habitaient son hôtel et il ne souffrait pas de la solitude. Sa vie était suffisamment remplie, elle était variée, et lorsqu'il n'avait rien d'autre à faire, il pouvait goûter ses propres réflexions. Il était absurde de penser que, dans ces circonstances, il pût avoir des chances de s'ennuyer, et pourtant, tel un petit nuage solitaire dans le ciel, il voyait nettement se profiler à l'horizon l'éventualité de l'ennui. Il est une anecdote selon laquelle Louis XIV, ayant enjoint à un courtisan de faire partie de sa suite à l'occasion d'une cérémonie, s'apprêtait à partir lorsque apparut le courtisan. Il se tourna vers lui et lui dit, avec une majesté glaciale : *J'ai failli attendre*[1]. Ashenden aurait donc pu avouer qu'il avait alors failli s'ennuyer.

Il est fort possible, songeait-il — tandis qu'il longeait le lac sur un cheval pommelé à la large croupe et à l'encolure courte, semblable à l'un de ces coursiers caracolants que l'on voit sur les gravures d'autrefois, mais ce cheval ne caracolait jamais et il lui fallait l'éperonner avec fermeté pour qu'il consentît à se mettre ne fût-ce qu'au petit trot —, il est fort possible, songeait-il, que les grands patrons des services secrets dans leur bureau de Londres, la main sur les commandes de cette gigantesque machine, mènent une vie exaltante. Ils déplaçaient leurs pions ici ou là, ils voyaient le dessin tissé par les fils innombrables (Ashenden était prodigue en métaphores), ils recomposaient le tableau à partir des différentes pièces du puzzle, mais il faut bien avouer que, pour le menu fretin comme lui, être membre des services secrets n'était pas une affaire aussi aventureuse que l'imaginait le public. L'existence officielle d'Ashenden était aussi réglée et monotone que celle d'un employé de bureau de la ville. Il voyait ses espions à intervalles convenus et leur payait leur salaire. Lorsqu'il pouvait mettre la main sur une nouvelle recrue, il l'engageait,

1. Phrase en français dans le texte, que S. Maugham traduit parfaitement en anglais, en s'excusant modestement de son incompétence. *(N.d.T.)*

lui donnait ses instructions et l'expédiait en Allemagne. Il attendait les renseignements qui lui parvenaient et les transmettait. Il passait en France une fois par semaine pour conférer avec son homologue de l'autre côté de la frontière et recevoir ses ordres de Londres. Il faisait un tour sur la place le jour du marché pour prendre tout message apporté de l'autre rive du lac par la vieille marchande de beurre. Il ouvrait l'œil et tendait l'oreille, et il rédigeait de longs rapports, persuadé que personne ne les lisait, jusqu'au jour où, ayant glissé par inadvertance une plaisanterie dans l'un d'entre eux, il reçut une sèche admonestation pour sa désinvolture. La besogne qu'il accomplissait était évidemment nécessaire mais on ne pouvait que la taxer de monotonie. Un moment, faute de mieux, il avait envisagé l'éventualité d'un flirt avec la baronne de Higgins. Il avait la certitude maintenant qu'elle était un des agents au service du gouvernement autrichien, et il goûtait d'avance un certain plaisir à l'idée du duel qu'il prévoyait. Ce serait amusant de rivaliser de finesse avec elle. Il savait fort bien qu'elle lui tendrait des pièges, et les éviter lui fournirait l'occasion de maintenir en forme son esprit. Il constata qu'elle était toute disposée à entrer dans le jeu. Elle lui écrivit de petits billets enthousiastes lorsqu'il lui envoya des fleurs. Elle alla faire du canotage avec lui sur le lac et, laissant sa longue main blanche traîner dans l'eau, elle lui parla d'amour et joua à celle qui a le cœur brisé. Ils dînèrent ensemble et allèrent voir une représentation en français et en prose de *Roméo et Juliette*. Ashenden n'avait pas décidé jusqu'où il était disposé à pousser les choses, lorsqu'il reçut une note sèche de R. qui lui demandait à quoi il jouait : des renseignements étaient parvenus selon lesquels il (Ashenden) était souvent en compagnie d'une femme qui se donnait le titre de baronne de Higgins, et qui était fichée comme agent des Puissances d'Europe centrale, et il était tout à fait inopportun qu'il fût avec elle en termes autrement que froidement courtois. Ashenden haussa les épaules, R. le mésestimait bien plus que lui, mais il fut intéressé de découvrir ce qu'il ne savait pas auparavant, qu'il y avait quelqu'un à Genève dont le devoir, en partie en tout cas, était d'avoir l'œil sur lui. Il y avait de toute évidence quelqu'un qui avait ordre de veiller à ce qu'il ne négligeât pas son travail et qu'il ne fît pas de bêtises. Cela ne manqua pas d'amuser Ashenden. Quel vieux renard matois et sans scrupules que ce R. ! Il ne prenait aucun risque. Il ne se fiait à personne. Il utilisait ses agents, mais, quelle que fût leur position dans la hiérarchie, il n'avait aucune opinion d'eux. Ashenden chercha autour de lui à détecter la personne qui avait rapporté à R. ce qu'il faisait. Il se demanda si c'était l'un des garçons de l'hôtel. Il savait que R. accréditait beaucoup les déclarations des domestiques. Ils avaient l'occasion d'observer tant de choses et pouvaient s'introduire si facilement en des lieux où il suffisait de se baisser pour glaner des informations ! Il se demanda même si R. ne tenait pas ce renseignement de la baronne elle-même. Il n'y aurait rien d'étrange si, après tout, elle était à la solde des services secrets de l'un des pays alliés. Ashenden poursuivit ses civilités auprès de la baronne, mais cessa ses galanteries.

Il fit faire demi-tour à son cheval et revint tranquillement au petit trot à Genève. Un palefrenier des écuries du centre d'équitation attendait à la porte de l'hôtel, et, se laissant glisser de la selle, Ashenden mit pied à terre et entra dans l'hôtel. A la réception, le chasseur lui tendit un télégramme qui était rédigé en ces termes :

Tante Maggie bien malade. Séjourne à l'hôtel Lotti, *Paris. Prière aller la voir si possible. Raymond.*

Raymond était l'un des noms de guerre facétieux de R., et puisque Ashenden n'avait pas le bonheur de posséder une tante Maggie, il en conclut qu'ordre lui était donné de se rendre à Paris. Ashenden avait toujours eu l'impression que R. avait passé le plus clair de ses loisirs à lire des romans policiers et, surtout quand il était de bonne humeur, il prenait un plaisir fantastique à singer le style des romans noirs à quatre sous. Si R. était de bonne humeur, cela signifiait qu'il était sur le point de réussir un coup, et quand il en avait réussi un, il était pris d'humeur dépressive et déchargeait alors sa bile sur ses subordonnés.

Ashenden, négligeant bien ostensiblement de prendre le télégramme sur le comptoir, demanda l'heure de départ de l'express pour Paris. Il jeta un coup d'œil à la pendule pour voir s'il avait le temps de passer au consulat avant la fermeture pour obtenir un visa. Comme il montait pour aller chercher son passeport, le chasseur l'appela au moment où les portes de l'ascenseur se refermaient.

— *Monsieur*[1] a oublié son télégramme, dit-il.

— Quelle stupidité de ma part ! dit Ashenden.

Maintenant Ashenden savait que si une baronne autrichienne, par un quelconque hasard, se demandait pourquoi il s'était rendu à Paris si précipitamment, elle découvrirait que c'était l'indisposition d'une parente qui en était la cause. En ces temps de guerre troublés, il valait mieux que tout fût clair et jouer

1. En français dans le texte. *(N.d.T.)*

cartes sur table. Il était connu au consulat français et il n'y perdit donc pas de temps. Il avait demandé au chasseur de lui retenir un billet et, à son retour à l'hôtel, il prit un bain et se changea. Il était tout émoustillé à l'idée de cette balade inattendue. Ce voyage lui plut. Il dormait bien en wagon-lit et n'était nullement affecté si une secousse soudaine le réveillait. Quel plaisir de rester allongé un moment à fumer une cigarette, et de se sentir si merveilleusement seul dans sa petite cabine ! Le martèlement cadencé des roues qui passaient sur les aiguillages servait d'agréable toile de fond aux arabesques de ses méditations, et filer à toute allure en rase campagne et dans la nuit donnait l'impression d'être une étoile qui file dans l'espace. Et puis, au terme de ce voyage, il y avait l'inconnu.

Lorsque Ashenden arriva à Paris, il faisait frisquet et il tombait une petite pluie fine. Il éprouvait le besoin de se raser, de prendre un bain et de se changer, mais il était d'excellente humeur. Il téléphona à R. de la gare et lui demanda comment allait tante Maggie.

— Je suis heureux de constater que votre affection pour elle est assez grande pour vous avoir permis de vous retrouver ici sans perdre un seul instant, répondit R. avec un petit gloussement qui perçait dans sa voix. Elle est très bas, mais je suis sûr que cela lui fera du bien de vous voir.

Ashenden se dit que c'était l'erreur commise très souvent par l'humoriste amateur, par opposition au professionnel. Lorsqu'il fait une plaisanterie, il insiste lourdement. Les relations du plaisantin avec sa plaisanterie devraient être aussi rapides et fantaisistes que celles de l'abeille avec sa fleur. Il devrait faire sa plaisanterie et passer à autre chose. Il n'y a bien sûr aucun mal si, comme l'abeille qui approche de la fleur, il bourdonne un peu. Car il vaut mieux bien faire savoir à un public obtus qu'on a l'intention de faire une plaisanterie. Mais Ashenden, contrairement à la plupart des humoristes professionnels, témoignait d'une aimable tolérance pour l'humour des autres et il répondit à R. en entrant dans son jeu.

— Quand pensez-vous qu'il lui plaira de me voir ? demanda-t-il. Assurez-la de toute mon affection, voulez-vous.

R. se mit alors à glousser très franchement. Ashenden soupira.

— Elle voudra se pomponner un peu avant votre venue, je suppose. Vous savez comme elle est, elle aime à se présenter sous son meilleur jour. Disons dix heures et demie, voulez-vous, et puis, une fois que vous lui aurez parlé, nous pourrions sortir déjeuner ensemble quelque part.

— Très bien, dit Ashenden, je passerai au *Lotti* à dix heures trente.

Lorsque Ashenden, propre et reposé, se présenta à l'hôtel, une ordonnance qu'il reconnut l'accueillit dans le hall, le mena à la chambre de R. à l'étage, ouvrit la porte et l'introduisit. R. était debout, le dos à la cheminée où flambait un bon feu de bûches, dictant à son secrétaire.

— Asseyez-vous, dit R. qui poursuivit sa dictée.

C'était un salon meublé avec goût, et un bouquet de roses dans un vase suggérait une main féminine. Une grande table était jonchée de papiers en désordre. R. semblait plus vieux que lors de sa dernière entrevue avec Ashenden. Son visage émacié et jaune était plus ridé et ses cheveux grisonnaient davantage. Il accusait la fatigue du travail. Il ne se ménageait pas. Il était debout à sept heures tous les matins et il travaillait jusqu'à une heure avancée de la nuit. Son uniforme était impeccable, mais il le portait sans élégance.

— C'est bon, dit-il. Emportez-moi tout ce bazar et continuez à taper. Je signerai avant de sortir déjeuner.

Puis il se tourna vers l'ordonnance :

— Je ne veux pas être dérangé.

Le secrétaire, sous-lieutenant d'une trentaine d'années, civil de toute évidence, nanti d'un brevet d'officier temporaire, rassembla une masse de papiers et quitta la pièce. Comme l'ordonnance lui emboîtait le pas, R. dit :

— Attendez dehors. Si j'ai besoin de vous, j'appellerai.

— Très bien, mon colonel.

Quand ils furent seuls, R. se tourna vers Ashenden, avec ce qui était pour lui un air cordial.

— Vous avez fait un bon voyage ?

— Oui, mon colonel.

— Que pensez-vous de ceci ? demanda-t-il en jetant un regard circulaire dans la pièce. Pas mal, hein ? Je ne vois vraiment pas pourquoi on ne ferait pas ce qu'on peut pour adoucir les rigueurs de la guerre.

Tandis qu'il bavardait à bâtons rompus, R. scrutait Ashenden avec une insistance singulière. Le regard fixe de ses yeux pâles trop rapprochés vous donnait l'impression qu'il regardait votre cerveau à nu et qu'il avait une bien piètre opinion de ce qu'il y voyait. R., aux rares moments où il se laissait aller aux confidences, ne cachait pas le fait qu'il considérait ses semblables comme des imbéciles ou des fripouilles. C'était là l'un des obstacles auxquels il était confronté dans sa profession. A tout prendre, il préférait avoir affaire à des fripouilles. On sait alors à quoi s'en tenir et on peut agir en conséquence. Soldat de métier, il avait fait carrière aux Indes et aux colonies. Lorsque la guerre éclata, il était en garnison à la Jamaïque et quelqu'un du ministère de la Guerre, avec qui il avait été en relation, se souvenant de lui, l'avait rappelé et placé au service des renseignements. Sa sagacité était si grande qu'il occupa très vite un poste important. Il était doté d'une immense énergie et d'un grand sens de l'organisation. Dénué de scrupules, il avait cependant de la ressource, du courage et de la détermination. Il n'avait peut-être qu'un point faible : de toute sa vie, il n'avait jamais frayé avec des personnes d'un certain rang social, encore moins avec de grandes dames. Les seules femmes qu'il eût jamais connues étaient les épouses de ses collègues officiers, les épouses de hauts fonctionnaires et d'hommes d'affaires et lorsque, à son arrivée à Londres au début de la guerre, son travail le mit en contact avec de belles femmes, brillantes et distinguées, il fut ébloui outre mesure. En leur présence, il se sentait tout timide, mais il n'en cultivait pas moins leur compagnie. Il devint un parfait galant, et pour Ashenden qui en savait plus sur lui que R. ne le soupçonnait, ce vase de roses en disait long.

Ashenden savait que R. ne l'avait pas envoyé chercher pour parler de la pluie et du beau temps, et il se demandait quand il en viendrait au fait. Son attente fut de courte durée.

— Vous avez fait du bon travail à Genève, dit-il.

— Je suis heureux que vous en jugiez ainsi, répondit Ashenden.

Soudain, R. prit un air très froid et sévère. Il en avait fini avec les banalités.

— J'ai du boulot pour vous, dit-il.

Ashenden ne répondit pas, mais il sentit un petit

frémissement le titiller agréablement au creux de l'estomac.

— Avez-vous jamais entendu parler de Chandra Lal ?

— Non, mon colonel.

Le colonel eut un froncement de sourcils d'impatience qui assombrit son front un instant. Il attendait toujours de ses subordonnés qu'ils sachent tout ce dont il souhaitait les voir informés.

— Où avez-vous vécu, ces dernières années ?

— Au 36, Chesterfield Street, Mayfair, répliqua Ashenden.

L'ombre d'un sourire barra le visage jaune de R. Cette réponse quelque peu impertinente satisfaisait bien son esprit sardonique. Il se dirigea vers la table et ouvrit une valise qui s'y trouvait. Il en sortit une photographie et la tendit à Ashenden.

— C'est lui.

Pour Ashenden, peu habitué aux visages orientaux, celui-ci ressemblait à un quelconque Indien parmi la centaine qu'il avait vue. Cela aurait pu être la photographie d'un de ces rajahs qui viennent régulièrement en Angleterre et dont le portrait est publié dans les journaux illustrés. Elle montrait un homme basané, aux traits empâtés, aux lèvres fortes et au nez charnu. Ses cheveux noirs étaient raides et épais, et ses yeux très grands lui donnaient, même sur la photographie, un regard glauque et bovin. Il semblait mal à l'aise dans ses vêtements à l'européenne.

— Le voici en costume indigène, dit R. tendant à Ashenden une autre photographie.

C'était un portrait en pied, alors que la première ne laissait voir que le buste, et elle avait été prise de toute évidence quelques années auparavant. Il était plus mince. C'était l'œuvre d'un photographe indigène de

Calcutta, et l'environnement était d'une naïveté grotesque. Chandra Lal se détachait, debout, sur une toile de fond où l'on avait peint un palmier à l'air penché et une marine. Une de ses mains reposait sur une table tarabiscotée, sur laquelle se trouvait un caoutchouc dans un pot. Mais dans son turban et sa longue tunique pâle, il ne manquait pas de dignité.

— Quelle impression vous fait-il ? demanda R.

— J'aurais été tenté de dire que c'était un homme qui ne manquait pas de personnalité. Il y a là de l'autorité.

— Voici son dossier. Lisez-le, voulez-vous ?

R. donna à Ashenden deux pages dactylographiées et Ashenden s'assit. R. chaussa ses lunettes et se mit à lire les lettres qui attendaient sa signature. Ashenden parcourut le rapport, puis le lut une seconde fois plus attentivement. Il en ressortait que Chandra Lal était un dangereux agitateur. Il était avocat de profession, mais il s'était mis à la politique et il était farouchement hostile à la domination britannique aux Indes. Il était partisan de la force armée et avait, en plus d'une occasion, porté la responsabilité d'émeutes où il y avait eu mort d'hommes. Il fut arrêté une fois, jugé et condamné à deux ans de prison, mais il était en liberté au début de la guerre et, profitant de l'occasion, il se mit à fomenter la rébellion activement. Il était l'âme de complots qui visaient à contrecarrer les Britanniques aux Indes et à les empêcher ainsi de transférer des troupes sur le théâtre des opérations. Grâce aux sommes énormes qui lui avaient été fournies par des agents allemands, il avait été à même de susciter beaucoup de troubles. Il fut impliqué dans deux ou trois attentats à la bombe qui, bien qu'ils eussent fait peu de dégâts, mis à part la vie de quelques badauds innocents, n'en ébranlèrent pas moins les nerfs de la population en sapant son moral. Il éludait toutes les tentatives d'arrestation, son activité était redoutable, il était ici, il était là, mais la police ne pouvait jamais lui mettre la main au collet et elle n'apprenait sa présence dans telle ou telle ville qu'au moment où, sa besogne terminée, il en était parti. Finalement, on offrit une forte récompense pour son arrestation sous le chef d'accusation de meurtre, mais il s'échappa du pays, s'enfuit en Amérique, d'où il passa en Suède et finit par atteindre Berlin. Là, son activité consista à semer la discorde parmi les troupes indigènes qui avaient été transportées en Europe. Tout cela était relaté sèchement, sans commentaires ni explications, mais la froideur du récit laissait une impression de mystère et d'aventures où l'on n'échappait que par miracle à des dangers témérairement affrontés. Le rapport se terminait comme suit :

G. a une épouse et deux enfants aux Indes. On ne lui connaît pas d'aventures féminines. Il ne boit ni ne fume. On le dit honnête. Des sommes considérables d'argent lui sont passées entre les mains, sans qu'il ait jamais été question qu'il en ait fait un usage inconvenant [sic]. *Il a un courage indéniable et c'est un travailleur acharné. Il a la réputation de mettre un point d'honneur à respecter sa parole.*

Ashenden rendit le document à R.

— Eh bien ?

— C'est un fanatique.

Ashenden pensait qu'il y avait chez cet homme quelque chose de plutôt romanesque et attirant, mais il savait que R. ne tolérait pas de sa part de bêtises de ce genre.

— Il a l'air d'un individu très dangereux.

— C'est le conspirateur le plus dangereux qui soit aux Indes ou ailleurs. Il a fait plus de mal à lui seul que tous les autres réunis. Vous savez que ces Indiens de Berlin se sont constitués en bande organisée, eh bien, il en est le cerveau. Si l'on pouvait se débarrasser de lui, je pourrais me permettre d'ignorer les autres. C'est le seul qui ait quelque chose dans le ventre. Cela fait un an que j'essaie de lui mettre la main dessus et je commençais à désespérer, mais j'ai maintenant enfin une chance et, bon Dieu, je suis bien décidé à la saisir.

— Qu'allez-vous donc faire ?

R. eut un ricanement sardonique.

— L'envoyer au peloton d'exécution, et en quatrième vitesse.

Ashenden ne répondit pas. R. arpenta une ou deux fois la petite pièce, puis, de nouveau le dos au feu, il fit face à Ashenden. Un sourire sarcastique tordait ses lèvres minces.

— Avez-vous remarqué à la fin du rapport que je vous ai soumis qu'il était dit qu'on ne lui connaissait aucune aventure féminine ? Eh bien, c'était vrai, mais ça ne l'est plus. Le fichu imbécile est tombé amoureux.

R. traversa la pièce pour aller prendre sa valise, dont il tira une liasse nouée d'un ruban bleu pâle.

— Tenez, voici ses lettres d'amour. Vous êtes romancier, cela pourrait vous amuser de les lire. En fait, vous devriez les lire, cela vous aiderait à saisir la situation. Emportez-les avec vous.

R. remit d'un coup sec la petite liasse bien attachée dans la valise.

— On se demande comment un homme aussi compétent peut se laisser tourner la tête par une femme. C'est bien la dernière chose que j'attendais de lui.

Le regard d'Ashenden se porta sur le vase de belles roses qui se trouvait sur la table, mais il ne dit rien. R., à qui rien n'échappait, surprit le coup d'œil et sa mine se renfrogna soudain. Ashenden savait qu'il avait envie de lui demander ce que diable il fixait du regard. A cet instant-là, R. n'éprouvait aucun sentiment amical envers son subordonné, mais il ne fit aucune remarque et revint au sujet du moment.

— De toute façon, là n'est pas le problème, Chandra est tombé follement amoureux d'une femme nommée Giulia Lazzari. Il en est toqué.

— Savez-vous comment il l'a levée ?

— Bien sûr que oui. C'est une danseuse. Elle donne dans la danse espagnole, mais il se trouve qu'elle est italienne. Pour des raisons de théâtre, elle se fait appeler la Malagueña. Vous voyez le genre. Musique populaire espagnole avec mantille, éventail et grand peigne. Voilà dix ans qu'elle danse dans toute l'Europe.

— Est-ce qu'elle vaut quelque chose ?

— Non, exécrable. Elle a fait la province en Angleterre et elle a eu quelques engagements à Londres. Elle n'a jamais gagné plus de dix livres par semaine. Chandra l'a rencontrée à Berlin dans un *Tingeltangel*, vous savez ce que c'est, un genre de music-hall de bas étage. Je crois comprendre que sur le continent elle considérait sa danse surtout comme un moyen de mettre en valeur ses charmes de prostituée.

— Comment est-elle parvenue à Berlin pendant la guerre ?

— Elle a été un temps mariée à un Espagnol. Je crois qu'elle l'est toujours, bien qu'ils ne vivent plus ensemble, et elle voyageait sous passeport espagnol. Il apparaît que Chandra est tombé en arrêt devant elle.

R. reprit la photo de l'Indien et la regarda, pensif.

— Qui eût dit qu'il y avait quelque chose de si attirant chez ce petit moricaud huileux ? Dieu, ce qu'ils grossissent ! Il n'en reste pas moins qu'elle s'est éprise de lui presque autant que lui d'elle. J'ai aussi ses lettres, des copies seulement, bien sûr, il a les originaux et je suppose qu'il les garde bien noués d'une faveur rose. Elle est folle de lui. Je ne suis pas un homme de lettres, mais je crois savoir reconnaître l'accent de la sincérité. De toute façon, vous les lirez et vous pourrez alors me donner votre avis. Qu'on vienne me dire après ça que le coup de foudre, ça n'existe pas !

R. esquissa un sourire ironique. Il était certainement de bonne humeur ce matin-là.

— Mais comment avez-vous mis la main sur toutes ces lettres ?

— Comment j'ai mis la main dessus ? Qu'est-ce que vous croyez ? En raison de sa nationalité italienne, Giulia Lazzari a fini par se faire expulser d'Allemagne. On l'a refoulée à la frontière hollandaise. Ayant un engagement de danseuse en Angleterre, elle s'est vu accorder un visa...

R. chercha une date parmi ses papiers.

— ... et le 24 octobre dernier, elle a pris le bateau de Rotterdam à Harwich. Depuis, elle a dansé à Londres, Birmingham, Portsmouth et ailleurs. On l'a arrêtée à Hull, il y a quinze jours.

— Pour quel motif ?

— Espionnage. On l'a transférée à Londres et je suis allé moi-même la voir à Holloway.

Ashenden et R. se regardèrent un instant sans parler, chacun s'efforçant peut-être de déchiffrer les pensées de l'autre. Ashenden se demandait où était la vérité dans tout cela et R. se demandait jusqu'où il avait avantage de pousser ses confidences.

— Comment l'avez-vous dénichée ?

— J'avais trouvé bizarre que les Allemands l'autorisent à danser en toute quiétude à Berlin pendant des semaines pour décider ensuite, sans raison particulière, de l'évacuer. Bon point de départ pour une éventuelle mission d'espionnage. Et une danseuse qui ne s'embarrassait pas beaucoup de sa vertu pouvait trouver des occasions de glaner des renseignements susceptibles d'être achetés un bon prix à Berlin. Je pensai donc qu'il ne serait pas plus mal de la laisser venir en Angleterre pour voir ce qu'elle manigançait. Je ne la lâchai pas d'une semelle. Je découvris que, deux ou trois fois par semaine, elle adressait des lettres en Hollande et que, deux ou trois fois par semaine, elle recevait des réponses de Hollande. Ses lettres étaient écrites dans un mélange bizarre de français, d'allemand et d'anglais. Elle parle un peu l'anglais et fort bien le français, mais les réponses étaient entièrement rédigées en anglais. C'était du bon anglais, mais un anglais fleuri et plutôt grandiloquent qui n'était pas l'anglais d'un Britannique. Je me demandai qui pouvait bien les écrire. En apparence, ce n'étaient que de banales lettres d'amour, mais elles se voulaient explosives. Il était assez évident qu'elles provenaient d'Allemagne et que le scripteur n'était ni anglais, ni français, ni allemand. Pourquoi écrivait-il en anglais ? Les seuls étrangers qui sachent l'anglais mieux que toute autre langue continentale sont les Orientaux, pas les Turcs ni les Égyptiens non plus, qui savent le français. Un Japonais écrirait en anglais, un Indien aussi. J'en vins à la conclusion que l'amant de Giulia appartenait à cette bande d'Indiens qui nous menaient la vie dure à Berlin. J'étais loin de me douter qu'il s'agissait de Chandra Lal, jusqu'au jour où je trouvai la photographie.

— Comment avez-vous fait cette découverte ?

— Elle la transportait toujours avec elle. C'était du joli travail, je vous le garantis. Elle la gardait sous clef dans sa malle, avec tout un tas de photographies de gens de théâtre : fantaisistes, clowns et acrobates. Ç'aurait pu très facilement passer pour une photo d'artiste de music-hall quelconque en costume de scène. En fait, plus tard, lors de son arrestation, quand on lui demanda qui représentait cette photographie, elle dit qu'elle l'ignorait, que c'était un prestidigitateur indien qui la lui avait donnée, et qu'elle n'avait pas la moindre idée de son nom. Quoi qu'il en soit, je mis sur le coup un gars très futé qui trouva curieux que ce fût le seul cliché du lot qui vînt de Calcutta. Il remarqua qu'il y avait un numéro au dos, et il le prit, je veux dire le numéro, et, bien entendu, remit la photographie dans la malle.

— A propos, juste par curiosité, comment votre gars très futé s'est-il donc procuré la photographie ?

Les yeux de R. pétillèrent.

— Ça ne vous regarde pas. Mais tout ce que je peux vous dire, c'est qu'il était joli garçon. Bref, ça n'a aucun rapport. Après avoir eu le numéro de la photographie, nous avons télégraphié à Calcutta, et, un moment après, je reçus la nouvelle réjouissante que l'objet des affections de Giulia n'était autre que l'incorruptible Chandra Lal. J'estimai alors de mon devoir de faire surveiller Giulia d'un peu plus près. Elle semblait avoir un faible inavoué pour les officiers de marine. Je ne pouvais pas vraiment l'en blâmer. Ils sont séduisants, mais il n'est pas sage pour les dames de petite vertu et de nationalité douteuse de cultiver leur compagnie en temps de guerre. Je ne tardai pas à recueillir tout un lot de bonnes petites preuves contre elle.

— Comment passait-elle sa camelote ?

— Elle ne la passait pas. Elle n'essayait même pas. Les Allemands l'avaient bel et bien fichue dehors. Elle ne travaillait pas pour eux, elle travaillait pour Chandra. Lorsque son engagement en Angleterre arriva à son terme, elle projeta de retourner en Hollande et de le retrouver. Elle n'était pas très experte dans ce travail, elle avait le trac, mais cela paraissait facile. Personne ne semblait se soucier d'elle, cela devenait grisant. Elle se procurait toutes sortes de renseignements intéressants sans aucun risque. Dans l'une de ses lettres, elle disait : « J'ai tant de choses à vous dire, *mon petit chou*[1] chéri, et que vous serez *extrêmement intéressé*[1] de savoir », et elle soulignait les mots français.

R. marqua une pause et se frotta les mains. Son visage fatigué semblait refléter la jouissance diabolique de sa propre ruse.

— C'était de l'espionnage pénard. Bien sûr, je me souciais d'elle comme d'une guigne. C'est lui que je voulais. Ma foi, dès que j'eus reçu les charges contre elle, je l'arrêtai. J'avais assez de preuves pour faire condamner tout un régiment d'espions.

R. mit les mains dans ses poches et ses lèvres pâles se crispèrent en un sourire qui était presque une grimace.

— Holloway n'est pas un endroit bien réjouissant, vous savez.

— Aucune prison ne l'est, j'imagine, remarqua Ashenden.

1. En français dans le texte. *(N.d.T.)*

— Je la laissai mijoter dans son jus pendant une semaine avant d'aller la voir. Elle était alors dans un bel état de nerfs. La gardienne me dit qu'elle piquait de violentes crises la plupart du temps. Je dois dire qu'elle avait l'air d'une diablesse.

— Est-elle belle ?

— Vous verrez vous-même. Elle n'est pas mon type. Je suppose qu'elle est bien mieux lorsqu'elle est fardée et pomponnée. Je lui fis la morale. J'insufflai en elle la crainte de Dieu. Je lui déclarai qu'elle en prendrait pour dix ans. Je crois que je réussis à la terroriser. Du moins, j'ai tout fait pour. Naturellement, elle nia tout, mais les preuves étaient là. Je lui certifiai qu'elle n'avait pas l'ombre d'une chance. Je passai trois heures avec elle. Elle s'effondra et finit par tout avouer. Puis je lui dis que je la laisserais partir sans encombre à condition qu'elle attire Chandra en France. Elle refusa catégoriquement, disant qu'elle préférerait mourir. Elle était dans tous ses états et m'exaspérait, mais je la laissai divaguer. Je l'invitai à réfléchir, lui proposant de la voir un ou deux jours après pour en rediscuter. En fait, je l'abandonnai à son sort pendant une semaine. Elle avait eu évidemment le temps de réfléchir, car, à mon retour, elle me demanda très calmement en quoi consistait exactement ma proposition. Cela faisait alors quinze jours qu'elle était en prison et j'imagine qu'elle commençait à en avoir assez. Je la lui exposai le plus clairement possible et elle accepta.

— Je ne suis pas sûr de bien comprendre, dit Ashenden.

— Ah, non ? J'aurais cru que c'était limpide pour l'intelligence la moins douée. Si elle arrive à convaincre Chandra de passer la frontière suisse et de pénétrer en France, elle aura la liberté d'aller, soit en

Espagne, soit en Amérique du Sud, avec son passage payé.

— Et comment diable fera-t-elle pour amener Chandra à faire cela ?

— Il est follement amoureux d'elle. Il brûle de la voir. Ses lettres sont presque démentes. Elle lui a écrit pour lui dire qu'elle ne pourra pas obtenir de visa pour la Hollande (je vous ai dit qu'elle devait l'y rejoindre une fois son périple terminé) mais qu'elle pourra en avoir un pour la Suisse. C'est un pays neutre et il y sera en sécurité. Il a sauté sur l'occasion. Ils ont combiné de se retrouver à Lausanne.

— Bien.

— A son arrivée à Lausanne, il recevra une lettre d'elle pour lui dire que les autorités françaises ne l'autorisent pas à passer la frontière et qu'elle va à Thonon, qui se trouve de l'autre côté du lac, juste en face de Lausanne, en France, elle lui demandera alors d'y venir.

— Qu'est-ce qui vous fait penser qu'il marchera ?

R. se tut un instant. Il regarda Ashenden avec douceur.

— Il faudra bien qu'elle l'en persuade, si elle ne veut pas faire dix ans de travaux forcés.

— Je vois.

— Elle arrive d'Angleterre ce soir sous bonne garde et j'aimerais que vous l'emmeniez à Thonon par le train de nuit.

— Moi ? dit Ashenden.

— Oui, j'ai pensé que c'était là le genre de mission que vous étiez capable de mener parfaitement à bien. Vous en savez probablement plus sur la nature humaine que la plupart des gens. Et puis, cela vous changera de passer une semaine ou deux à Thonon. Je suis sûr que c'est un joli petit coin, et chic aussi, en temps de paix. Vous pourriez y prendre les eaux.

— Et qu'attendez-vous de moi lorsque j'aurai amené la dame à Thonon ?

— Je vous laisse carte blanche. J'ai pris quelques notes qui peuvent vous être utiles. Je vais vous les lire, voulez-vous ?

Ashenden écouta attentivement. Le plan de R. était simple et clair. Ashenden ne put s'empêcher d'éprouver de l'admiration pour le cerveau qui l'avait conçu avec tant de rigueur.

Peu après, R. proposa de déjeuner et il demanda à Ashenden de l'emmener quelque part où ils pourraient voir des gens chics. Cela amusa Ashenden de voir R., si cassant, si sûr de lui et si dynamique dans ses fonctions, pris de timidité en entrant dans le restaurant. Il parlait un peu trop fort afin de montrer qu'il était parfaitement à l'aise et affectait une assurance quelque peu forcée. On discernait dans ses manières la vie minable et ordinaire qu'il avait menée jusqu'au jour où les hasards de la guerre l'avaient haussé à ce rang supérieur. Il était content de se trouver dans ce restaurant à la mode et de côtoyer des personnes de marque ou de renom, mais il avait l'impression d'être un collégien qui étrenne son premier habit de soirée, et il baissait les yeux devant le regard d'acier du *maître d'hôtel*[1]. Il dardait un coup d'œil furtif de-ci, de-là et son visage olivâtre rayonnait d'une suffisance dont il avait légèrement honte. Ashenden attira son attention sur une femme laide mais bien faite, vêtue de noir et portant un long rang de perles.

— C'est Mme de Brides. Elle est la maîtresse du grand-duc Théodore. C'est probablement l'une des

1. En français dans le texte. *(N.d.T.)*

femmes les plus influentes d'Europe, et certainement l'une des plus brillantes.

L'œil vif de R. se posa sur elle et il rougit un peu.

— Sacrebleu, ça, c'est vivre, dit-il.

Ashenden l'observa avec curiosité. Le luxe est dangereux pour les gens qui ne l'ont jamais connu et à qui il offre trop brusquement ses tentations. R., cet homme perspicace et cynique, était captivé par l'éclat vulgaire et le clinquant de la scène qui s'offrait à lui. Tout comme la culture a cet avantage de vous permettre de dire des sottises avec distinction, l'habitude du luxe vous autorise à considérer ses fanfreluches et ses falbalas avec tout le dédain qu'il convient.

Mais après avoir fini leur déjeuner, alors qu'ils buvaient leur café, Ashenden, voyant que R. s'était radouci sous l'effet du bon repas et de l'ambiance, revint au sujet qui occupait ses pensées.

— Cet Indien doit être un gars plutôt remarquable, dit-il.

— Il a de la cervelle, bien sûr.

— On ne peut s'empêcher d'être impressionné par un homme qui a eu le courage de s'attaquer presque à lui seul à toute la puissance britannique aux Indes.

— Je ne ferais pas de sentiment à son sujet, si j'étais vous. Ce n'est rien de plus qu'un dangereux criminel.

— Je ne pense pas qu'il aurait recours à la bombe, s'il pouvait commander quelques batteries et une demi-douzaine de bataillons. Il fait usage des armes dont il dispose. Vous ne pouvez guère l'en blâmer. Après tout, il ne recherche rien pour lui-même. Il recherche la liberté pour son pays. A regarder les choses en face, il semble bien que ses actions soient justifiées.

Mais R. ne voulait rien entendre de ce que disait Ashenden.

— C'est tiré par les cheveux et morbide, dit-il. Nous ne pouvons pas entrer dans toutes ces considérations. Notre tâche est de le coincer et, lorsque nous l'aurons pris, de le passer par les armes.

— Bien sûr, il nous a déclaré la guerre et il doit en subir les conséquences. J'exécuterai vos instructions, je suis là pour ça, mais je ne vois pas quel mal il y a à concevoir qu'il est, d'une certaine façon, digne de respect et d'admiration.

R. était redevenu le juge froid et avisé de ses semblables.

— J'en suis encore à me demander si les meilleurs agents pour ce genre de travail sont ceux qui le font avec passion ou ceux qui gardent la tête froide. Certains sont pleins de haine pour les gens contre lesquels nous luttons et quand nous écrasons nos adversaires, cela leur donne une sorte de satisfaction comparable à l'assouvissement d'une rancune personnelle. Bien sûr, ils prennent leur travail très à cœur. Vous êtes différent, n'est-ce pas ? Vous abordez la chose comme une partie d'échecs et vous ne semblez pas éprouver de sentiment dans un sens ou dans l'autre. Je ne saurais le dire exactement. Bien sûr, pour un certain genre de travail, c'est juste ce qu'il faut.

Ashenden ne répondit pas. Il demanda l'addition et retourna à l'hôtel en compagnie de R.

Le train partait à vingt heures. Après s'être débarrassé de sa valise, Ashenden longea le quai. Il trouva la voiture où était Giulia Lazzari, mais elle était assise dans un coin, détournant les yeux de la lumière, de sorte qu'il ne put voir son visage. Elle était sous la garde de deux détectives qui l'avaient prise en charge, après la police anglaise de Boulogne. L'un d'entre eux travaillait avec Ashenden sur la rive française du lac de Genève, et, lorsque Ashenden arriva à sa hauteur, il lui fit un signe de tête.

— J'ai demandé à la dame si elle dînera au wagon-restaurant, mais elle préfère dîner dans son compartiment, aussi ai-je commandé un panier-repas. Est-ce que ça va comme ça ?

— Très bien, fit Ashenden.

— Nous irons à tour de rôle au wagon-restaurant, mon compagnon et moi, afin qu'elle ne reste pas seule.

— C'est très avisé de votre part. Je reviendrai lorsque nous aurons démarré et j'aurai un entretien avec elle.

— Elle ne me paraît guère disposée aux confidences, dit le détective.

— Le contraire serait étonnant, répondit Ashenden.

Il alla chercher son ticket pour le deuxième service et revint ensuite à sa voiture. Giulia Lazzari finissait juste son repas quand il revint auprès d'elle. Un coup d'œil au panier-repas lui apprit qu'elle avait mangé d'assez bon appétit. Le détective qui la gardait ouvrit la porte lorsque Ashenden apparut et, sur un signe d'Ashenden, les laissa seuls.

Giulia Lazzari lui jeta un regard maussade.

— J'espère que vous avez eu tout ce qu'il vous fallait pour dîner, dit-il en s'asseyant en face d'elle.

Elle s'inclina légèrement sans dire un mot. Il sortit son étui à cigarettes.

— En voulez-vous une ?

Elle lui jeta un coup d'œil, sembla hésiter, puis, toujours sans rien dire, en prit une. Il frotta une allumette, et, en lui donnant du feu, il la regarda. Il fut surpris. Dieu sait pour quelle raison, il s'attendait à la voir blonde, peut-être selon une idée reçue qu'un Oriental avait plus de chances de tomber amoureux d'une blonde, mais elle était basanée. Ses cheveux étaient cachés sous un chapeau cloche, ses yeux étaient noirs comme du jais. Elle n'était plus très jeune, elle pouvait avoir trente-cinq ans, et sa peau était ridée et olivâtre. Elle n'avait aucun fard à ce moment-là et semblait décomposée. Il n'y avait rien de beau en elle, à part ses yeux magnifiques. Elle était forte et Ashenden pensa qu'elle devait être trop lourde pour danser avec grâce. Il n'était pas impossible qu'elle eût une silhouette hardie et aguichante en costume espagnol, mais là, dans le train, dans ses habits minables, rien ne pouvait expliquer le béguin de l'Indien. Elle coula un long regard inquisiteur à Ashenden. Elle se demandait évidemment quel genre d'homme il était. Elle souffla un nuage de fumée par les narines, le suivit du regard pour ensuite revenir à Ashenden. Il put se rendre compte que sa morosité n'était qu'un masque, qu'elle était inquiète et effrayée.

Elle prit la parole en français avec un accent italien.

— Qui êtes-vous ?

— Mon nom ne vous dirait rien, *madame* [1], je vais à Thonon. J'ai retenu une chambre pour vous à l'*Hôtel de la Place*. C'est le seul ouvert actuellement. Je pense que vous le trouverez très confortable.

— Ah, c'est vous dont le colonel m'a parlé. Vous êtes mon geôlier.

— Seulement pour la forme. Je ne vous importunerai pas.

— Vous n'en êtes pas moins mon geôlier.

— Pas pour très longtemps, j'espère. J'ai dans ma

1. En français dans le texte. *(N.d.T.)*

poche votre passeport et toutes les formalités ont été remplies pour vous permettre de passer en Espagne.

Elle se jeta en arrière dans le coin du compartiment. Pâle, avec ses grands yeux noirs, sous la lumière blafarde, son visage se mua soudain en un masque de désespoir.

— C'est infâme. Oh ! je crois que je mourrais heureuse si je pouvais tuer ce vieux colonel ! Il n'a pas de cœur. Je suis si malheureuse.

— Je crains que vous ne vous soyez mise dans une situation très délicate. Comme si vous ne saviez pas que l'espionnage est un jeu dangereux !

— Je n'ai jamais vendu aucun secret. Je n'ai pas fait de mal.

— A coup sûr, uniquement parce que vous n'en avez jamais eu l'occasion. Je crois savoir que vous avez signé des aveux complets.

Ashenden lui parlait le plus aimablement possible, un peu comme s'il s'adressait à un malade, et il n'y avait aucune dureté dans sa voix.

— Ah, oui, je me suis conduite comme une idiote. J'ai écrit la lettre que le colonel m'a dit d'écrire. Pourquoi n'est-ce pas suffisant ? Que va-t-il m'arriver s'il ne répond pas ? Je ne peux le forcer à venir s'il ne le veut pas.

— Il a répondu, dit Ashenden, j'ai la réponse sur moi.

Elle eut un sursaut et sa voix se brisa en un hoquet.

— Oh ! montrez-la-moi ! Je vous en conjure, laissez-moi la voir.

— Je n'y vois aucune objection, mais il faudra me la rendre.

Il sortit de sa poche la lettre de Chandra et la lui tendit. Elle la lui arracha des mains et la dévora des yeux. Elle couvrait huit pages, et tandis qu'elle lisait, les larmes ruisselaient le long de ses joues. Entre deux sanglots, elle poussait de petites exclamations de tendresse, appelant le scripteur de petits noms affectueux en français et en italien. C'était la lettre que Chandra avait écrite en réponse à la sienne par laquelle, selon les instructions de R., elle lui donnait rendez-vous en Suisse. Il était fou de joie à cette idée. Il lui disait en termes passionnés combien le temps lui avait semblé long depuis qu'ils s'étaient quittés, combien il languissait d'amour pour elle, et que, maintenant qu'il allait bientôt la voir, il ne savait pas comment il allait supporter son impatience. Elle la laissa glisser à terre après en avoir achevé la lecture.

— Vous voyez qu'il m'aime, n'est-ce pas ? Cela ne fait aucun doute, et je m'y connais, croyez-moi.

— Et vous, l'aimez-vous réellement ? demanda Ashenden.

— C'est le seul homme qui ait jamais été gentil avec moi. Ce n'est pas très réjouissant, la vie qu'on mène dans ces music-halls, dans toute l'Europe, sans jamais pouvoir prendre une minute de repos, et les hommes — ils ne valent pas grand-chose, les hommes qui hantent ces lieux. J'ai cru tout d'abord qu'il était comme les autres.

Ashenden ramassa la lettre et la remit dans son portefeuille.

— Un télégramme a été envoyé en votre nom à l'adresse de Hollande pour dire que vous seriez à Lausanne, *Hôtel Gibbons*, le 14.

— C'est demain.

— Oui.

Elle releva la tête et ses yeux lancèrent des éclairs.

— Oh ! c'est une chose infâme que vous me forcez à faire ! C'est honteux.

— Rien ne vous y oblige.

— Et si je refuse ?

— Je crains que vous ne deviez en subir les conséquences.

— Il est impossible que j'aille en prison, s'écria-t-elle soudain. C'est impossible, c'est impossible. J'ai si peu de temps devant moi. Il a parlé de dix ans. Est-ce possible que je puisse être condamnée à dix ans ?

— Si le colonel vous l'a dit, c'est fort possible.

— Oh ! je le connais ! Quel visage cruel ! Il n'aurait aucune pitié. Et que serai-je devenue dans dix ans ?

A ce moment-là, le train s'arrêta dans une gare et le détective qui attendait dans le couloir frappa à la vitre. Ashenden ouvrit la porte et l'homme lui donna une carte postale illustrée. C'était une petite rue terne de Pontarlier, la gare frontière entre la France et la Suisse, qui représentait une *place*[1] poussiéreuse avec une statue au beau milieu et quelques platanes. Ashenden tendit un crayon à sa voisine.

— Voulez-vous écrire cette carte postale à votre amant ? On la postera à Pontarlier. Adressez-la à l'hôtel de Lausanne.

Elle lui lança un coup d'œil, mais, sans répondre, la prit et écrivit selon ses directives.

— Maintenant, de l'autre côté, écrivez : « Retenue à la frontière, mais tout va bien. Attendez à Lausanne. » Puis ajoutez tout ce que vous voudrez, *tendresses*[1], si ça vous chante.

Il lui prit la carte postale, la lut pour vérifier qu'elle l'avait bien remplie selon ses directives, puis tendit la main vers son chapeau.

— Eh bien, je vais maintenant vous quitter. J'es-

1. En français dans le texte. *(N.d.T.)*

père que vous pourrez dormir. Je viendrai vous chercher demain matin quand nous arriverons à Thonon.

Le second détective était revenu après avoir dîné et les deux hommes pénétrèrent dans la voiture au moment où Ashenden en sortait. Giulia Lazzari se tassa dans son coin. Ashenden donna la carte postale à un agent qui attendait pour l'acheminer à Pontarlier, puis il se fraya un chemin dans le couloir bondé du train jusqu'à son wagon-lit.

Le soleil, malgré le froid, brillait d'un éclat vif le lendemain matin, lorsqu'ils arrivèrent à destination. Ashenden, après avoir donné ses bagages à un porteur, remonta le quai jusqu'à l'endroit où se trouvaient Giulia Lazzari et les deux détectives. Ashenden leur fit un signe de tête.

— Eh bien, bonjour. Ne prenez plus la peine d'attendre.

Ils portèrent la main à leur chapeau, dirent un mot d'adieu à la femme et s'en allèrent.

— Où vont-ils ? demanda-t-elle.

— Disparus. Ils ne vous importuneront plus.

— Suis-je alors sous votre garde ?

— Vous n'êtes sous la garde de personne. Je vais me permettre de vous conduire à votre hôtel, puis je vous quitterai. Il faut essayer de bien vous reposer.

Le porteur d'Ashenden prit le bagage à main de Giulia et elle lui donna le ticket de sa malle. Ils sortirent de la gare. Un taxi les attendait et Ashenden la pria d'y monter. Le trajet était plutôt long jusqu'à l'hôtel et, de temps à autre, Ashenden sentait qu'elle le regardait du coin de l'œil. Elle était perplexe. Ashenden, assis, ne soufflait mot. Lorsqu'ils arrivèrent à l'hôtel — c'était un petit hôtel joliment situé à l'angle d'une ruelle avec une vue charmante — le propriétaire leur montra la chambre réservée pour Mme Lazzari. Ashenden se tourna vers lui.

— Cela fera parfaitement l'affaire, je pense. Je reviendrai dans une minute.

Le propriétaire s'inclina et se retira.

— Je ferai de mon mieux pour que vous ayez toutes vos aises, *madame*[1], dit Ashenden. Vous êtes ici absolument libre de vos mouvements et vous pouvez commander pratiquement tout ce qui vous plaira. Pour le propriétaire, vous n'êtes qu'une cliente comme les autres. Vous êtes absolument libre.

— Libre de sortir ? demanda-t-elle vivement.

— Bien sûr.

— Avec un policier de chaque côté, je suppose.

— Pas du tout. Vous êtes aussi libre à l'hôtel que si vous étiez chez vous et vous êtes libre d'entrer et de sortir comme bon vous semble. Je voudrais l'engagement formel de votre part de ne pas écrire à mon insu, ni de tenter de quitter Thonon sans ma permission.

Elle adressa un long regard à Ashenden. Elle n'y comprenait rien. Elle avait l'impression de vivre un rêve.

— Je me trouve dans une situation où je suis forcée de prendre tous les engagements que vous me demandez. Je vous donne ma parole d'honneur que je n'écrirai pas une lettre sans vous la montrer, pas plus que je ne tenterai de quitter les lieux.

— Merci. Maintenant, je vais vous quitter. Je me ferai un plaisir de venir vous voir demain matin.

Ashenden fit un signe de tête et sortit. Il s'arrêta cinq minutes au commissariat de police pour vérifier que tout était en ordre, puis il prit un taxi qui le mena

1. En français dans le texte. *(N.d.T.)*

à une petite maison isolée dans les quartiers périphériques de la ville, où il séjournait lors de ses visites périodiques. Il prit un bain, se rasa et enfila ses pantoufles avec délices. Il se sentait d'humeur paresseuse et passa le reste de la matinée à lire un roman.

Peu après la tombée de la nuit, car même à Thonon, bien que ce fût en France, on jugeait souhaitable d'attirer l'attention sur Ashenden le moins possible, un agent du commissariat vint le voir. Il se nommait Félix. C'était un petit Français brun aux yeux vifs et au menton glabre, vêtu d'un costume gris minable. Il faisait plutôt miséreux au point de ressembler à un clerc de notaire au chômage. Ashenden lui offrit un verre de vin et ils s'assirent près du feu.

— Eh bien, votre belle n'a pas perdu de temps, dit-il. Moins d'un quart d'heure après son arrivée, elle sortait de l'hôtel avec un ballot de vêtements et de babioles qu'elle a vendus dans une boutique près du marché. Quand le bateau de l'après-midi est arrivé, elle est descendue sur le quai et a pris un billet pour Évian.

Il faut savoir qu'Évian est la dernière ville sur le lac qui soit encore en France, et de là, le bateau, en traversant de l'autre côté, passe en Suisse.

— Bien sûr, comme elle n'avait pas de passeport, on ne l'a pas autorisée à embarquer.

— Comment a-t-elle expliqué qu'elle n'avait pas de passeport ?

— Elle a dit qu'elle l'avait oublié. Elle a dit qu'elle avait rendez-vous avec des amis qu'elle devait voir à Évian et elle a essayé de persuader le responsable de la laisser partir, en tentant de lui glisser cent francs dans la main.

— C'est une femme qui doit être plus stupide que je ne le pensais, dit Ashenden.

Mais lorsque, le lendemain matin, il alla la voir vers onze heures, il ne fit aucune allusion à sa tentative d'évasion. Elle avait eu le temps de se refaire une beauté, et maintenant, les cheveux soigneusement coiffés, les lèvres et les joues fardées, elle semblait moins hâve que lorsqu'il l'avait vue pour la première fois.

— Je vous ai apporté quelques livres, dit Ashenden. Je crains que le temps ne vous pèse.

— Qu'est-ce que cela peut bien vous faire ?

— Je ne voudrais pas vous faire endurer des désagréments inutiles. De toute façon, je vais vous les laisser, vous pourrez les lire ou non, à votre guise.

— Si vous pouviez savoir à quel point je vous déteste !

— Cela me mettrait sans doute très mal à l'aise. Mais je ne vois vraiment pas pourquoi vous me détesteriez. Je ne fais que ce que l'on m'a ordonné de faire.

— Que voulez-vous de moi, maintenant ? Je suppose que vous n'êtes pas venu juste pour vous enquérir de ma santé.

Ashenden sourit.

— Je voudrais que vous écriviez à votre amant pour lui dire qu'à cause de quelque irrégularité de votre passeport, les autorités suisses ont refusé de vous laisser passer la frontière et que vous êtes donc venue ici, où c'est bien tranquille, si tranquille qu'on en oublie presque la guerre, et que vous proposiez à Chandra de venir vous y rejoindre.

— Est-ce que vous le prenez pour un imbécile ? Il refusera.

— Alors, à vous de faire de votre mieux pour l'en persuader.

Elle regarda longuement Ashenden avant de répondre. Il la soupçonna de supputer les chances qu'elle avait de gagner du temps, si en écrivant cette lettre elle affectait la docilité.

— Eh bien, dictez et j'écrirai ce que vous me direz.

— J'aimerais mieux que vous tourniez cela avec votre style personnel.

— Accordez-moi une demi-heure et je vous promets que la lettre sera prête.

— Je vais attendre ici, dit Ashenden.

— Pourquoi ?

— Parce que je préfère.

Ses yeux lancèrent des éclairs de fureur, mais, reprenant le contrôle d'elle-même, elle ne dit rien. Sur la commode il y avait de quoi écrire. Elle s'assit à sa coiffeuse et prit la plume. Lorsqu'elle tendit la lettre à Ashenden, il vit que même sous son fard, elle était très pâle. C'était la lettre de quelqu'un peu habitué à faire usage de la plume pour s'exprimer, mais elle était passable et quand, vers la fin, Giulia en venait à dire combien elle aimait son amant, elle s'était laissée aller à épancher son cœur, et sa lettre avait vraiment le ton d'une certaine passion.

— Maintenant, ajoutez : « L'homme qui vous apporte ce message est suisse, vous pouvez avoir en lui une confiance absolue. Je ne voulais pas qu'il tombe sous les yeux de la censure. »

Elle hésita un instant, mais ensuite écrivit selon ses dirrectives.

— Comment écrit-on « absolue » ?

— Comme vous voudrez. Maintenant, inscrivez l'adresse sur l'enveloppe et je vous ferai grâce de ma présence indésirable.

Il donna la lettre à l'agent qui attendait pour la transmettre de l'autre côté du lac. Ashenden apporta le soir même la réponse à Giulia. Elle la lui arracha des mains et, un instant, la serra sur son cœur. En la lisant, elle poussa un petit cri de soulagement.

— Il ne viendra pas.

La lettre, dans l'anglais fleuri et ampoulé de l'Indien, exprimait son amère déception. Il lui disait avec quelle ardeur et quelle impatience il brûlait de la revoir et l'implorait de tout faire au monde pour aplanir les difficultés qui l'empêchaient de passer la frontière. Il lui expliquait qu'il lui était impossible, à lui, de venir, absolument impossible, que sa tête était mise à prix, et que ce serait folie de sa part de songer à un tel risque. Il tentait d'être facétieux, elle ne voulait tout de même pas faire fusiller son gros lapin, n'est-ce pas ?

— Il ne viendra pas, répéta-t-elle. Il ne viendra pas.

— Il faut que vous lui écriviez qu'il n'y a aucun risque. Il faut lui dire que s'il y en avait, vous ne songeriez même pas à le lui demander.

— Je refuse, je refuse.

— Ne soyez pas idiote, vous n'avez pas le choix.

Un torrent de larmes la submergea soudain. Elle se jeta à terre et, saisissant les genoux d'Ashenden, l'implora d'avoir pitié d'elle.

— Je ferai tout au monde pour vous si seulement vous me laissiez partir.

— Ne soyez pas absurde, dit Ashenden. Croyez-vous que je veuille devenir votre amant ? Allons, allons, un peu de sérieux. Vous connaissez l'alternative.

Elle se redressa et, passant soudain à la fureur, elle jeta à la face d'Ashenden tout un chapelet de mots orduriers.

— Je vous préfère ainsi, dit-il. Maintenant, voulez-vous écrire ou faut-il que j'envoie chercher la police ?

— Il ne viendra pas, c'est inutile.

— Vous avez tout intérêt à le faire venir.

— Que voulez-vous dire par là ? Voulez-vous dire que si je fais tout ce qui est en mon pouvoir et que j'échoue, que...

Elle regarda Ashenden avec des yeux hagards.

— Oui, cela veut dire que c'est vous ou lui.

Elle chancela et porta la main à son cœur. Puis, sans un mot, elle tendit la main vers la plume et le papier. Mais la lettre n'était pas au goût d'Ashenden et il la lui fit recommencer. Quand elle eut fini, elle se jeta sur le lit et éclata de nouveau en sanglots véhéments. Son chagrin était sincère, mais il y avait quelque chose de théâtral dans sa manifestation qui interdisait à Ashenden d'y être particulièrement sensible. Il avait l'impression que son attitude envers elle était aussi impersonnelle que celle d'un docteur en face d'une douleur qu'il ne peut apaiser. A présent il saisissait pourquoi R. lui avait confié cette tâche délicate qui nécessitait une tête froide et une émotivité bien contrôlée.

Il ne la revit pas le lendemain. La réponse à la lettre ne lui parvint qu'après dîner, lorsque Félix l'apporta à la petite maison d'Ashenden.

— Eh bien, quelles nouvelles ?

— Notre belle commence à désespérer, répondit le Français avec un sourire. Cet après-midi, elle s'est rendue à la gare juste au moment où un train s'apprêtait à partir pour Lyon. Elle jetait des regards inquiets autour d'elle, aussi me suis-je approché et lui ai-je demandé s'il y avait quelque chose que je puisse faire pour l'aider. Je me suis présenté comme un agent de la Sûreté. Si l'on pouvait fusiller du regard, je ne serais pas là actuellement.

— Asseyez-vous, *mon ami* [1], dit Ashenden.

1. En français dans le texte. *(N.d.T.)*

— *Merci*[1]. Elle s'est éloignée, elle pensait évidemment qu'il était inutile de monter dans le train, mais j'ai quelque chose de plus intéressant à vous dire. Elle a offert mille francs à un batelier du lac pour la passer de l'autre côté, à Lausanne.

— Que lui a-t-il dit ?

— Il lui a dit qu'il ne pouvait pas courir le risque.

— Ah oui ?

Le petit agent haussa légèrement les épaules et sourit.

— Elle lui a demandé de la retrouver sur la route qui mène à Évian à dix heures ce soir, afin d'en reparler, et elle lui a laissé entendre qu'elle ne repoussera pas trop farouchement des avances amoureuses. J'ai dit à l'homme de faire ce qui lui plaît pourvu qu'il vienne me raconter l'essentiel.

— Êtes-vous sûr de pouvoir lui faire confiance ? demanda Ashenden.

— Oh ! tout à fait ! Il ne sait rien, bien sûr, si ce n'est qu'elle est prise en filature. Inutile de vous inquiéter à son sujet. C'est un brave gars, je le connais depuis toujours.

Ashenden lut la lettre de Chandra. Elle était vibrante et passionnée. Elle palpitait étrangement des désirs douloureux de son cœur. De l'amour ? Oui ; pour autant qu'Ashenden en sût quelque chose, il y en avait véritablement. Il racontait à Giulia comment il passait de longues heures à marcher au bord du lac en regardant en direction de la rive française. Comme ils étaient proches et pourtant si désespérément séparés ! Il répétait sans cesse qu'il ne pouvait venir et l'implorait de ne pas le lui demander. Il ferait tout au monde pour elle, mais cela, il n'osait pas, et pourtant si elle

1. En français dans le texte. *(N.d.T.)*

insistait, comment pourrait-il lui résister ? Il la suppliait d'avoir pitié de lui. Puis il se laissait aller à une longue lamentation à l'idée qu'il lui faudrait s'en aller sans la voir, il lui demandait s'il n'y avait pas quelque moyen pour elle de leur fausser compagnie, il jurait que s'il pouvait jamais la tenir dans ses bras une fois encore, il ne la laisserait jamais plus partir. Même la langue forcée et compliquée dans laquelle la lettre était rédigée ne pouvait étouffer le feu ardent qui brûlait ces pages. C'était une lettre de dément.

— Quand saurez-vous le résultat de l'entrevue de Giulia avec le batelier ?

— Nous avons décidé de nous rencontrer au débarcadère entre onze heures et minuit.

Ashenden consulta sa montre.

— Je vais venir avec vous.

Ils descendirent jusqu'au quai et, pour se protéger de la bise glaciale, ils s'abritèrent derrière la douane. Ils virent enfin un homme s'approcher et Félix sortit de l'ombre qui les dissimulait.

— Antoine.

— *Monsieur Félix*[1] ? J'ai une lettre pour vous. J'ai promis de la transmettre à Lausanne par le premier bateau demain.

Ashenden jeta un coup d'œil furtif à l'homme, mais ne demanda pas ce qui s'était passé entre lui et Giulia Lazzari. Il prit la lettre et la lut à la lueur de la lampe électrique de Félix. Elle était écrite dans un allemand incorrect :

Ne venez sous aucun prétexte. Ne tenez aucun compte de mes lettres. Danger. Je vous aime. Mon chéri. Ne venez pas.

1. En français dans le texte. *(N.d.T.)*

Il la mit dans sa poche, donna cinquante francs au batelier et rentra chez lui se coucher, mais le lendemain, lorsqu'il alla voir Giulia Lazzari, il trouva la porte fermée à clef. Il frappa un moment, mais n'obtenant pas de réponse, il appela.

— Madame Lazzari, ouvrez cette porte, il le faut. Je veux vous parler.

— Je suis couchée. Je suis malade et je ne peux voir personne.

— J'en suis navré, mais il faut que vous ouvriez cette porte. Si vous êtes malade, je vais envoyer chercher le docteur.

— Non, allez-vous-en, je ne veux voir personne.

— Si vous n'ouvrez pas la porte, j'enverrai chercher un serrurier et je la ferai forcer.

Il y eut un silence puis il entendit la clef tourner dans la serrure. Il entra. Elle était en peignoir et ses cheveux étaient défaits. De toute évidence elle venait de se lever.

— Je suis à bout de force. Je ne peux rien faire de plus. Vous n'avez qu'à me regarder pour voir que je suis malade. J'ai été malade toute la nuit.

— Je ne vous retiendrai pas longtemps. Voudriez-vous voir un docteur ?

— Quel bien un docteur peut-il me faire ?

Il sortit de sa poche la lettre qu'elle avait donnée au batelier et la lui tendit.

— Que signifie ceci ? demanda-t-il.

Elle eut un hoquet à la vue de la lettre et son visage cireux devint vert.

— Vous m'aviez donné votre parole de ne tenter ni de vous échapper ni d'écrire de lettre à mon insu.

— Comment avez-vous pu croire que je tiendrais parole ? s'écria-t-elle, la voix vibrante de mépris.

— Pour vous dire la vérité, ce n'est pas tout à fait

pour votre agrément personnel que l'on vous a logée dans un hôtel confortable plutôt que dans la prison locale, mais je crois devoir vous dire que, bien que vous ayez toute liberté d'entrer et de sortir à votre guise, vous n'avez pas plus de chance de vous éloigner de Thonon que si vous aviez les pieds enchaînés dans une cellule de prison. Il est stupide de perdre votre temps à écrire des lettres qui ne seront jamais transmises.

— *Cochon*[1] !

Elle lui jeta à la face le mot injurieux avec toute la violence qui était en elle.

— Mais il va falloir que vous vous asseyiez pour écrire une lettre qui sera transmise cette fois-ci.

— Jamais. Je ne ferai plus rien. Je n'écrirai pas un mot de plus.

— Vous êtes venue ici, étant bien entendu que vous feriez certaines choses.

— Je refuse, c'est fini.

— Vous feriez mieux de réfléchir un peu.

— Réfléchir ! C'est tout réfléchi. Vous pouvez faire ce que vous voulez, je m'en moque.

— Très bien, je vous donne cinq minutes pour changer d'avis.

Ashenden sortit sa montre et la fixa des yeux. Il s'assit sur le bord du lit défait.

— Oh ! il a fini par me taper sur les nerfs, cet hôtel ! Pourquoi ne m'avez-vous pas mise en prison ? Pourquoi ? Pourquoi ? Partout où j'allais, je sentais que j'avais des espions sur mes talons. Ce que vous me faites faire est ignoble. Ignoble. Quel crime ai-je commis ? Ne suis-je pas une femme ? Ce que vous me faites faire est ignoble, ignoble.

---

1. En français dans le texte. *(N.d.T.)*

Elle s'exprimait d'une voix stridente, suraiguë. Elle n'en finissait pas de parler.

Enfin, les cinq minutes furent écoulées. Ashenden n'avait pas dit un mot. Il se leva.

— Oui, partez, partez, glapit-elle.

Elle l'abreuva d'injures.

— Je reviendrai, dit Ashenden.

Il prit la clef sur la porte en sortant de la chambre et la verrouilla derrière lui. En descendant l'escalier, il griffonna un billet à la hâte, appela le garçon d'étage et l'expédia au commissariat de police. Puis il remonta. Giulia Lazzari s'était jetée sur son lit, le visage tourné vers le mur. Son corps était agité de sanglots convulsifs. Elle ne parut pas l'avoir entendu rentrer. Ashenden s'assit sur la chaise en face de la coiffeuse et laissa errer son regard sur le fatras qui l'encombrait. Les affaires de toilette étaient de peu de valeur, de mauvais goût et pas très propres. Il y avait de petits pots de rouge et de cold-cream minables et de petits flacons de noir pour les cils et les sourcils. Les épingles à cheveux étaient horribles et graisseuses. La pièce était en désordre et l'air était lourd de l'odeur d'un parfum bon marché. Ashenden pensa aux centaines de chambres qu'elle avait dû occuper dans des hôtels de troisième ordre au cours de sa vie, errant d'une ville de province à l'autre et d'un pays à l'autre. Il s'interrogeait sur ses origines. C'était une femme grossière et vulgaire, mais qu'avait-elle été dans sa jeunesse ? Elle n'était pas le type de femme dont il aurait attendu qu'elle choisît cette carrière, car elle ne semblait bénéficier d'aucun avantage qui puisse l'aider, et il se demandait si elle venait d'une famille de fantaisistes (il y a de par le monde des familles où, de génération en génération, les membres sont devenus danseurs, acrobates ou chanteurs comiques) ou si elle avait choisi cette vie par hasard à cause de quelque amant qui était du métier et qui avait fait d'elle sa partenaire du moment. Et quels hommes n'avait-elle pas dû connaître au fil des années, les compagnons des spectacles auxquels elle participait, les organisateurs et les directeurs qui considéraient comme un à-côté normal de leur profession de jouir de ses faveurs, des négociants ou des marchands aisés, les jeunes dandys des différentes villes où elle jouait, qui étaient fascinés pour un temps par le charme de la danseuse ou la sensualité agressive de la femme ! Pour elle, ils étaient le client qui paie et elle les acceptait avec indifférence comme le supplément admis et reconnu de son misérable salaire, mais pour eux elle était peut-être le rêve. Dans ses étreintes vénales, ils entrevoyaient un instant le monde brillant des capitales, et de si loin et avec quelque clinquant que ce fût, de l'aventure et de la magie d'une vie plus large.

Soudain, on frappa à la porte et Ashenden s'écria aussitôt :

— *Entrez*[1].

Giulia Lazzari bondit dans son lit et se dressa sur son séant.

— Qui est là ? cria-t-elle.

Elle eut un sursaut lorsqu'elle vit les deux détectives qui l'avaient ramenée de Boulogne et l'avaient remise entre les mains d'Ashenden à Thonon.

— Vous ! Que voulez-vous ? glapit-elle.

— *Allons, levez-vous*[1], dit l'un d'entre eux et sa voix avait un ton sec et incisif qui donnait à entendre qu'il ne s'en laisserait pas conter.

— Je crains que vous ne deviez vous lever,

1. En français dans le texte. *(N.d.T.)*

madame Lazzari, dit Ashenden. Je vais vous confier une fois de plus à la garde de ces messieurs.

— Comment pourrais-je me lever ? Je suis malade, je vous le répète, je ne peux me tenir debout. Voulez-vous ma mort ?

— Si vous refusez de vous habiller, nous nous verrons obligés de le faire et je crains que nous ne le fassions pas très adroitement. Allons, allons, cela ne sert à rien de faire une scène.

— Où allez-vous m'emmener ?

— Ils vont vous ramener en Angleterre.

L'un des détectives la prit par le bras.

— Ne me touchez pas, ne m'approchez pas ! hurla-t-elle, furieuse.

— Laissez-la, dit Ashenden. Je suis sûr qu'elle comprendra la nécessité de faire le moins de difficultés possible.

— Je vais m'habiller.

Ashenden l'observa, tandis qu'elle ôtait son peignoir pour enfiler une robe. Elle chaussa, en les forçant, des souliers qui de toute évidence étaient trop petits pour elle. Elle se coiffa. De temps à autre, elle jetait à la dérobée un coup d'œil maussade aux détectives. Ashenden se demandait si elle aurait le cran d'aller jusqu'au bout. R. le traiterait de sacré imbécile, mais il souhaitait presque qu'elle le fît. Elle s'approcha de la coiffeuse et Ashenden se leva pour la laisser s'asseoir. Elle se passa à la hâte du fard sur le visage, puis en essuya l'excédent avec une serviette sale, elle se poudra et se maquilla les yeux. Mais sa main tremblait. Les trois hommes l'observaient en silence. Elle se passa du rouge sur les joues et se fit les lèvres, puis elle s'enfonça un chapeau sur la tête. Ashenden fit un geste au premier détective qui sortit une paire de menottes de sa poche et s'avança vers elle.

A leur vue, elle recula violemment, ouvrant les bras tout grands.

— *Non, non, non, je ne veux pas*[1]. Non, non, pas eux, non, non.

— Allons, *ma fille*[1], ne soyez pas idiote, dit le détective avec rudesse.

Comme pour chercher une protection, elle jeta les bras autour du cou d'Ashenden, à la grande surprise de ce dernier.

— Ne les laissez pas m'emmener, ayez pitié de moi. Je ne peux pas, je ne peux pas.

Ashenden se dégagea du mieux qu'il put.

— Je ne puis plus rien pour vous.

Le détective la saisit par les poignets et allait fixer les menottes lorsque, avec un grand cri, elle se jeta à terre.

— Je ferai ce que vous voudrez. Je ferai tout.

Sur un signe d'Ashenden, les détectives quittèrent la pièce. Il attendit un peu qu'elle eût recouvré un certain calme. Elle gisait à terre, agitée de sanglots convulsifs. Il la releva et la fit s'asseoir.

— Que voulez-vous que je fasse ? dit-elle dans un hoquet.

— Je veux que vous écriviez une autre lettre à Chandra.

— La tête me tourne, il me serait impossible d'assembler deux phrases. Il faut me laisser le temps.

Mais Ashenden sentit qu'il valait mieux lui faire écrire la lettre tant qu'elle était sous l'effet de la terreur. Il ne voulait pas lui donner le temps de se ressaisir.

— Je vais vous dicter la lettre. Tout ce que vous

1. En français dans le texte. *(N.d.T.)*

aurez à faire sera d'écrire exactement ce que je vous dirai.

Elle poussa un profond soupir, mais prit la plume et le papier et s'installa à la coiffeuse.

— Si j'accepte de faire cela... et que vous réussissiez, comment aurai-je la certitude de recouvrer ma liberté ?

— Le colonel l'a promis. Vous avez ma parole que j'exécuterai ses instructions.

— Ce que j'aurais l'air d'une cloche si je trahissais mon ami pour faire ensuite dix ans de prison !

— Je vais vous donner la meilleure garantie de notre bonne foi. En dehors de Chandra, vous n'avez pas la moindre importance pour nous. Pourquoi nous imposerions-nous les ennuis et les frais de garde à vue, alors que vous êtes dans l'impossibilité de nous nuire ?

Elle réfléchit un instant. Elle avait recouvré son sang-froid. On eût dit qu'ayant épuisé toutes ses facultés émotives, elle était devenue soudain une femme raisonnable et pratique.

— Dites-moi ce que vous voulez que j'écrive.

Ashenden hésitait. Il pensait qu'il pouvait tourner la lettre plus ou moins comme elle l'aurait fait, mais cela méritait réflexion. Il fallait que le style n'en fût ni délié ni littéraire. Il savait que dans les moments d'émotion, les gens sont enclins à être mélodramatiques et guindés. Dans un livre ou sur la scène, cela sonne toujours faux et l'auteur doit faire parler ses personnages de façon plus simple et avec moins d'emphase qu'ils ne le font en réalité. C'était un instant grave, mais Ashenden sentait qu'il y avait là des éléments dignes d'une comédie.

— « J'ignorais que j'aimais un lâche, commença-t-il. Si vous m'aimiez, vous ne pourriez hésiter lorsque je vous demande de venir... » Soulignez deux fois *pourriez*.

Il poursuivit :

— « Lorsque je vous promets qu'il n'y a aucun danger. Si vous ne m'aimez pas, vous avez raison de ne pas venir. Ne venez pas. Retournez à Berlin où vous êtes en sécurité. J'en ai assez. Je suis seule ici. Je me suis rendue malade à vous attendre et tous les jours je me suis dit : il va venir. Si vous m'aimiez vous n'hésiteriez pas autant. Il est parfaitement clair que vous ne m'aimez pas. J'en ai soupé de vous. Je n'ai pas d'argent. Cet hôtel est impossible. Il n'y a aucune raison pour que j'y reste. Je peux obtenir un engagement à Paris. J'ai un ami là-bas qui m'a fait des propositions sérieuses. J'ai perdu assez de temps avec vous, et voyez ce que j'en ai retiré. Tout est fini. Adieu. Vous ne trouverez jamais une femme qui vous aimera comme je vous ai aimé. Je ne peux me permettre de refuser la proposition de mon ami, aussi lui ai-je télégraphié, et dès que je recevrai sa réponse, j'irai à Paris. Je ne vous blâme pas parce que vous ne m'aimez plus, ce n'est pas votre faute, mais il faut bien que vous constatiez que je serais bien bête de continuer à gâcher ma vie. La jeunesse n'a qu'un temps. Adieu. Giulia. »

Quand Ashenden relut la lettre, il ne fut pas totalement satisfait. Mais il ne pouvait faire mieux. Elle avait un air de vraisemblance qui manquait aux mots, parce que, sachant peu d'anglais, Giulia avait écrit phonétiquement. L'orthographe était atroce et l'écriture, celle d'un enfant. Elle avait barré des mots en en récrivant d'autres par-dessus. Certains membres de phrase, il les avait exprimés en français. Une ou deux fois, des larmes étaient tombées sur les pages et avaient brouillé l'encre.

— A présent, je vous quitte, dit Ashenden. Il se peut que la prochaine fois que vous me verrez, je sois en mesure de vous dire que vous êtes libre d'aller où vous voudrez. Où voulez-vous aller ?

— En Espagne.

— Très bien, je vais tout faire préparer.

Elle haussa les épaules. Il la quitta. Il n'y avait plus rien à faire maintenant pour Ashenden, qu'à attendre. Il envoya un messager à Lausanne dans l'après-midi, et le lendemain matin il descendit sur le quai pour guetter le bateau. Il y avait une salle d'attente près du bureau de location et il demanda aux détectives de se tenir prêts. Lorsqu'un bateau arrivait, les passagers avançaient le long de la jetée en file et on examinait leur passeport avant de les autoriser à descendre à terre. Si Chandra se présentait et montrait le sien, et il était fort probable qu'il voyageait sous un faux passeport émis sans doute par un pays neutre, on devait le prier d'attendre et Ashenden devait l'identifier. On l'arrêterait alors. C'est non sans quelque impatience qu'Ashenden regarda entrer le bateau et le petit groupe de gens massés sur la passerelle. Il les scruta attentivement mais ne vit personne qui ressemblât le moins du monde à un Indien. Chandra n'était pas venu. Ashenden ne savait que faire. Il avait joué sa dernière carte. Il n'y avait pas plus d'une douzaine de passagers pour Thonon et quand il les eut examinés et qu'ils eurent repris leur route, Ashenden flâna le long de la jetée.

— Eh bien, c'est fichu, dit-il à Félix qui venait de vérifier les passeports. L'homme que j'attendais nous a fait faux bond.

— J'ai une lettre pour vous.

Il tendit à Ashenden une enveloppe adressée à Mme Lazzari sur laquelle il reconnut immédiatement l'écriture en pattes de mouche de Chandra Lal. A cet instant, le vapeur en provenance de Genève, qui se rendait à Lausanne et à l'autre bout du lac, pointa à l'horizon. Il arrivait à Thonon tous les matins vingt minutes après le départ du vapeur qui partait dans l'autre direction. Ashenden eut une inspiration.

— Où est l'homme qui a apporté cela ?

— Il est au bureau de location.

— Donnez-lui la lettre et dites-lui de la rendre à la personne qui la lui a donnée. Qu'il dise qu'il l'a apportée à la dame et qu'elle l'a retournée. Si cette personne lui demande de porter une autre lettre, qu'il dise que cela ne servira pas à grand-chose, car elle est en train de faire ses malles pour quitter Thonon.

Il s'assura que la lettre était bien transmise, ainsi que ses instructions, puis tranquillement s'en retourna à pied vers sa petite maison de campagne.

Le prochain bateau par lequel Chandra pouvait éventuellement venir arrivait vers les dix-sept heures et, ayant à cette heure-là un rendez-vous important avec un agent qui travaillait en Allemagne, il avertit Félix qu'il pourrait avoir quelques minutes de retard. Mais si Chandra se présentait, il serait facile de le retenir. Rien ne pressait puisque le train qui devait le transporter à Paris ne démarrait que peu après vingt heures. Quand Ashenden eut fini ses affaires, il descendit sans se presser jusqu'au lac. Il faisait encore jour et du sommet de la colline il vit le vapeur pousser au large. Ce fut un instant d'angoisse et, instinctivement, il hâta le pas. Soudain, il vit accourir quelqu'un et il reconnut l'homme qui avait porté la lettre.

— Vite, vite, cria-t-il, il est là.

Le cœur d'Ashenden battit la chamade dans sa poitrine.

— Enfin !

Il se mit à courir aussi, et tandis qu'ils couraient, l'homme lui raconta en haletant comment il avait rapporté la lettre non décachetée. Quand il l'avait mise dans la main de l'Indien, celui-ci était devenu pâle comme un mort (« Je n'aurais jamais cru qu'un Indien puisse prendre cette couleur », dit-il) et l'avait tournée et retournée dans sa main, comme s'il ne pouvait comprendre ce que sa propre lettre faisait là. Brusquement, les larmes lui montèrent aux yeux et roulèrent le long de ses joues. (« C'était grotesque, voyez-vous, il est si gros. ») Il dit quelque chose dans une langue que l'homme ne comprenait pas, puis en français, il lui demanda quand le bateau partait pour Thonon. Lorsque l'homme monta à bord, il regarda autour de lui, mais ne le vit pas, puis il l'aperçut dans un imperméable remonté jusqu'aux oreilles, le chapeau rabattu sur les yeux, debout, seul, à l'avant.

— Où est-il à présent ? demanda Ashenden.

— Je suis descendu le premier et M. Félix m'a dit de venir vous chercher.

— Je suppose qu'ils le retiennent dans la salle d'attente.

Ashenden était hors d'haleine, lorsqu'ils atteignirent la jetée. Il fit irruption dans la salle d'attente. Un groupe d'hommes qui parlaient très fort et gesticulaient frénétiquement était attroupé autour d'un homme qui gisait à terre.

— Que s'est-il passé ? cria-t-il.

— Regardez, dit Félix.

Chandra Lal gisait, les yeux grands ouverts, un mince trait d'écume sur les lèvres, mort. Son corps était horriblement convulsé.

— Il s'est tué. Nous avons envoyé chercher le docteur. Il a été trop rapide pour nous.

Un frisson d'horreur soudain parcourut Ashenden.

Quand l'Indien avait débarqué, Félix l'avait reconnu d'après le signalement : c'était bien l'homme qu'ils cherchaient. Il n'y avait que quatre passagers. Il était le dernier. Félix prolongea exagérément l'examen des passeports des trois premiers voyageurs, puis il prit celui de l'Indien. C'était un passeport espagnol tout à fait en règle. Félix posa les questions d'usage et les consigna sur l'imprimé réglementaire. Puis il le regarda d'un air aimable et dit :

— Veuillez entrer dans la salle d'attente un instant. Il y a une ou deux formalités à remplir.

— Mon passeport n'est pas en règle ? demanda l'Indien.

— Tout est parfait.

Chandra hésita, mais il suivit ensuite le responsable jusqu'à la porte de la salle d'attente. Félix l'ouvrit et s'effaça.

— *Entrez*[1].

Chandra entra et les deux détectives se levèrent. Il avait dû se douter tout de suite que c'étaient des officiers de police et se rendre compte qu'il était tombé dans un piège.

— Asseyez-vous, dit Félix. J'ai une ou deux questions à vous poser.

— On étouffe là-dedans, dit-il, et en fait ils avaient un petit poêle qui chauffait la pièce comme un four. Je vais ôter mon manteau, si vous le permettez.

— Certainement, dit Félix gracieusement.

Il ôta son manteau ostensiblement avec difficulté et se retourna pour le mettre sur une chaise. Alors, avant qu'ils aient eu le temps de réaliser ce qui s'était passé, ils furent stupéfaits de le voir chanceler et tomber lourdement à terre. Tout en ôtant son veston, Chandra

1. En français dans le texte. *(N.d.T.)*

avait réussi à avaler le contenu d'une fiole que sa main étreignait encore. Ashenden la renifla. Il s'en dégageait une odeur caractéristique d'amande.

Ils regardèrent quelques instants l'homme qui gisait à terre. Félix se confondit en excuses.

— Pensez-vous qu'ils vont s'en prendre à moi ? demanda-t-il, inquiet.

— Je ne vois pas en quoi vous êtes responsable, dit Ashenden. En tout cas, il ne peut plus nuire à personne. Pour ma part, je ne suis pas fâché qu'il se soit suicidé. L'idée de son exécution me mettait plutôt mal à l'aise.

Le docteur arriva quelques minutes après et constata le décès.

— Acide prussique, dit-il à Ashenden.

Ashenden opina.

— J'irai voir Mme Lazzari, dit-il. Si elle veut rester un jour ou deux, je l'y autoriserai. Mais si elle veut partir ce soir, elle le peut, bien entendu. Voulez-vous donner aux agents de la gare les consignes pour qu'on la laisse passer ?

— Je serai moi-même à la gare, dit Félix.

Ashenden gravit la colline une fois de plus. Il faisait nuit maintenant, une nuit limpide et froide, avec un ciel sans nuages, et la vue de la nouvelle lune, tel un fil d'argent étincelant, l'incita à faire tinter trois fois son argent dans sa poche[1]. Lorsqu'il entra dans l'hôtel, il fut pris soudain de dégoût pour sa froide banalité. Il y flottait une odeur de chou et de mouton

1. Selon la coutume britannique, il faut tourner trois fois dans sa poche ses pièces de monnaie en regardant la nouvelle lune afin de s'attirer chance et prospérité. Si l'on ne peut regarder la nouvelle lune qu'à travers une vitre, il faut alors saluer trois fois pour conjurer le mauvais sort. *(N.d.T.)*

bouilli. Sur les murs du hall s'étalaient les affiches colorées de compagnies de chemins de fer qui faisaient de la publicité pour Grenoble, Carcassonne et les stations balnéaires de Normandie. Il monta l'escalier et, après un coup discret, ouvrit la porte de la chambre de Giulia Lazzari. Elle était assise devant sa coiffeuse, se mirant dans la glace, non moins nonchalante que désespérée, apparemment ne faisant rien, et c'est dans le miroir qu'elle vit Ashenden au moment où il entrait. Son visage changea soudain lorsqu'elle aperçut le sien et elle se leva d'un bond, avec tant de véhémence que la chaise se renversa.

— Qu'est-ce que c'est ? Pourquoi êtes-vous si pâle ? s'écria-t-elle.

Elle se retourna et le regarda, les yeux écarquillés, les traits progressivement déformés par l'horreur.

— *Il est pris* [1], hoqueta-t-elle.

— *Il est mort* [1], dit Ashenden.

— Mort ! Il s'est empoisonné. Il en a eu le temps. Après tout, il vous a échappé.

— Que voulez-vous dire ? Comment saviez-vous pour le poison ?

— Il le portait toujours sur lui. Il disait que les Anglais ne réussiraient jamais à le prendre vivant.

Ashenden réfléchit un instant. Elle avait bien gardé le secret. Il se dit qu'une telle éventualité aurait dû lui venir à l'esprit, mais comment pouvait-il prévoir ces procédés mélodramatiques ?

— Eh bien, à présent vous êtes libre. Vous pouvez aller où vous voudrez. Aucun obstacle ne viendra barrer votre route. Voici votre billet et votre passeport ainsi que l'argent qui était en votre possession au

1. En français dans le texte. *(N.d.T.)*

moment de votre arrestation. Souhaitez-vous voir Chandra ?

Elle sursauta.

— Non, non.

— Rien ne vous y oblige. Je pensais simplement que vous pourriez en avoir envie.

Elle ne pleurait pas. Ashenden imagina qu'elle avait épuisé toutes ses facultés émotives. Elle avait l'air apathique.

— On enverra un télégramme à la frontière espagnole pour donner aux autorités les consignes d'écarter toute difficulté de votre route. Si vous voulez un conseil, quittez la France le plus tôt possible.

Elle ne dit rien, et puisque Ashenden n'avait plus rien à ajouter, il s'apprêta à partir.

— Je suis navré d'avoir dû me montrer aussi dur envers vous. Je suis heureux à la pensée que maintenant vos pires ennuis sont terminés et j'espère que le temps apaisera le chagrin que vous devez ressentir, j'en suis sûr, pour la mort de votre ami.

Ashenden s'inclina légèrement et se dirigea vers la porte, mais elle l'arrêta.

— Un petit instant, dit-elle. Il y a une chose que j'aimerais vous demander, car je crois que vous avez du cœur.

— Tout ce que je puis faire pour vous, soyez assurée que je le ferai.

— Que va-t-on faire de ses affaires ?

— Je ne sais pas, pourquoi ?

Alors elle dit quelque chose qui stupéfia Ashenden. C'était la dernière chose à laquelle il se serait attendu.

— Il avait un bracelet-montre que je lui avais offert à Noël, l'an dernier. Il coûtait douze livres. Puis-je le récupérer ?

Le traître

Envoyé pour la première fois en Suisse pour y diriger un groupe d'espions, Ashenden, à qui R. désirait montrer le type de rapports qu'il devait fournir, reçut de ce dernier une liasse de documents manuscrits transmis au service par un agent désigné sous le nom de Gustav.

— C'est, dit R., notre meilleur agent. Il nous fournit toujours des renseignements très détaillés. Je vous prie de lire ses rapports avec beaucoup d'attention. Je vous accorde que Gustav est très intelligent, mais il n'y a aucune raison pour que les rapports que nous recevons des autres agents ne soient pas aussi bons que les siens. Il n'y a qu'à leur montrer exactement ce que nous attendons.

Gustav habitait Bâle où il représentait une firme suisse ayant des filiales à Francfort, à Mannheim et à Cologne. Il pouvait ainsi entrer en Allemagne et en sortir sans risque. Il voyageait en Rhénanie, y recueillait des indications sur les mouvements de troupes, la fabrication des munitions, le moral des populations : ce dernier élément était particulièrement important pour R. ; il transmettait aussi d'autres renseignements utiles pour les Alliés. Les nombreuses lettres qu'il adressait à sa femme obéissaient à un code et dès qu'elle les recevait, celle-ci les envoyait à Ashenden à Genève. Ce dernier, à son tour, retransmettait à qui de droit les éléments d'information dignes d'intérêt. Quant à Gustav, une fois de retour chez lui, tous les deux mois, il rédigeait l'un de ces rapports qui servaient d'exemple aux autres hommes de cette section du service. Gustav donnait satisfaction à ses employeurs et vraisemblablement ses employeurs donnaient satisfaction à Gustav. Ses services lui valaient non seulement des rétributions supérieures à celles de ses collègues, mais telle ou telle information spéciale était parfois assortie d'une prime supplémentaire. Cet état de choses durait depuis plus d'un an quand, tout à coup, la méfiance de R. fut mise en éveil. C'était un homme d'une vigilance extraordinaire, plus instinctive que raisonnée. Il flaira que quelque chose clochait. Il ne dit rien de précis à Ashenden : R. n'était pas homme à faire part de ses intuitions. Mais il lui demanda de se rendre à Bâle et, Gustav se trouvant en Allemagne, de prendre contact avec sa femme. Ashenden se débrouillerait pour trouver un prétexte quelconque. A la gare de Bâle il mit sa valise à la consigne, ignorant s'il devait ou non se rendre à l'hôtel. Il prit un tram jusqu'à la rue où demeurait Gustav et, après s'être rapidement assuré de n'être pas suivi, il se rendit à l'adresse de ce dernier. C'était un immeuble pauvre mais digne qui, pensa Ashenden, abritait sans doute des employés de magasins ou de bureaux. Il y avait une échoppe de cordonnier sous la voûte d'entrée et, dans son allemand incertain, Ashenden s'arrêta pour y demander si Herr Grabow habitait bien là. « Oui, lui répondit-on, je viens de l'apercevoir, il doit être chez lui. » C'était une surprise pour Ashenden car, l'avant-veille, il avait reçu par l'intermédiaire de la femme de Gustav une lettre de Mannheim dans laquelle ce dernier indiquait en code les numéros des régiments qui avaient franchi le Rhin. Ashenden jugea plus prudent de ne pas demander davantage de précisions au cordonnier et, après l'avoir remercié, il monta au troisième étage où il savait déjà que Gustav habitait. Il appuya sur la sonnette et l'entendit retentir à l'intérieur de l'appartement. Un instant plus tard, la porte s'ouvrit sur un petit homme d'allure soignée, au visage rond et rasé de près. Il portait des lunettes sur le nez et des pantoufles aux pieds.

— Herr Grabow ? demanda Ashenden.

— Pour vous servir, dit Gustav.

— Puis-je entrer ?

Gustav était à contre-jour et Ashenden ne pouvait pas voir son expression. Il hésita un instant, puis il se présenta sous le nom auquel étaient adressées les lettres que Gustav lui expédiait d'Allemagne.

— Entrez, entrez. Je suis très heureux de vous voir.

Gustav le conduisit dans une petite pièce encombrée, au lourd mobilier de chêne sculpté ; sur la grande table recouverte d'une nappe de veloutine verte il y avait une machine à écrire. Apparemment Gustav était en train de rédiger l'un de ses fameux rapports. Près de la fenêtre ouverte, une femme était assise, reprisant des chaussettes. Mais sur un simple mot de Gustav, elle se leva, ramassa ses affaires et quitta la pièce. Ashenden avait dérangé une scène de parfaite harmonie conjugale.

— Asseyez-vous, je vous en prie. Quelle chance que je sois à Bâle ! Il y a si longtemps que je voulais faire votre connaissance. Je viens de rentrer d'Allemagne.

Il indiqua du doigt les feuilles de papier près de la machine à écrire :

— Je pense que vous serez satisfait de mes renseignements. Il y a là des informations extrêmement précieuses.

Il eut un rire de satisfaction.

— Une belle prime est toujours bonne à prendre.

Il était d'excellente humeur, mais son rire sonnait faux aux oreilles d'Ashenden. Derrière ses lunettes Gustav ne cessait de sourire en même temps qu'il fixait Ashenden du regard. Son expression semblait trahir un soupçon de nervosité.

— Je me doute bien que vous vous êtes dépêché pour réussir à rentrer seulement quelques heures après que j'ai moi-même reçu à Genève la lettre que votre femme m'a réexpédiée.

— Oui, c'est exact. Je voulais vous prévenir que les Allemands pensent que des renseignements sont communiqués sous forme de lettres d'affaires et qu'ils ont décidé de retenir tout le courrier à la frontière pour une durée de quarante-huit heures.

— Je vois, dit Ashenden d'un ton aimable. Est-ce la raison pour laquelle vous avez pris la précaution de postdater votre lettre de quarante-huit heures ?

— Je l'ai postdatée ? C'est stupide, j'ai dû me tromper de jour.

Ashenden regardait Gustav en souriant. C'était vraiment un peu gros. Gustav n'était pas homme à ignorer l'importance que, dans l'activité à laquelle il se livrait, l'exactitude de la date revêtait pour ses correspondants. Les circuits compliqués auxquels étaient soumises les nouvelles venant d'Allemagne en ralentissaient la retransmission et il importait donc de savoir très précisément quel jour avait eu lieu tel événement.

— Pourrais-je jeter un coup d'œil sur votre passeport ? demanda Ashenden.

— Pourquoi voulez-vous voir mon passeport ?

— Pour savoir quand vous êtes entré en Allemagne et quand vous en êtes sorti.

— Mais vous ne croyez pas que mes passages sont marqués sur mon passeport ! Je passe la frontière à ma façon.

Ashenden en savait long sur cette question. Il connaissait les précautions prises par les Allemands et les Suisses le long de la frontière.

— Ah ? Et pourquoi n'empruntez-vous pas les voies de passage normales ? On vous a engagé à cause de votre situation dans une firme suisse qui exporte en Allemagne ; c'est ce qui justifie vos allées et venues entre les deux pays. Je veux bien que vous passiez la frontière en direction de l'Allemagne sans être contrôlé par les sentinelles allemandes ; mais les suisses ?

Gustav prit un air outré.

— Je ne vous comprends pas. Iriez-vous insinuer que je suis au service des Allemands ? Sur mon honneur... Je ne tolère pas que l'on mette mon intégrité en doute.

— Vous ne seriez pas le premier à toucher des deux côtés et à fournir des renseignements dénués d'intérêt à chacun des deux camps.

— Osez-vous dire que mes renseignements ne valent rien ? Alors, comment se fait-il que je sois celui qui reçoit le plus de primes ? Le colonel a toujours vanté la qualité de mes services.

Ashenden adopta un ton plus cordial.

— Allons, allons, cher ami, ne vous emballez pas. Vous ne voulez pas me montrer votre passeport ; je n'insiste pas. Vous ne croyez pas que nous négligeons de vérifier les rapports de nos agents et que nous sommes assez légers pour ne pas surveiller leurs mouvements. Les plaisanteries les plus courtes sont les meilleures. Je suis un humoriste professionnel en temps de paix ; je sais de quoi je parle.

Ashenden jugea que l'instant était venu de bluffer un peu. Il n'ignorait ni les beautés ni les difficultés du poker.

— Nous savons que vous n'étiez pas en Allemagne, que vous n'y êtes pas allé depuis votre recrutement, et que vous êtes resté tranquille à Bâle : vos rapports sont le seul fruit de votre imagination fertile.

Gustav regardait Ashenden et lisait sur ses traits une réaction d'indulgence amusée. Ses lèvres s'étirèrent lentement en un sourire épanoui et il haussa lentement les épaules.

— Pensiez-vous que je serais assez idiot pour risquer ma vie contre cinquante livres par mois ? Je tiens trop à ma femme.

Ashenden éclata de rire.

— Félicitations ! Tout le monde ne peut pas se vanter de s'être payé notre tête pendant une année entière.

— J'avais l'occasion de gagner de l'argent facilement. Ma firme avait cessé de m'envoyer en Allemagne au début de la guerre, mais je me renseignais auprès des autres voyageurs. J'écoutais ce que l'on disait dans les restaurants, dans les brasseries ; je lisais les journaux allemands. Je me suis bien amusé à vous écrire ces rapports et ces lettres.

— J'en suis persuadé, dit Ashenden.

— Qu'est-ce que vous allez faire ?

— Rien du tout. Que pouvons-nous faire ? Vous ne songez tout de même pas que nous allons continuer à vous payer ?

— Non, tout de même pas.

— Toutefois, si je puis me permettre, puis-je vous

demander si vous avez joué la même comédie aux Allemands ?

— Oh, non ! s'écria Gustav indigné. Comment iriez-vous croire une chose pareille ? Mes sentiments sont entièrement pro-Alliés, je suis tout à fait de cœur avec vous.

— Mais, demanda Ashenden, pourquoi pas ? Les Allemands sont cousus d'or, et pour quelle raison n'en profiteriez-vous pas ? Nous pourrions de temps à autre vous donner des renseignements de nature à être vendus aux Allemands.

Machinalement Gustav tambourinait sur la table et il arracha une feuille du rapport désormais inutile.

— Il ne fait pas bon se frotter aux Allemands.

— Vous êtes très fort. Et puis, si l'on vous supprime votre traitement, vous pourriez toujours ramasser une prime en nous apportant des nouvelles intéressantes. Mais il faudrait que ce soit du sérieux ; à l'avenir nous paierons aux résultats obtenus.

— Je réfléchirai.

Pendant quelques instants Ashenden abandonna Gustav à ses réflexions. Il avait allumé une cigarette et suivait du regard la fumée qu'il avait rejetée. Il réfléchissait lui aussi.

— Que désirez-vous savoir de particulier ? demanda soudain Gustav.

Ashenden sourit.

— Vous pourriez gagner deux mille francs suisses en me disant ce que fabrique un espion allemand de Lucerne. Il est anglais et se nomme Grantley Caypor.

— Je le connais de nom, dit Gustav.

Puis, après un silence :

— Pour combien de temps êtes-vous ici ?

— Aussi longtemps qu'il le faudra. Je vais prendre une chambre à l'hôtel et vous communiquerai le numéro. Si vous désirez me dire quoi que ce soit, vous me trouverez dans ma chambre à neuf heures le matin et à sept heures le soir.

— Je ne me risquerai pas dans votre hôtel, mais je peux vous y écrire.

— Parfait.

Ashenden se leva et Gustav le raccompagna à la porte.

— Alors, demanda-t-il, sans rancune ?

— Sans rancune. Vos rapports resteront aux archives à titre de modèles.

Ashenden passa deux ou trois jours à visiter Bâle. Il ne s'y amusa pas beaucoup. Il passait le plus clair de son temps dans des librairies, feuilletant des ouvrages qui eussent peut-être mérité qu'on les lise, à condition de pouvoir vivre mille ans. Une fois il aperçut Gustav dans la rue. Au matin du quatrième jour on lui porta une lettre avec son plateau de petit déjeuner. L'enveloppe portait l'en-tête d'une firme qu'il ne connaissait pas et elle contenait un feuillet tapé à la machine. Pas d'adresse ni de signature. Ashenden se demanda si Gustav ignorait qu'une machine à écrire est aussi révélatrice qu'une écriture manuscrite. Après avoir attentivement lu et relu la lettre, il en examina le filigrane à contre-jour — ainsi faisaient les détectives dans les romans qu'il avait lus — et la fit brûler à la flamme d'une allumette. Il pulvérisa ensuite les fragments carbonisés dans le creux de sa main. Il se leva — car il avait profité de ces circonstances pour prendre son petit déjeuner au lit —, fit sa valise et partit pour Berne par le premier train. De là il s'arrangea pour expédier à R. un télégramme codé. Deux jours plus tard, on lui communiqua verbalement des instructions dans sa chambre d'hôtel, à une heure où personne ne risquait d'être remarqué dans un couloir.

Vingt-quatre heures plus tard, il arrivait à Lucerne par un itinéraire inhabituel. Après avoir pris une chambre à l'hôtel où il avait reçu l'ordre de descendre, Ashenden sortit faire un tour. On était au début du mois d'août, le temps était superbe, le soleil brillait dans un ciel sans nuages. Il n'était pas revenu à Lucerne depuis son enfance et il se rappelait confusément un pont couvert, un grand lion de pierre et une église où, avec un mélange d'indifférence et d'admiration, il avait écouté les grandes orgues. Et maintenant, flânant sur le quai ombragé, près d'un lac aussi prétentieusement factice que sur les cartes postales, voici qu'il songeait moins à se repérer dans un endroit à demi oublié qu'à évoquer l'adolescent qui s'était promené à cet endroit, impatient d'accéder à un univers d'adultes, tandis qu'il laissait s'échapper la réalité de son âge. Il lui semblait que son souvenir le plus vif s'attachait moins à lui-même qu'aux passants. Il se souvenait vaguement du soleil, de la chaleur, des gens. Le train était bondé, l'hôtel et les vedettes étaient pleins de touristes et, dans les rues, ceux-ci vous barraient le passage. Ces gens étaient bedonnants, vieux, laids, bizarres, et ils sentaient mauvais. Aujourd'hui, en pleine guerre, Lucerne était aussi déserte qu'au temps où la Suisse n'était pas encore le terrain de récréation du monde entier. La plupart des hôtels étaient fermés, les rues vides et, vides également, les barques qui se balançaient au bord de l'eau, sans attendre personne. Et dans les avenues bordant le lac on ne voyait que de rares citoyens suisses promenant d'un air compassé leur neutralité, tel un basset tenu en laisse. Cette solitude emplissait Ashenden de sérénité. Il prit place sur un banc, en face de l'eau, afin de goûter pleinement cet instant. Le lac paraissait insolite, l'eau trop bleue, les montagnes trop neigeuses et cette beauté si ostentatoire agaçait plus qu'elle ne séduisait. Mais enfin ce paysage possédait quelque chose d'agréable, une naïveté affichée, à la manière des *Romances sans paroles* de Mendelssohn, et Ashenden eut un sourire d'indulgence. Lucerne le faisait songer à ces fleurs en cire que l'on met sous des globes, à ces coucous en bois découpé, aux ouvrages de fantaisie en laine de Berlin. Tant que le beau temps durerait, ce pourrait être un plaisant séjour. Alors pourquoi ne pas chercher à concilier l'agrément et le devoir patriotique ? Il voyageait avec un passeport tout neuf en poche, sous un nom d'emprunt, et il éprouvait la sensation d'avoir fait peau neuve. Il lui arrivait souvent de se trouver un peu las de lui-même et l'idée d'être pour un temps un simple caprice né de l'imagination de R. l'amusait. L'épisode dont il venait d'être le témoin avait excité son goût de l'absurdité cocasse. R., il est vrai, ne l'avait guère goûté. R. possédait une tournure d'esprit plutôt bougonne et il n'avait pas de dispositions pour apprécier une plaisanterie dont il faisait les frais. Il lui eût fallu cette aptitude qui consiste à savoir s'observer de l'extérieur, à se dédoubler en acteur et en spectateur de cette charmante comédie qu'est l'existence. Or, R. était un soldat pour qui l'introspection était une activité malsaine, étrangère et subversive. Ashenden se leva et retourna vers son hôtel d'un pas nonchalant. C'était un petit hôtel allemand de catégorie modeste, impeccablement propre, et de sa chambre il y avait une belle vue. Les meubles étaient de pitchpin verni et si, par une journée humide et froide, on s'y serait senti déprimé, le soleil et la chaleur vous y emplissaient d'aise et de gaieté. Après s'être installé à une table du salon il commanda une bouteille de bière. La patronne trouvant curieuse l'arrivée d'un touriste en morte-saison, il lui raconta qu'il venait à Lucerne pour achever de se remettre de la typhoïde. Attaché au service de la censure, il comptait profiter de cette occasion pour refaire un peu d'allemand. La patronne pourrait-elle lui recommander un professeur ? C'était une blonde plantureuse qui ne demandait pas mieux que de bavarder un brin et, pensait Ashenden, elle ne manquerait pas de raconter ce qu'il voudrait bien lui dire. Elle ne cessait de parler de la guerre qui, disait-elle, avait vidé l'hôtel, alors qu'autrefois en cette saison il ne désemplissait pas. Au point qu'elle devait même louer des chambres pour ses clients chez les voisins. En ce moment elle avait quelques pensionnaires pour les repas, mais à demeure elle n'avait plus que deux couples : deux vieux Irlandais qui habitaient Vevey et passaient l'été à Lucerne et un Anglais avec sa femme. Celle-ci était allemande et c'est pourquoi ils devaient vivre dans un pays neutre. Dans la journée ils étaient presque toujours en excursion. Herr Caypor s'intéressait beaucoup à la flore locale. Quant à Madame, elle était charmante et souffrait beaucoup de cette situation fausse. Enfin, soupira la patronne, la guerre ne durerait pas toujours. Elle se leva d'un air affairé et Ashenden regagna sa chambre.

Le dîner était à dix-neuf heures et, tenant à arriver à la salle à manger le premier afin de pouvoir y examiner tout le monde, Ashenden descendit au premier coup de cloche. C'était une salle aux murs blanchis à la chaux, plutôt sévère, aux chaises en pitchpin verni pareilles à celles des chambres, et décorée de gravures représentant les lacs suisses. Sur chaque petite table, un bouquet de fleurs. Tout était net, astiqué, et laissait présager un dîner médiocre. Ashenden l'eût volontiers relevé d'une bonne bouteille de vin du Rhin, mais il ne voulut pas prendre le risque d'attirer l'attention par une telle prodigalité. Les fonds de bouteilles qui traînaient sur deux ou trois tables attestaient la parcimonie des pensionnaires. Il se contenta donc d'un pichet de bière. Un ou deux hommes seuls entrèrent : des Suisses, à n'en pas douter. Ils s'installèrent à leur table et déplièrent la serviette qu'à la fin du déjeuner ils avaient soigneusement replacée dans son rond. Ils tenaient leur journal appuyé contre la carafe d'eau et lisaient tout en aspirant bruyamment leur potage. Alors entra un vieux monsieur tout courbé, aux cheveux blancs et à la moustache à la gauloise, accompagné d'une petite dame âgée en robe noire et aux cheveux tout blancs. C'étaient sûrement le colonel irlandais et sa femme. Ils s'assirent. Le colonel versa un doigt de vin à sa femme et autant pour lui. Ils attendirent en silence que la bonne grosse servante apportât le potage.

Enfin arrivèrent ceux qu'attendait Ashenden. Il faisait de son mieux pour lire un livre en allemand et ce fut à seule fin d'exercer son *self-control* qu'il leva un instant les yeux à leur arrivée. Il aperçut un homme d'environ quarante-cinq ans, aux cheveux coupés court, bruns et légèrement grisonnants, de taille moyenne, corpulent, au visage coloré et entièrement rasé. Il portait une chemise de sport à col ouvert et un costume gris. Sa femme, qui le suivait, avait l'air d'une Allemande assez insignifiante. Grantley Caypor s'assit et, d'une voix puissante, il se mit à expliquer à la serveuse qu'ils revenaient d'une gigantesque excursion. Ils avaient fait l'ascension d'une montagne dont le nom ne disait rien à Ashenden, mais qui suscita chez la serveuse des commentaires surpris et enthousiastes. Puis, toujours dans un allemand très courant, quoique teinté d'un accent anglais très reconnaissable, il déclara que leur retard ne leur avait pas laissé le temps d'aller se rafraîchir dans leur chambre et qu'ils s'étaient juste lavé les mains dehors. Il avait une voix bien timbrée et une allure sympathique.

— Servez-moi rapidement, dit-il, nous mourons de faim, et apportez de la bière, trois bouteilles. *Lieber Gott*, quelle soif !

Il semblait animé d'une grande exubérance. Au milieu de cette salle à manger morne et trop soignée, il faisait passer un souffle de vie qui, tout à coup, parut secouer tout le monde. Il se mit à parler en anglais à sa femme et l'on pouvait entendre tout ce qu'il disait. Mais elle l'interrompit bientôt d'une remarque à mi-voix. Caypor se tut et Ashenden sentit son regard tourné vers lui. Mrs. Caypor avait remarqué un nouveau venu et attiré sur lui l'attention de son mari. Ashenden tourna la page du livre qu'il faisait semblant de lire, mais il comprit que Caypor le regardait fixement. Lorsque ce dernier se remit à parler à sa femme, ce fut d'un ton si discret qu'Ashenden ne put deviner en quelle langue il s'exprimait. Quand la serveuse vint leur apporter le potage, Caypor lui posa une question d'un ton toujours feutré. Il allait de soi qu'il lui demandait qui était Ashenden. Ce dernier ne put saisir la réponse de la serveuse, mais seulement le mot *länder.* Une ou deux personnes, ayant fini de dîner, abandonnèrent leur table et sortirent, le cure-dents aux lèvres. Le vieux colonel et sa vieille épouse se levèrent et il s'écarta pour la laisser passer. Ils n'avaient pas échangé une seule parole pendant tout leur repas. D'un pas lent elle se dirigea vers la porte ; mais, en chemin, le colonel s'arrêta pour parler à un Suisse — peut-être un des notaires de la ville. Parvenue à la porte, la vieille dame s'arrêta et, avec un air résigné, elle attendit patiemment que son mari vînt la lui ouvrir. Ashenden se rendit alors compte que, de sa vie, elle n'avait jamais ouvert une porte toute seule. Elle ne savait pas comment s'y prendre. Une minute plus tard, d'un pas fatigué, le colonel arriva à la porte et l'ouvrit. Elle sortit et il la suivit. Petit incident très révélateur de leurs personnalités, songea Ashenden, qui se mit à reconstituer leur histoire, leur façon de vivre et leur caractère. Mais il se reprit tout à coup : s'abandonner au cours de son imagination était un luxe qu'il ne pouvait se permettre. Il termina son dîner.

Au salon, il remarqua un bull-terrier attaché au pied d'une table. En passant, il caressa machinalement les oreilles veloutées du chien. La patronne était au pied de l'escalier.

— A qui appartient ce beau chien ? demanda Ashenden.

— A Herr Caypor. Il s'appelle Fritzi. Herr Caypor dit que son arbre généalogique est plus ancien que celui du roi d'Angleterre.

Fritzi se frottait à la jambe d'Ashenden et, du museau, lui cherchait le creux de la main. Ashenden monta dans sa chambre pour prendre son chapeau et, en redescendant, il aperçut Caypor en conversation avec la patronne. Tous deux se turent brusquement et leur mine empruntée laissait entendre que Caypor venait d'interroger celle-ci à son propos. Ils s'écartèrent pour le laisser passer et il sentit le regard méfiant de Caypor. Son visage franc et jovial avait revêtu une expression rusée.

Ashenden se rendit d'un pas nonchalant jusqu'à une taverne à la terrasse de laquelle il pourrait se faire servir un café. Pour compenser la bouteille de bière que son sens du devoir lui avait fait commander au dîner, il se fit apporter le meilleur cognac de la maison. Il était heureux d'avoir enfin vu de ses propres yeux l'homme dont on lui avait tellement parlé et avec qui il comptait bien lier connaissance dans les jours prochains. Il n'est jamais bien difficile de faire la connaissance d'un homme qui possède un chien. Mais rien ne pressait, il avait le temps. La réussite de son projet excluait toute initiative prématurée. Ashenden passa les faits en revue. Anglais, Grantley Caypor était, selon son passeport, né à Birmingham. Il avait quarante-deux ans. Sa femme était née en Allemagne, de parents allemands. Voilà pour l'état civil. De plus, selon une fiche confidentielle, il avait fait ses débuts dans une étude d'avocat à Birmingham, puis était devenu journaliste. Il avait été correspondant de presse au Caire, puis à Shanghai. Il avait eu des ennuis à la suite d'une tentative d'abus de confiance et il avait purgé une petite peine de prison. On le perdait ensuite de vue pendant deux ans et on le retrouvait dans un bureau d'affrètement à Marseille. De là il avait gagné Hambourg, toujours dans l'affrètement, et s'y était marié. On le retrouvait ensuite à Londres, établi à son compte dans une affaire d'exportation où il faisait bientôt faillite. Puis retour au journalisme. Enfin, au début de la guerre, voici qu'il était de nouveau dans une compagnie de navigation, installé tranquillement à Southampton avec sa femme allemande. Au début de 1914, il avait déclaré à ses chefs que la nationalité de celle-ci lui rendait la vie impossible. On n'avait rien à lui reprocher et comme il se trouvait effectivement dans une situation délicate, on l'avait, sur sa demande, autorisé à aller travailler à Gênes. Il y avait vécu jusqu'à l'entrée en guerre de l'Italie et avait alors démissionné. Muni de papiers on ne peut plus en règle, il avait passé la frontière pour s'installer en Suisse.

Ces indications faisaient entrevoir un personnage

de probité douteuse, enclin à l'instabilité et dénué de répondant social ou financier, mais elles n'avaient jamais eu la moindre importance jusqu'au jour où il apparut que, dès le début de la guerre, et plus tôt peut-être, Caypor travaillait pour les renseignements allemands. On lui versait un salaire de quarante livres sterling par mois. Bien que ce fût un homme dangereux et retors, on ne se serait malgré tout pas soucié de lui s'il s'était borné à transmettre les nouvelles qu'il était en mesure de recueillir de source suisse. Il n'était pas très nuisible et, à la rigueur, on pouvait à son insu l'utiliser pour transmettre à l'ennemi des informations trompeuses. Il ignorait totalement qu'il avait été repéré. Son courrier, qui était très abondant, était examiné par la censure ; et il y avait peu de codes qui résistaient longtemps aux professionnels du chiffre. Un jour ou l'autre on pourrait, grâce à Caypor, remonter jusqu'à l'organisation qui poursuivait ses activités en territoire britannique. Mais il se produisit un incident qui attira sur lui l'attention de R. Si Caypor en avait eu vent, il eût eu raison de trembler, car R. n'était pas de ceux dont il fait bon de devenir l'ennemi. A Zurich, Caypor avait fait la connaissance d'un jeune Espagnol nommé Gomez et récemment recruté par l'Intelligence Service. Se prévalant de sa nationalité britannique, Caypor avait capté sa confiance et appris que Gomez faisait de l'espionnage ; peut-être, poussé par un besoin très naturel de faire l'important, l'Espagnol s'était-il simplement contenté de prendre des airs mystérieux. Toujours est-il que, suite à la dénonciation de Caypor, il fut repéré en Allemagne. Il y fut arrêté au moment où il postait une lettre dont le code fut ensuite déchiffré. Il fut jugé, condamné et exécuté. Non seulement on avait ainsi perdu un agent utile et désintéressé, mais on devait également changer un code dont la simplicité s'était révélée entièrement satisfaisante. R. n'était guère content ; mais il n'était pas de ceux qu'inspire un simple désir de vengeance. Il lui apparut que si Caypor trahissait son pays uniquement pour de l'argent, on pouvait de la même manière l'amener à trahir ses employeurs. Étant parvenu à leur livrer un agent allié, il devait jouir de leur confiance. Il pourrait être très utile. Mais R. n'avait aucune idée précise sur Caypor ; il avait mené une existence médiocre et obscure ; la seule photo que l'on possédât de lui était une photo d'identité. La mission d'Ashenden était de rencontrer Caypor et de voir si celui-ci accepterait un travail de confiance pour le compte des Anglais. Auquel cas Ashenden était autorisé à faire des ouvertures et, le cas échéant, des propositions concrètes. Cette mission exigeait du doigté et une grande expérience des hommes. Si, par contre, Ashenden en venait à penser qu'il n'était pas possible de retourner Caypor, il devait le surveiller et renseigner R. sur ses activités. Les informations fournies par Gustav étaient imprécises mais intéressantes. Selon ces informations, le responsable des services de renseignements allemands à Berne estimait que l'ardeur de Caypor laissait beaucoup à désirer. Il réclamait une augmentation et s'était entendu rétorquer par le major von P. qu'il devait s'en montrer digne. Peut-être le major souhaitait-il l'inciter à se rendre en Angleterre ? Si l'on pouvait ainsi parvenir à lui faire franchir la frontière, la tâche d'Ashenden était pratiquement terminée.

— Comment diable voulez-vous que je le persuade d'aller se fourrer dans la gueule du loup ? demanda Ashenden.

— Ce ne sera pas la gueule du loup mais un poteau d'exécution, dit R.

— Caypor n'est pas un idiot.

— Soyez-le moins que lui, voilà tout !

Ashenden décida qu'il ne ferait rien pour tenter de se lier avec Caypor et laisserait à celui-ci le soin de faire les premiers pas. Si ses chefs désiraient le voir s'activer, il lui viendrait bien à l'idée qu'un Anglais soi-disant employé par le service de la censure était un personnage digne d'intérêt. Ashenden possédait un stock de renseignements dont l'utilité pour les Empires centraux était pratiquement nulle. Sous un faux nom et avec un faux passeport, il ne risquait guère d'être démasqué par Caypor comme un agent britannique.

Ashenden n'eut pas lieu de s'impatienter. Le lendemain après le déjeuner, assis près de la porte de l'hôtel, il prenait son café au terme d'un repas copieux et commençait à somnoler, quand, sortant de la salle à manger, les Caypor se séparèrent. Madame monta dans sa chambre et Monsieur détacha son chien. Celui-ci vint faire fête à Ashenden.

— Fritzi ! Ici ! s'écria Caypor et, à Ashenden : Excusez-moi, mais il n'est pas méchant.

— Oh ! je vous en prie, il ne me fera pas de mal.

Caypor se tenait sur le seuil de la porte.

— C'est un bull-terrier. On n'en voit pas fréquemment hors d'Angleterre.

Tout en parlant il semblait jauger Ashenden. Il appela la serveuse :

— Un café, s'il vous plaît, *Fräulein*. Vous venez d'arriver, n'est-ce pas ?

— Oui, je suis ici depuis hier.

— Ah, bon ? Je ne vous ai pas vu dans la salle à manger, hier soir. Vous faites un séjour ici ?

— Je ne sais pas pour combien de temps. J'ai été malade et je suis ici pour me reposer.

La serveuse apporta le café et, voyant Caypor en conversation avec Ashenden, elle posa son plateau sur la table. Caypor eut un petit rire embarrassé.

— Je ne voudrais pas m'imposer. Je ne vois pas pourquoi la serveuse a posé mon café sur votre table.

— Asseyez-vous, je vous en prie, dit Ashenden.

— Vous êtes très aimable. Je vis sur le continent depuis si longtemps que j'oublie toujours la réticence de mes compatriotes à se laisser adresser la parole. Au fait, vous êtes anglais ou américain ?

— Anglais, dit Ashenden.

Il était d'un naturel très timide et c'est en vain qu'il avait tenté de vaincre ce défaut, fort malencontreux à son âge. Toutefois, à l'occasion, il savait en faire usage à bon escient. D'une manière hésitante et gauche, il se mit à expliquer ce qu'il avait déjà raconté à la propriétaire de l'hôtel, sachant que celle-ci l'avait rapporté à Caypor.

— Il n'y a pas de meilleur endroit que Lucerne. Dans ce monde épuisé par la guerre, c'est une véritable oasis de paix. Ici, vous pourriez presque oublier la guerre. C'est pour cette raison que je m'y trouve moi-même ; je suis journaliste.

— Figurez-vous que je me demandais justement si vous écriviez, dit Ashenden en esquissant un pâle sourire.

Il était clair qu'il n'avait pas trouvé la formule « oasis de paix dans un monde épuisé par la guerre » dans la brochure d'une compagnie de navigation.

— Vous voyez, expliqua Caypor avec gravité, ma femme est allemande.

— Vraiment ?

— Personne n'est plus patriote que moi, je suis anglais jusqu'au bout des ongles, l'Empire britannique est à mon avis le plus grand facteur de progrès que le monde ait jamais connu. Mais je suis marié à une Allemande : c'est le revers de la médaille. On n'a pas besoin de me dire que les Allemands ont des défauts, mais pour être franc, je ne crois pas non plus qu'ils soient l'incarnation de l'esprit du mal. Au début de la guerre, ma pauvre femme a eu la vie dure en Angleterre et, pour ma part, je ne pouvais lui reprocher d'en concevoir quelque amertume. Tout le monde la prenait pour une espionne. Cela vous amusera bien quand vous la connaîtrez. C'est une ménagère allemande typique, qui ne s'intéresse qu'à sa maison, à son mari et à notre enfant unique, Fritzi.

Caypor caressa son chien ; il eut un petit rire :

— Eh oui, Fritzi, n'est-ce pas que tu es notre enfant unique ? Bien entendu je me trouvais dans une situation gênante. J'étais en relation avec des journaux très importants et mes directeurs n'étaient pas à leur aise avec moi. Bref, il me sembla que je me devais de démissionner pour aller vivre en territoire neutre en attendant que la tempête se calme. Ma femme et moi ne parlons jamais de la guerre, mais je puis vous dire que c'est surtout à cause de moi, car de nous deux elle est de loin la plus tolérante et plus disposée à adopter mon point de vue sur ce terrible gâchis que je ne le suis à voir les choses de son point de vue.

— C'est surprenant, remarqua Ashenden, car d'ordinaire les femmes sont bien plus sectaires que les hommes.

— Ma femme est quelqu'un de remarquable. J'aimerais bien que vous fassiez sa connaissance. A propos, je ne sais plus si je vous ai dit mon nom : je m'appelle Grantley Caypor.

— Et moi, Somerville, repartit Ashenden.

Il lui apprit alors comment il avait travaillé au service de la censure et il lui sembla détecter une certaine intensité dans le regard de Caypor. Il lui dit peu après qu'il cherchait une personne susceptible de lui donner des leçons de conversation en allemand pour rafraîchir un peu sa pratique de la langue et, tout en parlant, il lui vint une idée. Et, regardant Caypor, il vit à l'expression de ce dernier que la même idée lui avait traversé l'esprit. Tous deux avaient simultanément songé que le professeur tout désigné d'Ashenden n'était autre que Mrs. Caypor.

— J'ai demandé à la patronne si elle pourrait me trouver quelqu'un et elle pense que oui. Il faut que je lui en reparle. On doit bien pouvoir trouver une personne disposée à passer une heure par jour pour bavarder en allemand.

— Je ne compterais pas trop sur la patronne, dit Caypor ; ce qu'il vous faut, c'est une personne qui parle le bon allemand du Nord. Elle ne sait que le suisse. Je demanderai à ma femme si elle ne connaîtrait pas quelqu'un. On peut se fier à son avis, c'est une femme très instruite.

— Vous êtes fort aimable.

Ashenden observait attentivement Grantley Caypor. Il nota le contraste entre ses petits yeux gris-vert, qu'il n'avait pas réussi à voir la veille, et la franchise de son visage rougeaud. C'étaient des yeux vifs, mobiles, mais qui, tout à coup, se figeaient quand le cerveau s'emparait d'une idée inopinée. Ils n'inspiraient pas confiance. Aussi Caypor se servait-il de son sourire engageant, de son visage cordial au teint bronzé, de son allure rondouillarde et de sa voix chaude. A cet instant il faisait de son mieux pour être agréable. Ashenden se départait lentement de sa timidité au fur et à mesure que se déroulait cette conversation, s'appuyant sur l'attitude cordiale et la chaleur humaine de son interlocuteur, et il devait accomplir un effort pour ne pas oublier qu'il n'avait affaire qu'à un vulgaire espion. La conversation prenait un sel particulier si l'on songeait qu'il était disposé à vendre son pays pour la somme modique de quarante livres sterling par mois. Ashenden connaissait Gomez, le petit Espagnol que Caypor avait livré. C'était un garçon aventureux et courageux, qui s'était lancé dans une mission dangereuse, poussé par le simple goût du risque et sans le moindre souci de son intérêt. Il avait voulu s'amuser à rouler ces lourdauds d'Allemands et à jouer un rôle dans une intrigue policière. Et à cet instant, on ne pouvait penser à lui sans tristesse, enterré six pieds sous terre dans une cour de prison. Il était jeune et beau. Caypor avait-il seulement hésité avant de l'envoyer à la mort ?

— Je présume que vous savez un peu d'allemand, fit Caypor d'un ton intéressé.

— Un peu. Dans ma jeunesse j'ai été étudiant en Allemagne et je parlais l'allemand couramment. Mais il y a longtemps de cela et je l'ai oublié. Je suis encore capable de le lire correctement.

— Ah oui, en effet, j'ai remarqué hier soir que vous lisiez un livre en allemand.

Quel imbécile ! Un instant plus tôt il disait à Ashenden ne pas l'avoir vu au dîner ! Ashenden se demanda si Caypor s'était rendu compte de sa gaffe. Personne n'est à l'abri d'une gaffe et lui-même, le premier, devait être sur ses gardes. Ce qui l'inquiétait le plus était de ne pas réagir assez vite à l'appel de son nouveau nom, Somerville. Enfin, on pouvait toujours imaginer que Caypor avait fait exprès de gaffer pour voir si Ashenden s'en était rendu compte ou non. Caypor se leva.

— Voici ma femme ; nous allons faire une promenade en montagne chaque après-midi. Je pourrais vous montrer des coins ravissants. Les fleurs sont encore magnifiques.

— Il faudra que j'attende d'avoir de meilleures jambes, soupira Ashenden.

Il avait le teint naturellement pâle et une apparence plus frêle qu'il ne l'était en réalité. Mrs. Caypor descendit et son mari alla la rejoindre. Ils s'éloignèrent avec Fritzi qui bondissait autour d'eux. Ashenden nota que Caypor s'était tout de suite mis à parler d'abondance. Sans doute était-il en train de répéter à sa femme sa conversation avec Ashenden. Ce dernier observait les rayons du soleil qui dansaient sur le lac ; un soupçon de brise faisait frémir le feuillage : tout invitait à une promenade. Il se leva, gagna sa chambre et se jeta sur le lit. Il fit une sieste très agréable. Le soir, il entra dans la salle à manger alors que les Caypor terminaient leur dîner. Il avait flâné dans les rues avec mélancolie, dans l'espoir de s'ouvrir l'appétit pour la salade de pommes de terre qui ne manquerait pas d'être servie au dîner. En sortant de la salle à manger, Caypor l'invita à prendre le café avec lui et sa femme. Ashenden les rejoignit au salon et Caypor se leva pour faire les présentations. Mrs. Caypor lui adressa une révérence plutôt sèche et nul sourire ne vint répondre aux civilités d'Ashenden. Son attitude était ouvertement hostile. Ashenden se sentit plus à l'aise ainsi. Elle devait avoir la quarantaine, manquait totalement de charme, possédait un teint terreux et des traits fort quelconques. Sa chevelure terne était tressée autour de son visage, à la manière de cette reine de Prusse, ennemie de Napoléon. Elle avait une silhouette massive et paraissait lourde plutôt que grasse. Mais elle ne paraissait pas dénuée d'esprit. Tout indiquait au contraire une forte personnalité, et Ashenden, qui avait assez séjourné en Allemagne pour reconnaître ce type de femme, était enclin à penser que, sans négliger son ménage ni sa cuisine et tout en possédant assez d'énergie pour escalader une montagne, elle était fort capable d'étonner par son savoir. Son corsage blanc s'échancrait sur un cou bruni par le soleil, elle portait une jupe noire et de lourdes chaussures de marche. Caypor lui parlait en anglais et, de son ton jovial, il lui répéta ce qu'Ashenden lui avait déjà dit, comme si elle n'était pas encore parfaitement au courant. Elle écouta d'un air revêche.

— Je crois que vous m'avez dit que vous compreniez l'allemand, dit Caypor, dont les petits yeux fureteurs contrastaient avec ses sourires engageants.

— Oui, j'ai été pendant un certain temps étudiant à Heidelberg.

— Tiens ! dit Mrs. Caypor en anglais, abandonnant un instant son expression morose, je connais Heidelberg, j'y ai passé une année d'études.

Son anglais était correct, mais guttural, et elle articulait d'une manière désagréablement exagérée. Ashenden se répandit en éloges sur la vieille université et sur la beauté des environs. Elle l'écoutait du haut de sa supériorité teutonique, avec plus d'indulgence que d'enthousiasme.

— Chacun sait que la vallée du Neckar est l'un des plus beaux endroits du monde, dit-elle.

— Ma chérie, dit alors Caypor, je ne t'ai pas dit que Mr. Somerville cherche des leçons de conversation pendant son séjour et je lui ai suggéré que tu pourrais peut-être lui trouver quelqu'un.

— A vrai dire, je ne vois pas qui je pourrais lui recommander, répondit-elle. Cet accent suisse est d'une laideur indescriptible. Faire la conversation avec un Suisse ne pourrait qu'abîmer l'allemand de Mr. Somerville.

— A votre place, Mr. Somerville, j'essayerais de décider ma femme à vous donner des leçons. Elle est, à mon humble avis, très instruite et très cultivée.

— *Ach*, Grantley, je n'ai pas le temps. J'ai assez à faire comme cela.

Ashenden vit qu'on lui donnait sa chance. Le piège était tendu et il lui suffisait de s'y laisser tomber. Il se tourna vers Mrs. Caypor d'une manière qu'il s'efforça de rendre timide, humble et modeste.

— Bien sûr, ce serait trop beau si vous acceptiez de me donner des leçons. Je me considérerais vraiment comme votre obligé. Bien entendu, il ne s'agit pas de vous gêner dans vos occupations. Je n'ai rien d'autre à faire que de me soigner et vos heures seraient les miennes.

Il sentit passer entre ses deux interlocuteurs un éclair de satisfaction et il crut voir s'allumer une lueur sombre dans le regard bleu de Mrs. Caypor.

— Il va de soi, dit Caypor, que nos conditions seront tout à fait normales. Il n'y a pas de raison que ma femme ne se fasse pas un peu d'argent de poche. Dix francs de l'heure vous paraît-il un prix convenable ?

— C'est parfait, dit Ashenden. A ce prix-là je m'estime heureux d'avoir un professeur de premier ordre.

— Qu'en penses-tu, chérie ? Tu peux sûrement trouver une heure libre et rendre service à ce monsieur. Il verrait ainsi que tous les Allemands ne sont pas les monstres démoniaques dont on parle en Angleterre.

Une expression de malaise se peignit sur le visage de Mrs. Caypor et Ashenden frémit à la pensée du tête-à-tête qu'il devrait subir tous les jours. Dieu seul savait comment il arriverait à trouver des sujets de conversation avec cette porte de prison. Elle faisait pourtant maintenant un effort ostensible pour être aimable.

— Je serai très heureuse de donner des leçons à Mr. Somerville.

— Mes félicitations, Mr. Somerville ! s'exclama Caypor. Vous êtes un veinard. Quand commencez-vous ? Demain onze heures ?

— Ce serait parfait si cela convient à Mrs. Caypor.

— Mais oui, onze heures ou une autre heure, cela m'est égal, répondit-elle.

Ashenden les laissa commenter entre eux l'heureux dénouement de leurs manœuvres diplomatiques. Mais lorsque le lendemain, à onze heures précises, il entendit frapper à la porte (car il était convenu que Mrs. Caypor lui donnerait sa leçon chez lui), ce n'est pas sans une certaine fébrilité qu'il la fit entrer. Il lui fallait adopter une attitude franche et même un brin indiscrète, sans toutefois jamais baisser sa garde devant cette Allemande suffisamment perspicace et impulsive. Mrs. Caypor avait une expression sombre et revêche. De toute évidence, elle lui rendait visite à contrecœur. Mais ils s'assirent et elle commença par l'interroger d'une manière plutôt doctorale sur ses connaissances en littérature allemande. Elle lui corrigeait ses fautes sans indulgence et, quand il lui demandait de lui expliquer les difficultés de telle ou telle construction, elle répondait d'une façon claire et précise. Malgré son évidente aversion, elle s'acquittait de sa tâche avec conscience. Non seulement elle savait, mais elle aimait enseigner et peu à peu elle se piquait au jeu. Il lui fallait se forcer pour se rappeler qu'Ashenden était une de ces brutes d'Anglais. Ayant remarqué la lutte inconsciente dont elle était la proie, Ashenden s'en amusait. Et ce fut avec sincérité que plus tard, à Caypor qui lui demandait des nouvelles de sa leçon, il exprima toute sa satisfaction. Mrs. Caypor était un excellent professeur et possédait une personnalité des plus intéressantes.

— Je vous l'avais bien dit ; il n'y en a pas deux comme elle.

Et Ashenden fut convaincu que Caypor, de son ton cordial et enjoué, était pour la première fois entièrement sincère. Au bout de deux jours, Ashenden se rendit compte que Mrs. Caypor lui donnait des leçons uniquement pour permettre à Caypor de se lier à lui : elle n'abordait que des sujets touchant à la littérature, à la musique ou à la peinture. Une fois, Ashenden essaya d'amener la conversation sur la guerre, mais elle l'interrompit aussitôt :

— J'estime que mieux vaut éviter ce sujet, Herr Somerville, déclara-t-elle.

Elle continuait les leçons avec la plus grande application et il n'avait pas lieu de se plaindre, mais tous les jours c'était le même visage renfrogné, et seul l'intérêt qu'elle prenait à enseigner lui faisait parfois oublier l'antipathie qu'elle éprouvait à l'égard d'Ashenden. De son côté, ce dernier déployait vainement toutes ses ressources de séduction. Il était tour à tout serviable, naïf, humble, reconnaissant, flatteur, simple et timide. Elle demeurait implacablement, fanatiquement hostile. Son chauvinisme agressif et impersonnel était tout pénétré de la supériorité des Allemands en toutes choses. Elle ne pardonnait pas à l'Angleterre d'être le principal obstacle à la diffusion de cette doctrine. Elle rêvait d'un univers allemand rassemblant les nations sous une hégémonie plus grandiose que celle de la Rome antique et leur faisant goûter les bienfaits de la science allemande, de l'art allemand et de la culture allemande. Cette idée, par sa folle présomption, égayait Ashenden. Elle n'était pas sotte et avait beaucoup lu, en plusieurs langues, de sorte qu'elle savait discuter avec autorité. Ses connaissances en peinture et en musique modernes étaient impressionnantes. On avait plaisir à l'entendre interpréter avant l'heure du déjeuner l'un de ces morceaux cristallins de Claude Debussy. Elle jouait d'un toucher dédaigneux : c'était français et frivole ; mais elle s'inclinait avec irritation devant la grâce et la gaieté de la composition. Elle répondit en haussant les épaules aux compliments d'Ashenden :

— Musique décadente d'une nation décadente.

Et, sur ce, d'une attaque puissante, elle plaqua les premiers accords d'une sonate de Beethoven. Puis elle s'arrêta :

— Je ne sais pas la jouer, je ne l'ai pas étudiée récemment ; mais vous autres, Anglais, que savez-vous de la musique ? Vous n'avez pas eu un seul compositeur depuis Purcell !

Ashenden se tourna vers Caypor :

— Eh bien, qu'en dites-vous ? lui demanda-t-il d'un ton enjoué.

— Il faut bien avouer la vérité. C'est ma femme qui m'a appris le peu de musique que je sais. Si seulement vous pouviez l'entendre quand elle s'est exercée !

Il posa sa main grassouillette aux doigts courts et carrés sur l'épaule de sa femme.

— La beauté de ce qu'elle joue vous atteint au plus profond de l'âme.

— *Dummer Kerl*, dit-elle d'une voix sourde, pauvre idiot.

Un bref instant Ashenden vit ses lèvres se crisper. Puis elle se reprit :

— Vous autres Anglais, vous ne savez ni peindre, ni sculpter, ni composer de la musique.

— Il arrive à certains d'entre nous d'écrire d'agréables poèmes, dit Ashenden avec bonne humeur, car il n'avait cure de lui laisser le dernier mot.

Et sans savoir pourquoi, deux vers lui vinrent à l'esprit et il déclama :

Où vas-tu, fier navire, tout enrobé de blanc,
Incliné sur le sein du fiévreux Occident ?

— Il est vrai, concéda Mrs. Caypor avec un geste étrange, vous savez écrire de la poésie. Je me demande comment cela se fait.

Et, à la surprise d'Ashenden, elle enchaîna, dans son anglais guttural, par les deux vers qui suivaient ceux qu'il venait de citer.

— Allons, Grantley, le *Mittagessen* est servi. Viens à la salle à manger.

Ashenden demeura pensif. Il admirait la bonté d'autrui, mais la méchanceté ne le révoltait pas. On le croyait parfois insensible car il était plus disposé à s'intéresser aux gens qu'à s'attacher à eux et, même chez les êtres auxquels il tenait, il percevait d'un regard égal les qualités et les défauts. Si quelqu'un lui plaisait, il n'en était pas pour autant aveugle à ses défauts, qu'il acceptait avec un haussement d'épaules tolérant ; il n'en était pas non plus disposé pour autant à lui prêter des mérites imaginaires. Et comme il avait à l'égard de ses amis une attitude sans concessions, ceux-ci, étant sans illusions, l'abandonnaient rarement. Il n'attendait pas des autres plus que ceux-ci ne pouvaient lui donner. Il pouvait continuer à observer les Caypor sans préjugés et sans passion. Mrs. Caypor lui semblait un personnage plus cohérent et par conséquent plus facile à saisir que son mari. Elle avait pour lui une aversion évidente ; malgré l'obligation dans laquelle elle se trouvait d'être polie à son égard, son antipathie était si violente qu'il lui arrivait de laisser échapper de temps en temps une expression grossière. Si elle avait été sûre de son impunité, elle n'aurait pas hésité à le tuer de ses propres mains.

Mais à la pression de la main dodue de Caypor sur l'épaule de sa femme, au frémissement des lèvres de Mrs. Caypor, Ashenden avait compris qu'entre cette femme sans attraits et ce méprisable bonhomme existait une affection profonde et pure. Il en fut ému. Rassemblant ses observations sur les journées qui venaient de s'écouler, il prit conscience d'un certain nombre de petits faits auxquels, sur le moment, il n'avait pas attaché d'importance particulière. Il lui semblait que l'amour de Mrs. Caypor pour son mari avait pour origine le fait qu'elle avait un caractère plus énergique et se rendait bien compte qu'il était dépendant d'elle : elle l'aimait pour l'admiration qu'il lui témoignait. On pouvait penser qu'avant de le connaître, cette femme laide et boulotte, dépourvue d'imagination et d'humour, n'avait guère provoqué l'admiration des hommes. Elle appréciait son exubérance et ses grosses plaisanteries ; sa bonne humeur avait raison de son apathie. Il était à ses yeux un grand gosse turbulent qui ne changerait pas et dont elle resterait toujours la mère. Elle avait fait de lui ce qu'il était devenu, c'était son mari, elle était sa femme et elle l'aimait en dépit de sa faiblesse de caractère, dont elle avait visiblement toujours été consciente. Elle l'aimait, *ach, was*, aussi fort qu'Isolde aimait Tristan.

Mais il y avait l'affaire d'espionnage. Malgré toute sa tolérance envers les faiblesses humaines, Ashenden ne pouvait pas s'empêcher d'estimer que l'action de trahir son pays pour de l'argent n'avait rien d'admirable. Sans aucun doute, elle était au courant, et c'est probablement par son intermédiaire que le premier contact avec Caypor avait été pris. Jamais il n'aurait accepté pareille besogne s'il n'y avait pas été poussé par elle. Elle l'aimait et c'était une femme honnête et droite. Par quel biais s'était-elle résolue à lui faire adopter une activité si abjecte ? Ashenden se perdait dans un labyrinthe de suppositions lorsqu'il tentait de reconstituer les cheminements de son esprit. Avec Grantley Caypor, c'était différent. Ce n'était guère un sujet d'admiration, mais ce n'était pas non plus ce que recherchait Ashenden. Il y avait néanmoins chez cet être vulgaire et grossier quelque chose de singulier et d'inattendu. Ashenden suivait avec amusement les efforts onctueux de l'espion pour l'amener à ses fins. Deux jours après la première leçon, au sortir du dîner, alors que sa femme était montée dans sa chambre, Caypor se laissa lourdement glisser dans un fauteuil près d'Ashenden. Son brave Fritzi s'approcha et vint frotter son museau à truffe noire contre son genou.

— Il n'a pas de cervelle, dit Caypor, mais il a un cœur d'or. Regardez ses petits yeux roses. Avez-vous jamais rien vu de si bête ? Et quelle tête affreuse ! Et pourtant quel charme incroyable il possède !

— Il y a longtemps que vous l'avez ? demanda Ashenden.

— Je l'ai eu en 1914, juste avant le début de la guerre. Au fait, vous avez entendu la nouvelle aujourd'hui ? Ma femme et moi ne parlons naturellement jamais de la guerre. Vous ne pouvez pas savoir comme cela me fait plaisir de pouvoir parler à cœur ouvert à un compatriote.

Il offrit à Ashenden un cigare suisse de mauvaise qualité et, dans un esprit de sacrifice, ce dernier l'accepta stoïquement.

— Bien entendu, dit Caypor, les Allemands sont fichus, complètement fichus. C'était à prévoir à partir du moment où nous sommes entrés en guerre.

Son attitude respirait la gravité et une inébranlable sincérité.

Ashenden répondit par une banalité quelconque.

— Le plus grand regret de ma vie, reprit Caypor, est d'être empêché de faire mon devoir par la nationalité de ma femme. J'ai voulu m'enrôler à la déclaration de guerre, mais l'on m'a trouvé trop vieux. Toutefois, si la guerre doit se prolonger, je ne vous cache pas que, femme ou pas femme, j'ai l'intention d'agir. Ma connaissance des langues étrangères devrait pouvoir me rendre utile au service de la censure. C'est là que vous étiez, n'est-ce pas ?

On était enfin arrivé au point où il voulait en venir et, en réponse à ses questions précises, Ashenden lui donna les indications qu'il avait déjà préparées. Caypor rapprocha son fauteuil d'Ashenden et poursuivit d'un ton plus bas :

— Je suis sûr que vous ne risquez pas de me dire quoi que ce soit de confidentiel, mais avec tous ces Suisses pro-allemands autour de nous, mieux vaut ne pas prendre de risques.

Puis, abordant d'autres sujets, il confia à Ashenden un certain nombre de choses de nature assez confidentielle.

— Vous savez, je n'en parlerais à personne, mais j'ai un ou deux amis bien placés et ils savent que l'on peut me faire confiance.

Encouragé de la sorte, Ashenden se permit des propos volontairement imprudents et, lorsque les deux hommes se séparèrent, chacun avait de bonnes raisons de se féliciter. Ashenden songeait que le lendemain matin la machine à écrire de Caypor allait entrer en activité et qu'à Berne, le major trépidant ne tarderait pas à recevoir un rapport très intéressant.

Un soir, alors qu'il montait dans sa chambre après dîner, Ashenden passa devant une salle de bains dont la porte était demeurée ouverte. Il aperçut les Caypor.

— Entrez donc ! s'écria Caypor de son ton cordial. Nous sommes en train de baigner notre Fritzi.

Le bull-terrier n'arrêtait pas de se rouler dans la saleté et Caypor était fier quand il pouvait le voir bien propre et bien blanc. Ashenden entra. Les manches retroussées et protégée par un grand tablier blanc, Mrs. Caypor était à un bout de la baignoire et, simplement vêtu de son pantalon et d'un gilet de corps, Caypor, exhibant ses bras adipeux et tout couverts de taches de rousseur, savonnait à pleines mains le pauvre chien.

— Il faut faire ça la nuit, dit-il, car les Fitzgerald utilisent cette baignoire et, s'ils nous voyaient y laver le chien, ils en feraient une maladie. Nous attendons toujours qu'ils soient allés se coucher. Allons, Fritzi, montre au monsieur comme tu es bien élevé une fois qu'on t'a débarbouillé.

Le malheureux, tout piteux, agita faiblement la queue pour signifier que, malgré l'atrocité du traitement qu'on lui infligeait, il ne gardait pas de rancune envers le dieu qui en était responsable. Debout au milieu de la baignoire dans quinze centimètres d'eau, il était tout couvert de mousse et, tout en bavardant, les puissantes mains de Caypor ne cessaient de s'activer.

— Oh ! le beau chien-chien ce sera quand il sera blanc comme neige ! Et comme le maître sera fier de le faire sortir, et toutes les petites chiennes diront : Mon Dieu, qui est donc ce bull-terrier si distingué qui a des allures princières ? Allons, debout qu'on te lave les oreilles. Voyons, tu ne songes pas à te montrer avec des oreilles sales comme un vilain petit gamin suisse ! Noblesse oblige ! Et maintenant, au tour de la truffe noire. Oh ! et tout le savon qui va lui piquer ses petits yeux roses !

Une expression de tolérance vaguement amusée se peignait sur le visage rébarbatif de Mrs. Caypor tandis qu'elle écoutait ces bêtises. Elle s'empara d'une serviette.

— Et maintenant, un petit plongeon. Hop là !

Caypor saisit le chien par les pattes de devant et à deux reprises il lui fit faire le plongeon. Une brève lutte s'ensuivit et le chien s'ébroua en éclaboussant autour de lui. Caypor le prit dans ses bras et le sortit de la baignoire.

— Et maintenant, va voir maman pour te sécher.

Mrs. Caypor s'assit, prit le chien entre ses jambes et le maintint fermement. A force de le frotter, des gouttes de sueur perlaient à son front. Quant à Fritzi, un peu secoué et essoufflé mais tout content que ce soit fini, il montrait sa petite tête stupide, toute blanche et luisante.

— Beau sang ne sait mentir ! s'écria Caypor tout joyeux. Il connaît le nom de soixante-quatre de ses ancêtres et tous étaient de noble origine.

Ashenden se sentit mal à l'aise et, en montant l'escalier, il se mit à frissonner.

Un beau dimanche, Caypor lui dit que sa femme et lui allaient en excursion et déjeuneraient dans un petit restaurant montagnard. Il proposa à Ashenden de les accompagner, étant entendu que chacun payerait sa part. Après trois semaines à Lucerne, Ashenden pensait qu'il aurait assez de force pour supporter cet effort. Ils partirent tôt, Mrs. Caypor très à l'aise dans ses chaussures de montagne, coiffée d'un chapeau tyrolien et munie de sa canne de montagne, Caypor très britannique avec ses chaussettes hautes et ses culottes de golf. La situation amusait Ashenden et il se préparait à passer une bonne journée. Mais il avait l'intention de rester sur ses gardes. Qui sait si, ayant découvert qui il était, les Caypor ne profiteraient pas de l'occasion s'il lui prenait l'envie de s'approcher d'un précipice ? Mrs. Caypor n'hésiterait pas et Caypor, malgré tout son enjouement, était un triste sire. Mais, selon toute apparence, rien n'autorisait de telles craintes à gâcher le plaisir d'Ashenden par ce beau matin ensoleillé. L'air était délicieux, Caypor en veine de conversation et très en verve. Son gros visage rougeaud ruisselait de sueur et lui-même se moquait de son adiposité. Ashenden fut stupéfait de constater sa science de la flore de montagne. A un moment, quittant le sentier, il alla cueillir une fleur qu'il avait repérée de loin et la rapporta à sa femme.

— Regarde, chérie, comme elle est belle, elle évoque un poème de Landor.

Et ses yeux verts toujours furtifs brillèrent un instant d'un éclat aussi pur qu'un regard d'enfant.

— La botanique est la science préférée de mon mari, dit Mrs. Caypor. Je me moque parfois de lui. Il adore les fleurs. Il nous est arrivé souvent de n'avoir pas assez d'argent pour payer le boucher et mon mari dépensait tout ce qu'il avait en poche pour me rapporter un bouquet de roses.

— Qui fleurit sa maison fleurit son cœur, remarqua Grantley Caypor.

Ashenden avait vu Caypor une ou deux fois rentrer de promenade et offrir à Mrs. Fitzgerald un petit bouquet de fleurs de montagne avec une gaucherie cérémonieuse qui n'était pas dépourvue de charme. Ce qu'il venait d'apprendre donnait à ce joli geste encore plus de mérite. L'amour de Caypor pour les fleurs était sincère et, lorsqu'il en faisait présent à la vieille dame irlandaise, il lui offrait une chose à laquelle il tenait ; cela témoignait d'une gentillesse naturelle. Ashenden ne s'était jamais intéressé à la botanique, mais Caypor, lorsqu'il en discutait en chemin avec fougue, savait la rendre vivante et intéressante. Il y avait sûrement consacré une grande part de son temps.

— Je n'ai jamais écrit de livre, dit-il, il y en a déjà trop et mes besoins sont amplement satisfaits par la rédaction d'un article pour le quotidien local avec un résultat plus éphémère mais d'un rapport plus rapide. Mais si je dois rester ici encore longtemps, j'envisage d'écrire un ouvrage sur la flore sauvage de la Suisse. Si seulement vous étiez venu ici plus tôt ! Les fleurs étaient merveilleuses. Mais il faudrait être poète et je ne suis qu'un pauvre journaliste.

Il était singulier de noter comme il savait amalgamer les sentiments sincères et les faits mensongers. En arrivant à l'auberge, d'où l'on découvrait les montagnes et le lac, la joie animale avec laquelle il engloutit une canette de bière glacée faisait plaisir à voir. On éprouvait une sympathie spontanée pour un homme si facilement comblé par les joies les plus simples. Œufs brouillés et truites, le déjeuner fut délicieux. Même Mrs. Caypor se laissa gagner par une douceur inhabituelle. L'auberge était plaisamment située et ressemblait à l'illustration d'un chalet suisse dans un livre de voyages du début du siècle dernier. Mrs. Caypor avait envers Ashenden une attitude moins hostile que d'habitude. En arrivant, elle s'était répandue en de bruyantes exclamations germaniques sur la beauté du site ; attendrie peut-être par ce qu'elle venait de boire et de manger, voici maintenant que, au spectacle sublime qui se déployait devant elle, ses yeux se remplissaient de larmes. Elle tendit sa main : « C'est horrible et j'en ai honte, mais malgré cette guerre cruelle et injuste, je ne ressens en cette minute que bonheur et gratitude. » Caypor lui prit la main entre les siennes et, lui adressant pour une fois la parole en allemand, la cajola de mots tendres. C'était à la fois absurde et émouvant. Les abandonnant à leurs effusions, Ashenden fit quelques pas dans le jardin et alla s'asseoir sur un banc aménagé spécialement pour l'agrément des touristes. Le spectacle était saisissant ; il opérait sur vous comme un morceau de musique classique conventionnel dont on subit néanmoins le charme.

Et, tout en s'attardant dans ce lieu, il retournait dans son esprit le mystère de la perfidie de Caypor. Amateur de personnages insolites, il avait découvert en Caypor un être d'une incroyable singularité. Il possédait incontestablement des côtés attachants. Sa bonne humeur était spontanée, c'était un brave homme, sans prétentions, et véritablement généreux. Il était toujours prêt à rendre service. Bien souvent Ashenden l'avait observé en compagnie du vieux colonel irlandais et de sa femme, qui étaient les seuls autres résidents de l'hôtel. Il écoutait avec gentillesse les insipides histoires du vieillard sur les campagnes d'Égypte et, avec la vieille dame, il était tout simplement charmant. Maintenant qu'Ashenden était parvenu à un certain degré d'intimité avec Caypor, la répulsion qu'il avait d'abord éprouvée avait fait place à la curiosité. Il ne croyait pas qu'il s'était fait espion par simple cupidité. Il avait des goûts modestes et ce qu'il gagnait aux messageries devait suffire à une ménagère aussi accomplie que Mrs. Caypor. De plus, la guerre avait ouvert toutes sortes de possibilités lucratives aux hommes trop vieux pour porter les armes. Il était peut-être de ceux qui préfèrent les sentiers obliques au droit chemin pour le plaisir pervers de tromper leur prochain. Sa vocation d'espion n'avait sans doute pas pour origine la haine d'une patrie qui l'avait condamné à la prison, ni l'amour conjugal, mais le simple désir de se mesurer aux gros bonnets qui n'avaient jamais entendu parler de lui. Peut-être était-il mû par la vanité, par le sentiment que ses dons n'avaient pas reçu la consécration qu'ils méritaient, ou par le simple désir impulsif et pervers de faire du mal. C'était un escroc. Sans doute n'avait-on relevé contre lui que deux affaires contraires à la probité, mais s'il avait été pincé deux fois, il était permis de penser qu'il avait souvent été malhonnête sans se faire prendre. Qu'en pensait Mrs. Caypor ? Unis comme ils l'étaient, elle devait être au courant. En éprouvait-elle de la honte, comme pouvait le laisser supposer son incontestable sens de l'honneur, ou en prenait-elle son parti comme d'une tare inévitable chez celui qu'elle aimait ? Faisait-elle tout son possible pour s'y opposer ou bien fermait-elle les yeux devant ce qu'elle ne pouvait éviter ? Comme la vie serait plus simple si les gens étaient tout blancs ou tout noirs et comme notre conduite à leur égard en serait facilitée ! Caypor était-il un bon attiré par le mal ou un méchant attiré par le bien ? Et comment ces éléments contradictoires pouvaient-ils coexister sans se heurter à l'intérieur d'un même esprit ? Car une chose était claire : Caypor n'était en proie à aucune sorte de remords ; il accomplissait sa détestable besogne avec ardeur. Ce traître se délectait dans sa traîtrise. Bien qu'Ashenden ait été toute sa vie plus ou moins consciemment attiré par l'étude de la nature humaine, il se trouvait aussi ignorant maintenant, parvenu à maturité, qu'il l'était enfant. Bien entendu, R. lui aurait dit : « Pourquoi, diantre, perdez-vous votre temps avec de telles fariboles ? Il s'agit d'un dangereux espion et vous n'avez qu'à nous en débarrasser. » Et ce n'était que trop vrai. Ashenden s'était résolu à renoncer à toute tentative de transaction avec Caypor. Quand bien même il n'aurait aucun scrupule à trahir ses chefs, on ne pourrait lui accorder la moindre confiance. L'influence de sa femme était trop grande. De plus, et malgré ce qu'il lui était arrivé de dire à Ashenden, il avait l'intime conviction que les Empires centraux gagneraient la guerre et il lui importait de se retrouver du bon côté. Eh bien, il n'y avait plus qu'à se débarrasser de Caypor. Mais Ashenden n'avait pas la moindre idée de la façon dont il allait procéder.

Tout à coup il entendit appeler :

— Ah, vous voilà ! Nous nous demandions où vous vous cachiez !

Il se retourna et vit les Caypor s'avancer paresseusement vers lui ; ils se tenaient la main.

— Voici donc pourquoi on ne vous entendait pas, dit Caypor en regardant le paysage. Quel endroit superbe !

Mrs. Caypor joignit les mains :

— *Ach Gott, wie schön !* s'exclama-t-elle. *Wie schön !* Quand je regarde le bleu de ce lac et la neige de ces montagnes, je me sens comme le Faust de Goethe l'envie d'implorer le moment fugitif : Attarde-toi !

— Mieux vaut, n'est-ce pas, être ici qu'en Angleterre avec les péripéties et les dangers de la guerre, dit Caypor.

— A coup sûr, dit Ashenden.

— A propos, avez-vous eu du mal à partir ?

— Non, pas du tout.

— J'ai entendu dire que ces temps-ci on fait des difficultés aux frontières.

— Je n'ai pas eu la moindre difficulté. Je ne crois pas que l'on s'occupe beaucoup des Anglais. L'inspection des passeports n'a été qu'une formalité.

Caypor et sa femme échangèrent un coup d'œil furtif. Ashenden se demanda ce qu'ils pensaient. Quelle coïncidence si Caypor envisageait le risque d'un voyage en Angleterre tandis qu'il songeait lui-même à cette éventualité ! Un instant plus tard, Mrs. Caypor leur proposa de rebrousser chemin et ils redescendirent le long des sentiers ombragés. Ashenden était sur ses gardes. Malgré l'irritation qu'il en concevait, il ne pouvait rien faire d'autre qu'attendre, prêt à saisir l'occasion susceptible de se présenter.

Deux jours plus tard, il se produisit un incident qui lui mit la puce à l'oreille. Au cours d'une des leçons matinales, Mrs. Caypor déclara :

— Aujourd'hui mon mari est allé à Genève où il avait affaire.

— Ah ! dit Ashenden, il y restera longtemps ?

— Non, juste deux jours.

Tout le monde n'est pas capable de bien mentir et, sans savoir exactement pourquoi, Ashenden eut l'impression que Mrs. Caypor lui mentait. Peut-être y avait-il quelque chose de singulièrement artificiel dans sa façon d'annoncer à Ashenden un fait qui ne pouvait guère l'intéresser. Celui-ci eut l'intuition que Caypor avait été convoqué à Berne pour voir le redoutable chef des services secrets allemands. Dès qu'il en eut l'occasion, Ashenden déclara d'un air distrait à la serveuse :

— Vous avez un peu moins de travail aujourd'hui, *Fräulein* ? Il paraît que Herr Caypor est à Berne.

— Oui, mais il revient demain.

Cela ne prouvait rien, mais tout de même. Ashenden connaissait à Lucerne un Suisse auquel il pouvait s'adresser en cas d'urgence. Il lui demanda de porter une lettre à Berne. Il était peut-être possible de repérer Caypor et de le suivre. Le lendemain, Caypor faisait de nouveau son apparition à la salle à manger en compagnie de sa femme, mais il n'adressa qu'un bref salut de la tête à Ashenden et tous deux se retirèrent dans leur chambre. Ils paraissaient contrariés. Caypor, habituellement si exubérant, marchait le nez baissé, le regard fixe. Le lendemain matin, Ashenden reçut une réponse à sa lettre : Caypor avait rencontré le major von P. Il était facile de deviner ce que celui-ci avait pu dire. Ashenden savait bien de quelle brutalité était capable cet être dur et cynique, rusé, et qui n'avait pas pour habitude de mâcher ses mots. On en avait assez de payer Caypor à ne rien faire à Lucerne ; le moment était venu pour lui de se rendre en Angleterre. Conjectures ? Oui, sans doute, mais dans ce métier n'y était-on pas constamment réduit ? Il fallait reconstituer le squelette tout entier à partir de la mâchoire. Ashenden savait par Gustav que les Allemands voulaient envoyer quelqu'un en Angleterre. Il inspira longuement : si Caypor partait, il allait falloir agir.

Quand Mrs. Caypor entra pour la leçon, elle était agitée et distraite. Elle paraissait fatiguée et ses traits semblaient figés. Ashenden se dit que les Caypor avaient passé presque toute la nuit à causer. Il aurait donné cher pour savoir de quoi il avait été question. L'avait-elle poussé à partir ou, au contraire, cherché à l'en dissuader ? Ashenden les observa pendant le déjeuner. Il y avait quelque chose, car au lieu de bavarder sans cesse comme d'habitude, ils ouvrirent à peine la bouche. Ils se retirèrent de bonne heure, mais lorsque Ashenden sortit à son tour, il vit Caypor assis tout seul dans le salon.

— Hello, s'écria-t-il d'un air qu'il s'efforçait visiblement de rendre jovial, comment va ? Je suis allé à Genève.

— C'est ce que j'ai appris, dit Ashenden.

— Venez donc prendre le café avec moi. Ma pauvre épouse a la migraine et je l'ai envoyée se reposer sur son lit.

Son regard vert était empreint d'une expression qu'Ashenden était incapable de déchiffrer.

— A vrai dire, elle est un peu ennuyée, la pauvre : j'ai l'intention de me rendre en Angleterre.

Ashenden sentit son cœur battre dans sa poitrine, mais son visage demeura impassible.

— Oh ! vous partez pour longtemps ? Nous allons trouver le temps long.

— Pour tout vous dire, j'en ai assez de me tourner les pouces. La guerre a l'air de vouloir durer des années et je ne peux pas rester ici indéfiniment. D'ailleurs mes moyens ne me le permettent pas, il faut que je gagne ma vie. J'ai beau avoir une Allemande pour épouse, je suis quand même anglais, que diable, et je dois faire mon devoir. Jamais je ne pourrai regarder mes amis droit dans les yeux si je reste ici tranquille jusqu'à la fin de la guerre, sans même lever le petit doigt pour aider mon pays. Ma femme a un point de vue allemand sur la question et je peux vous avouer qu'elle ne prend pas très bien la chose. Vous savez comment sont les femmes !

Ashenden savait maintenant ce qu'il lisait dans le

regard de Caypor : c'était de la crainte. Il en fut bouleversé. Caypor ne désirait pas se rendre en Angleterre, il désirait demeurer en Suisse tranquillement. Désormais Ashenden savait ce que le major lui avait dit lors de son voyage à Berne. Ou bien il partait, ou bien on lui coupait les vivres. Qu'avait dit sa femme en apprenant ce qui se passait ? Il aurait voulu qu'elle l'encourage à rester, mais il était évident qu'elle n'en avait rien fait. Peut-être n'avait-il pas osé lui dire à quel point il était terrorisé. Il lui avait toujours offert le portrait d'un fier-à-bras insouciant et joyeux. Mais maintenant, emprisonné dans son mensonge, il se trouvait incapable de lui avouer qu'il n'était qu'un méprisable petit poltron.

— Vous allez emmener votre femme ? demanda Ashenden.

— Non, elle reste ici.

C'était une habile combinaison. Mrs. Caypor recevrait son courrier et elle en retransmettrait le contenu à Berne.

— Il y a si longtemps que j'ai perdu contact avec l'Angleterre que je ne vois pas très bien comment m'y prendre pour participer à l'effort de guerre. Que feriez-vous à ma place ?

— Je ne sais pas. A quel genre de travail pensez-vous ?

— Ah, vous savez, je crois que je pourrais faire le genre de chose que vous faisiez. Connaîtriez-vous quelqu'un au service de la censure à qui vous soyez susceptible de me recommander ?

Seul un miracle retint Ashenden de révéler sa stupéfaction, ne fût-ce que par une exclamation étouffée ou un geste ébauché : il s'agissait bien de la requête de Caypor ! Il aperçut tout à coup l'étendue de sa propre stupidité ! Il s'était reproché de perdre son temps à Lucerne, de s'y croiser les bras et il constatait soudain que si Caypor allait en Angleterre, il n'y était en fait pour rien et n'avait guère lieu de s'en attribuer le mérite. Il comprenait qu'on l'avait simplement posté à Lucerne et qu'on lui avait prescrit de fournir les renseignements nécessaires afin de déclencher l'événement qu'il voyait se produire. Quelle aubaine pour le renseignement allemand de pouvoir infiltrer un agent au service de la censure ! Et la chance voulait que Grantley Caypor, l'homme idéal pour cette mission, était devenu l'intime d'un homme qui avait travaillé dans ce service ! Quel coup de veine ! Le major von P. était un homme cultivé et, en se frottant les mains, il avait certainement murmuré : *Stultum facit fortuna quem vult perdere*[1]. Ce diabolique R. avait tendu un piège et le sombre major de Berne y était tombé. Ashenden avait accompli sa mission simplement en restant là à ne rien faire. Il faillit éclater de rire en pensant à la façon dont R. s'était joué de lui.

— J'étais en très bons termes avec mon chef de service. Si vous voulez, je pourrais vous donner un mot pour lui.

— Ce serait parfait.

— Mais il faudrait que je lui donne des détails. Après tout, c'est ici que je vous ai rencontré et je ne vous connais que depuis une quinzaine de jours.

— Bien entendu. Mais, cela dit, vous ferez votre possible en ma faveur, n'est-ce pas ?

— Bien entendu.

— Je ne sais pas encore si j'obtiendrai un visa. J'ai entendu dire qu'ils sont plutôt tatillons.

— Je ne vois pas pourquoi. Je le prendrai très mal

1. Le destin rend aveugle celui qu'il veut perdre. *(N.d.T.)*

si l'on refuse de m'accorder mon visa quand je voudrai rentrer.

— Je vais voir comment va ma femme, dit brusquement Caypor en se levant. Quand pouvez-vous me donner cette lettre ?

— Quand vous voudrez. Vous allez partir tout de suite ?

— Dès que possible.

Caypor le quitta. Ashenden resta au salon un quart d'heure pour ne pas donner l'impression d'être pressé. Puis il monta dans sa chambre et se mit à rédiger différentes lettres. L'une informait R. du départ de Caypor pour l'Angleterre ; une autre à destination de Berne recommandait de ne pas faire obstacle à la demande de visa que Caypor était susceptible de déposer. Ce courrier fut expédié immédiatement. Lorsqu'il descendit pour dîner, il tendit à Caypor une chaleureuse lettre de recommandation.

Le surlendemain, Caypor quitta Lucerne.

Ashenden patienta. Il continua de prendre ses leçons avec Mrs. Caypor et, grâce aux bons soins de celle-ci, se mit à parler allemand sans difficulté. Ils s'entretenaient de Goethe et de Winckelmann, de l'art, de la vie, des voyages. Le bon Fritzi restait assis près d'elle.

— Il s'ennuie après son maître, dit-elle en le prenant par les oreilles. C'est à lui qu'il est attaché et il me tolère dans la mesure où nous avons le même maître.

Chaque matin après sa leçon, Ashenden allait à l'agence Cook pour chercher son courrier. C'est là qu'on lui transmettait ses instructions et il n'avait pas le droit de se déplacer sans en recevoir l'ordre. Mais on pouvait faire confiance à R. Il ne le laisserait pas longtemps dans cet état d'oisiveté. En attendant, il fallait bien se résigner à patienter. Il reçut bientôt une lettre du consulat de Genève l'informant que Caypor y avait déposé une demande de visa et qu'il était parti pour la France. Après avoir lu ce message, Ashenden alla se promener au bord du lac. En revenant il aperçut Mrs. Caypor qui sortait justement de chez Cook. Elle devait donc aussi venir y prendre son courrier. Il alla à sa rencontre.

— Des nouvelles de Herr Caypor ? lui demanda-t-il.

— Non, répondit-elle, je présume qu'il est encore trop tôt.

Il lui tint compagnie jusqu'à l'hôtel. Elle était déçue mais pas encore inquiète ; elle savait bien que depuis quelque temps le courrier n'arrivait pas régulièrement. Mais le lendemain, pendant la leçon, il sautait aux yeux qu'elle désirait en finir au plus vite. Le courrier arrivait à midi et à moins cinq elle regarda sa montre, puis Ashenden. Ce dernier savait bien qu'elle ne recevrait jamais de lettre, mais il n'eut pas la dureté de prolonger l'attente.

— C'est peut-être assez pour aujourd'hui, dit-il. Je suis sûr que vous voulez passer chez Cook.

— Merci, c'est très aimable de votre part.

Quand il se rendit chez Cook un peu plus tard, il la trouva au milieu du bureau. Elle avait l'air affolée et s'adressa à lui d'un ton furieux :

— Mon mari m'avait promis qu'il m'écrirait à son arrivée à Paris. Il y a sûrement une lettre pour moi, mais ces idiots disent qu'il n'y a rien. Quelle négligence ! C'est un scandale !

Ashenden était décontenancé. Pendant que l'employé triait le courrier pour voir s'il y avait quelque chose pour lui, elle revint au guichet :

— Quand devez-vous de nouveau recevoir du courrier de France ? demanda-t-elle.

— Il y a parfois quelque chose à dix-sept heures.

— Bon, je repasserai.

Elle disparut d'un pas pressé. Fritzi trottait derrière elle, la queue entre les jambes. Sans aucun doute, elle commençait déjà à craindre qu'un malheur ne fût arrivé. Le lendemain elle faisait peine à voir, elle n'avait pas dû fermer l'œil de la nuit. Au milieu de la leçon elle se leva de son fauteuil.

— Excusez-moi, Herr Somerville. Je ne peux pas vous donner de leçon aujourd'hui, je ne me sens pas bien.

Avant qu'Ashenden ait pu répondre, elle s'était précipitée hors de la pièce. Dans la soirée il recevait un mot où elle disait devoir, à son regret, interrompre les leçons de conversation. Elle n'expliquait pas pourquoi. Puis Ashenden cessa de la voir. Elle ne prenait plus ses repas dans la salle à manger. A part ses allées et venues entre l'hôtel et l'agence Cook deux fois par jour elle semblait passer ses journées dans sa chambre. Ashenden se l'imaginait, assise pendant des heures, le cœur rongé par ses horribles appréhensions. Qui n'aurait eu pitié d'elle ? Lui aussi trouvait le temps bien long. Il lisait beaucoup, écrivait un peu, louait de temps en temps un canot et s'en allait ramer paresseusement sur le lac. Enfin, un matin, l'employé de chez Cook lui tendit une lettre. C'était R. Cela ressemblait en tout point à une lettre d'affaircs, mais le contenu se lisait entre les lignes.

Cher Monsieur, commençait-elle,

Nous avons l'honneur de vous accuser bonne réception des marchandises expédiées par vos soins de Lucerne et de votre lettre d'accompagnement.

Nous vous remercions d'avoir exécuté nos instructions avec diligence.

La lettre continuait sur ce ton. R. exultait. Ashenden comprit qu'on avait arrêté Caypor et qu'à cette heure il avait déjà expié sa forfaiture. Il frémit. Le souvenir d'une scène horrible lui vint à l'esprit. Une petite aube grise et froide sous la bruine qui ne cessait de tomber. Le dos au mur, un homme aux yeux bandés. Un officier tout pâle criait un commandement, une salve était tirée et soudain un jeune soldat qui faisait partie du peloton tournait la tête, s'appuyait sur son fusil et vomissait. L'officier était de plus en plus pâle et lui-même, Ashenden, sur le point de s'évanouir. Quelle terreur avait dû éprouver Caypor ! C'était affreux quand ils se mettaient à pleurer. Ashenden se reprit, se dirigea vers le guichet des réservations et, conformément aux ordres reçus, prit un billet pour Genève.

Il attendait qu'on lui rende sa monnaie quand Mrs. Caypor entra. En la voyant Ashenden fut effrayé. Elle était négligée, mal peignée et ses yeux étaient terriblement cernés. Son visage était d'une pâleur mortelle. Titubant jusqu'au comptoir, elle demanda s'il y avait une lettre. L'employé fit un geste de dénégation.

— Désolé, madame, encore rien.

— Mais cherchez, cherchez. Êtes-vous sûr ? Cherchez encore, je vous en prie.

La malheureuse avait un ton déchirant. Haussant les épaules, l'employé sortit les lettres d'un casier et les tria de nouveau.

— Non, madame, il n'y a rien.

Elle poussa un cri rauque de désespoir ; ses traits étaient déformés par l'angoisse.

— Oh ! mon Dieu, mon Dieu ! gémit-elle.

Elle se dirigea vers la porte, son regard fatigué baigné de larmes. Un bref instant elle hésita, pareille à un aveugle cherchant sa route à tâtons. C'est alors qu'une horrible chose arriva. Fritzi le bull-terrier s'assit, rejeta la tête en arrière et se mit à hurler longuement à la mort. Mrs. Caypor le regarda, terrifiée, les yeux semblaient lui sortir des orbites. Le doute, ce doute qui l'avait tenaillée et torturée si longtemps, avait enfin disparu. Elle savait. D'une démarche d'aveugle elle s'avança vers le trottoir.

Son Excellence

Lorsqu'on l'envoya à X et qu'il examina la situation, Ashenden dut bien admettre que sa position était ambiguë. X était la capitale d'une importante nation belligérante ; mais une nation où régnait la discorde ; un grand parti militait contre la guerre et la révolution était possible, sinon imminente. Ashenden avait pour instructions de voir quelle était, dans ces circonstances, la meilleure attitude à adopter. Il devait proposer une politique, puis, si celle-ci recevait l'approbation des autorités supérieures qui l'avaient envoyé en mission, en assurer l'exécution. On avait mis des sommes considérables à sa disposition. On avait enjoint aux ambassadeurs de Grande-Bretagne et des États-Unis de lui accorder tout leur appui, mais en privé on avait dit à Ashenden de rester dans l'ombre. Il ne devait point causer de difficultés aux représentants officiels des deux puissances en leur révélant des informations susceptibles de les mettre dans l'embarras. Et comme il risquait d'être conduit à donner de discrètes garanties à un parti qui était à couteaux tirés avec le parti au pouvoir, lequel entretenait des relations extrêmement cordiales avec les États-Unis et la Grande-Bretagne, mieux valait pour Ashenden agir de façon autonome. Les autorités supérieures ne souhaitaient pas placer les ambassadeurs dans la situation injurieuse pour eux de voir leur activité contrariée par un émissaire inconnu. On jugeait néanmoins opportun d'adresser un interlocuteur au camp adverse : au cas où un brusque bouleversement surgirait, il serait sur place avec des fonds adéquats et la confiance des nouveaux responsables du pays.

Mais les ambassadeurs sont à cheval sur leur dignité et ils possèdent un flair particulier pour détecter toute atteinte à leur autorité. Lorsque, au moment de son arrivée à X, Ashenden rendit une visite protocolaire à Sir Herbert Witherspoon, l'ambassadeur britannique, il reçut un accueil dont la politesse ne souffrait aucune critique, mais dont la fraîcheur avait de quoi faire frissonner un ours blanc. Sir Herbert était un diplomate de carrière et l'on ne pouvait qu'admirer le talent avec lequel il cultivait son apparence officielle. Il ne posa aucune question à Ashenden sur sa mission, sachant que ce dernier répondrait d'une manière évasive. Mais il laissa entendre qu'elle était complètement dénuée de sens. Il s'exprima avec une indulgence acidulée sur le compte des hautes autorités qui avaient envoyé Ashenden à X. Il dit à Ashenden qu'il avait reçu des instructions pour lui donner toutes facilités, ajoutant que celui-ci pourrait le voir à tout moment s'il le désirait.

— On m'a adressé la requête pour le moins curieuse de transmettre pour votre compte des télégrammes codés selon un chiffre que l'on vous aurait donné et de vous transmettre les télégrammes codés lorsqu'ils arrivent.

— J'espère qu'ils seront peu fréquents, monsieur, répondit Ashenden. Je ne sais rien de plus fastidieux que de coder et de décoder.

Sir Herbert demeura un instant silencieux. Ce

n'était peut-être pas la réponse qu'il attendait. Il se leva.

— Si vous désirez venir à la chancellerie, je vous présenterai au conseiller et au secrétaire à qui vous pourrez remettre vos télégrammes.

Ashenden le suivit et, après l'avoir confié au conseiller, l'ambassadeur lui tendit mollement la main.

— J'espère que nous aurons le plaisir de nous revoir un de ces jours, dit-il.

Et, après lui avoir adressé un bref signe de la tête, il se retira.

Ashenden prit calmement la réception qu'il avait reçue. Il devait demeurer dans l'ombre et il ne désirait pas se singulariser par des marques d'attention de la part des officiels. Mais lorsque, dans l'après-midi de la même journée, il se présenta à l'ambassade américaine, il comprit pourquoi Sir Herbert Witherspoon lui avait montré tant de froideur. L'ambassadeur américain était Mr. Wilbur Schäfer ; il était originaire de Kansas City et sa nomination était intervenue, à une époque où peu de gens croyaient à l'imminence d'une guerre, comme une récompense pour les services rendus. C'était un homme de forte corpulence, plus très jeune, car il avait les cheveux blancs, mais bien conservé et d'une constitution excessivement robuste. Il avait un visage rougeaud, carré, bien rasé, un petit nez tout rond et un menton décidé. Il possédait une physionomie très mobile, qu'il ne cessait de faire jouer en toutes sortes d'expressions drôles et inattendues. Ce visage semblait fait de cette matière élastique et rouge dont sont fabriquées les bouillottes. Il accueillit Ashenden avec cordialité. C'était un homme de caractère ouvert.

— Je présume que vous avez vu Sir Herbert. Je

parie que vous l'avez exaspéré. Qu'est-ce qu'ils ont à Washington et à Londres à nous dire d'expédier vos télégrammes en code sans que nous sachions de quoi il s'agit ? Ils n'ont pas le droit de faire ça, vous savez.

— Oh ! Excellence, à mon avis c'est sûrement pour gagner du temps et éviter des complications ! dit Ashenden.

— Bon, mais cette mission, de quoi s'agit-il ?

Bien entendu, c'était là une question à laquelle Ashenden n'envisageait pas de répondre, mais par esprit de diplomatie, il préféra fournir une réponse de peu d'utilité pour l'ambassadeur. En considérant Mr. Schäfer, il avait déjà l'impression que si ce dernier possédait sans aucun doute les qualités qui permettent de faire pencher une élection présidentielle d'un côté ou de l'autre, il ne possédait pas, pour autant qu'on puisse en juger, la finesse intellectuelle que sa fonction exigeait peut-être. Il donnait l'impression d'un homme facile à vivre, tout d'une pièce et bon vivant. Ashenden se fût méfié de lui dans une partie de poker, mais dans l'affaire en question il n'éprouvait pas d'inquiétude. Il se mit à débiter de vagues généralités sur la situation et très bientôt il en vint à demander à l'ambassadeur quelle était son opinion personnelle. Mr. Schäfer réagit comme un cheval de charge au son du clairon : il se lança dans une tirade ininterrompue de vingt-cinq minutes et lorsque, enfin épuisé, il y mit un terme, Ashenden le remercia chaleureusement de la cordialité de son accueil et prit congé de lui.

Il était maintenant résolu à éviter le plus possible les deux ambassadeurs, se mit au travail et ne tarda pas à élaborer son plan de campagne. Mais le hasard lui ayant donné l'occasion de rendre service à Sir Herbert Witherspoon, il fut conduit à reprendre contact avec celui-ci. On aura compris que Mr. Schäfer était plus politicien que diplomate et que ses opinions comptaient davantage du fait de la position qu'il occupait que de sa valeur personnelle. Il considérait le prestige de sa fonction comme un moyen de profiter des plaisirs de l'existence et son appétit le menait à des extrémités que sa constitution supportait difficilement. En tout état de cause, son ignorance des affaires étrangères eût nui à la confiance que l'on pouvait accorder à son jugement, mais, aux réunions où se rencontraient les ambassadeurs des Alliés, il se trouvait fréquemment dans un tel état de torpeur que ce jugement était à peine capable de s'exprimer. On disait qu'il avait succombé à la séduction d'une dame suédoise incomparablement belle, mais dont le passé avait de quoi rendre vigilant un agent du contre-espionnage. La nature de ses rapports avec l'Allemagne laissait planer un doute sur son dévouement à la cause des Alliés. Mr. Schäfer la voyait quotidiennement et subissait visiblement son influence. On s'aperçut également que de temps à autre des informations très confidentielles étaient l'objet de fuites et l'on se mit à songer qu'au cours de ces rencontres quotidiennes, Mr. Schäfer, par inadvertance, tenait peut-être des propos dont on avait rapidement connaissance au G.Q.G. ennemi. L'honnêteté et le patriotisme de Mr. Schäfer étaient au-dessus de tout soupçon, mais il était permis de douter de sa discrétion. L'affaire était fort délicate, mais l'inquiétude régnait à Washington, à Londres et à Paris de sorte que l'on pria Ashenden de la suivre. Bien entendu, on ne l'avait pas envoyé à X sans l'assistance dont il avait besoin et, parmi ses collaborateurs, se trouvait un Polonais de Galicie nommé Herbartus, un personnage résolu, puissant et rusé. A la suite d'un entretien qu'il eut avec Ashenden, l'une de ces coïncidences heureuses dont il arrive parfois aux services de renseignements de profiter fit qu'une domestique au service de cette dame suédoise se trouva souffrante et que, pour la remplacer, la comtesse (tel était son titre) eut la chance de pouvoir engager une personne fort recommandable, originaire des environs de Cracovie. Le fait qu'elle avait été avant la guerre la secrétaire d'un célèbre savant rendait sa compétence ménagère d'autant plus certaine.

Cette situation eut pour conséquence que, tous les deux ou trois jours, Ashenden recevait un rapport précis sur ce qui se passait dans l'appartement de cette charmante comtesse ; bien qu'il n'en apprît rien de nature à confirmer les vagues soupçons dont il a été question, il découvrit autre chose, dont l'importance n'était pas mince. Des tête-à-tête gastronomiques auxquels la comtesse conviait l'ambassadeur, il semblait ressortir que Son Excellence cultivait une rancune amère à l'encontre de son collègue anglais. Il déplorait le fait que leurs relations demeuraient, par la faute de Sir Herbert, purement protocolaires. Dans son langage dépouillé il déclarait qu'il en avait par-dessus la tête des mièvreries de cet Angliche. En ce qui le concernait, américain à cent pour cent, sa virilité n'avait que faire du protocole et de l'étiquette. Pourquoi son collègue et lui ne se voyaient-ils pas comme de vrais copains qui s'en payent ensemble ? Rien n'était plus fort que la parenté anglo-saxonne et la guerre aurait de meilleures chances d'être gagnée s'ils bavardaient en bras de chemise devant une bouteille de bourbon qu'avec toute leur diplomatie et leurs guêtres blanches. Il était bien sûr fort regrettable de constater un tel manque de cordialité entre les deux ambassadeurs et c'est pourquoi Ashenden se résolut à demander un entretien à Sir Herbert.

On le fit entrer dans la bibliothèque :

— Eh bien, Mr. Ashenden, que puis-je faire pour vous ? J'espère que tout va comme vous le désirez. On m'a dit que vous ne laissiez pas le télégraphe chômer.

Ashenden s'assit, lança un coup d'œil rapide à l'ambassadeur : il était vêtu avec une merveilleuse élégance, son habit à queue de pie épousait sa silhouette comme un gant et sa cravate noire s'ornait d'une fort belle perle. Le pli de ses pantalons à rayures grises était impeccable et ses chaussures à bouts pointus semblaient n'avoir jamais été portées. Comment était-il possible de l'imaginer assis en bras de chemise devant un verre de whisky ! Il possédait la taille et la minceur idéales pour présenter une collection de vêtements à la mode et, assis bien droit dans son fauteuil, il semblait poser pour un portrait officiel. En dépit de sa raideur et de sa banalité, c'était un personnage d'une beauté incontestable. Une raie divisait sa chevelure grise, son pâle visage était rasé de près, son nez était droit, d'un tracé délicat, ses yeux gris brillaient sous des sourcils gris et sa bouche qui, dans sa jeunesse, avait peut-être été charnue et sensuelle, affichait maintenant une expression de résolution ironique. C'était un visage qui résumait des siècles de bonne éducation mais que l'on sentait incapable de trahir la moindre émotion. On l'imaginait incapable de céder à l'élan spontané du rire, incapable, au mieux, de produire autre chose qu'un bref et glacial sourire.

Ashenden était dans un état de nervosité inhabituel.

— Je crains bien, monsieur, que vous n'alliez me reprocher de me mêler de ce qui ne me regarde pas et je suis tout prêt à m'entendre dire de me soucier de mes affaires.

— Nous verrons bien, veuillez vous expliquer.

Ashenden exposa son affaire et l'ambassadeur l'écouta avec attention. Son regard gris et froid ne lâchait pas le visage d'Ashenden et ce dernier sentit à quel point son embarras le trahissait.

— Comment avez-vous eu connaissance de tout cela ?

— Je possède certains moyens pour me procurer d'utiles renseignements, dit Ashenden.

— Je vois.

Sir Herbert ne le quittait pas des yeux, mais Ashenden fut surpris de saisir la lueur d'un sourire dans la profondeur de ce regard d'acier. Pendant un instant, ce visage austère et dédaigneux en devint presque sympathique.

— Il y a une autre chose que peut-être vous auriez la bonté de m'apprendre : que faut-il faire pour être « un vrai copain » ?

— Excellence, j'ai bien peur qu'il n'y ait rien à faire, rétorqua gravement Ashenden. A mon avis, c'est un don que l'on reçoit de Dieu.

La lueur avait disparu du regard de Sir Herbert, mais son attitude à l'égard d'Ashenden était devenue un rien plus courtoise. Il se leva et lui tendit la main.

— Vous avez eu parfaitement raison de venir me parler de cela, Mr. Ashenden. Offenser ainsi ce vieillard innocent a été de ma part d'une inexcusable légèreté. Mais je vais faire de mon mieux pour me racheter. Je me rendrai à l'ambassade américaine cet après-midi.

— Oui, monsieur, mais, si je puis me permettre, évitez d'être protocolaire.

Une étincelle jaillit dans le regard de l'ambassadeur. Maintenant, Ashenden le trouvait presque humain.

— Mr. Ashenden, je suis protocolaire dans tout ce que je fais : c'est un de mes défauts les plus invétérés.

Puis, tandis qu'Ashenden prenait congé, il ajouta :

— A propos, vous conviendrait-il de venir dîner chez moi demain soir ? Tenue de ville ; huit heures et quart.

Présumant de la réponse d'Ashenden, il lui signifia son congé d'un signe de tête et vint reprendre sa place derrière sa vaste table de travail.

Ashenden attendait avec appréhension le dîner auquel l'avait convié Sir Herbert Witherspoon. La tenue de ville semblait indiquer un nombre restreint de convives, peut-être simplement Lady Anne, l'épouse de l'ambassadeur, qu'Ashenden ne connaissait pas, ou bien un ou deux jeunes secrétaires. La soirée ne s'annonçait pas joyeuse. Le dîner serait peut-être suivi d'une partie de bridge, mais Ashenden savait que les diplomates de carrière ne sont pas de bons bridgeurs : sans doute leur est-il malaisé de plier leurs facultés éminentes aux banalités d'un jeu de société. D'un autre côté, il était curieux de faire un peu mieux connaissance avec l'ambassadeur dans des conditions moins protocolaires. Car il était évident que Sir Herbert Witherspoon n'était pas un personnage ordinaire. Son apparence et ses façons faisaient de lui le spécimen parfait de sa classe et il y a toujours quelque chose de satisfaisant à rencontrer des échantillons typiques d'une catégorie bien définie. Il était exactement à l'image que l'on se fait d'un ambassadeur. La plus légère exagération d'une quelconque de ses caractéristiques eût fait de lui une caricature. Il était toujours à un cheveu du ridicule et, en l'observant, on retenait son souffle, comme au spectacle d'un danseur de corde évoluant à une hauteur vertigineuse. A coup sûr il ne manquait pas de trempe. Son ascension dans la carrière avait été rapide et en admettant que les relations de sa belle-famille avec des milieux influents n'y eussent pas été étrangères, c'est surtout à ses qualités personnelles qu'il devait sa réussite. Il savait, quand il le fallait, faire preuve d'obstination ou bien, au contraire, de souplesse, si celle-ci était nécessaire. Il possédait des manières parfaites, parlait couramment et avec élégance six langues ; il avait l'esprit clair et logique et, sans jamais éluder les ultimes conséquences de ses opinions, savait néanmoins accorder ses actes aux exigences de la situation. Il avait obtenu sa nomination à X à l'âge de cinquante-trois ans, âge relativement précoce et, dans les circonstances excessivement délicates que créaient à la fois la guerre et les dissensions intérieures du pays, il s'était comporté avec tact, sûreté et, au moins en une occasion, avec courage. Car, lors d'une émeute, un groupe de révolutionnaires avait forcé la porte de l'ambassade britannique et, du haut des escaliers, Sir Herbert s'était adressé aux émeutiers devant les revolvers braqués sur lui pour les encourager à rentrer chez eux. Paris marquerait la fin de sa carrière, c'était évident. C'était un homme qui forçait l'admiration mais qui n'attirait pas facilement la sympathie. Il était de la vieille école des diplomates victoriens auxquels on pouvait confier des affaires de haute importance et dont la confiance qu'ils possédaient en leurs aptitudes, parfois sans doute teintée d'une certaine arrogance, était justifiée par les résultats auxquels ils aboutissaient.

Quand la voiture d'Ashenden s'arrêta devant les portes de l'ambassade, celles-ci s'ouvrirent toutes grandes et il fut accueilli par un majordome anglais digne et corpulent et par trois laquais.

On lui fit monter le magnifique escalier où s'était déroulé l'incident dramatique que l'on a relaté et on le fit pénétrer dans une immense salle, faiblement éclairée de lumières tamisées. D'un coup d'œil, il saisit deux meubles imposants et, au-dessus de la cheminée, un immense portrait de George IV dans ses robes de couronnement. Mais un feu joyeux brûlait dans le foyer auprès duquel reposait un profond divan d'où surgit son hôte à l'annonce de son arrivée. Sir Herbert s'avança vers lui, élégamment vêtu d'un smoking, qui est la tenue la plus difficile à porter pour un homme. Il respirait la distinction.

— Ma femme est allée à un concert, mais elle nous rejoindra plus tard. Elle veut faire votre connaissance. Je n'ai invité personne d'autre car je désirais me procurer le plaisir d'un tête-à-tête en votre compagnie.

Ashenden murmura une repartie de politesse, mais le trac le saisit. Il se demandait comment il allait faire pour passer au moins deux heures seul en compagnie d'un homme dont il fallait bien avouer qu'il le rendait extrêmement timide. La porte s'ouvrit de nouveau et le majordome entra, accompagné d'un laquais, portant des plats d'argent massif.

— Je prends toujours un verre de xérès avant de dîner, dit l'ambassadeur, mais si vous avez vous-même l'habitude barbare de prendre un cocktail, je peux vous proposer ce que, si je ne me trompe, on appelle un « dry martini ».

Malgré toute sa timidité, Ashenden n'était pas homme à subir sans broncher ce genre de remarque.

— Je vis avec mon temps, répondit-il, et boire un xérès quand un dry martini est à votre portée, c'est vouloir voyager en diligence au lieu de prendre l'Orient-Express.

Une conversation à bâtons rompus de ce genre se poursuivit jusqu'à ce que les deux grandes portes s'ouvrissent pour permettre d'annoncer que Son Excellence était servie. On passa dans la salle à manger. C'était une salle vaste comme un appartement, où soixante convives pouvaient tenir à l'aise, mais on n'avait dressé qu'une petite table ronde, plus intime, pour Sir Herbert et Ashenden. Il y avait un immense buffet d'acajou où reposait la lourde vaisselle d'or, surmonté d'un très beau Canaletto. Au-dessus de la cheminée on pouvait voir un portrait de la reine Victoria jeune fille, une petite couronne d'or posée au-dessus de son visage pudibond. Le dîner fut servi par le majordome corpulent et les trois laquais à la taille très imposante. Ashenden eut l'impression que l'ambassadeur se plaisait à feindre de dédaigner avec distinction le luxe au milieu duquel il vivait. On aurait pu se croire dans l'un de ces grands manoirs que l'on trouve en Angleterre. Ils accomplissaient une cérémonie somptueuse, mais sans ostentation, et seule la tradition la gardait d'une absurde frivolité. Mais Ashenden en goûtait tout le sel à la pensée que derrière le mur qui les abritait vivait une population turbulente et inquiète, susceptible à tout instant de se déchaîner dans une révolution sanglante tandis qu'à trois cents kilomètres à peine, dans leurs tranchées, des hommes se protégeaient contre le froid intense et les impitoyables bombardements.

Les craintes d'Ashenden étaient injustifiées : la conversation se poursuivit sans difficulté et son appréhension de se voir interrogé sur la nature de sa mission secrète fut vite dissipée. L'ambassadeur le traitait comme il eût traité un Anglais de passage muni d'une lettre de recommandation et auquel il eût voulu faire honneur. On aurait presque oublié qu'une guerre faisait rage, car il y fit allusion simplement comme pour indiquer qu'il n'évitait pas systématiquement ce pénible sujet de conversation. Discourant sur l'art et la littérature, il se montrait un lecteur attentif aux goûts traditionalistes et, lorsque Ashenden se mit à lui parler des écrivains que lui-même connaissait personnellement — Sir Herbert les connaissait seulement par leurs œuvres —, il écouta avec cette cordialité condescendante que les grands de ce monde adoptent à l'égard des artistes. Il arrive toutefois que ceux-là s'adonnent à la peinture ou à la littérature, ce qui permet à l'artiste de prendre un peu sa revanche. Il mentionna au passage un personnage de l'un des romans d'Ashenden, mais il s'abstint de faire autrement allusion au fait que son invité était écrivain. Ashenden admirait son urbanité. Il n'aimait pas qu'on lui parle de ses livres, lesquels, une fois écrits, ne l'intéressaient guère ; les flatteries ou les critiques qu'on pouvait lui adresser de vive voix l'emplissaient de confusion. Sir Herbert flattait sa vanité en lui montrant qu'il avait lu ses livres, mais ménageait sa délicatesse en taisant l'opinion qu'il en avait. Il évoquait aussi les différents pays où sa carrière l'avait conduit, ainsi que les personnes qu'Ashenden et lui connaissaient mutuellement, à Londres ou ailleurs. C'était un causeur agréable, dont l'ironie discrète pouvait tenir lieu d'humour et dont l'intelligence distrayait Ashenden, encore que le dîner ne se déroulât pas dans l'allégresse. Son intérêt eût été plus vif si l'ambassadeur n'avait pas invariablement, sur tous les sujets, énoncé quelque commentaire sage, correct et incontestable. C'était un effort pour lui de soutenir cette distinction intellectuelle et, pour tout dire, il eût préféré une conversation plus aérée et, au sens figuré, en bras de chemise. Mais c'était là chose inconcevable. A une ou deux reprises, Ashenden se surprit en train de se demander vers quelle heure il lui serait possible de prendre poliment congé. A onze heures, il avait rendez-vous avec Herbartus à l'*hôtel de Paris*.

Le dîner se termina et l'on servit le café. Sir Herbert s'y connaissait en mets et en vins et Ashenden dut admettre qu'on l'avait bien traité. On apporta des digestifs et Ashenden prit un verre de cognac.

— J'ai de la très vieille Bénédictine, dit l'ambassadeur. Aimeriez-vous en goûter ?

— Pour ne rien vous cacher, je tiens que le cognac est le seul digestif qui vaille la peine.

— Je crains de ne pas être de votre avis, mais dans ce cas je peux vous faire goûter quelque chose de mieux que cela.

Il donna un ordre au majordome, lequel revint peu après avec une vieille bouteille et deux énormes verres.

— J'hésite à me vanter, dit l'ambassadeur en suivant des yeux le majordome tandis qu'il emplissait le verre d'Ashenden de la liqueur dorée, mais je gagerais que si vous aimez le cognac, vous aimerez ceci. Je l'ai eu à l'époque où j'étais à Paris conseiller d'ambassade pendant une brève période.

— Alors c'est à l'un de vos successeurs que j'ai eu si souvent affaire il y a quelque temps.

— Byring ?

— Oui.

— Que pensez-vous du cognac ?

— Il est délicieux.

— Et de Byring ?

L'enchaînement des questions était tellement inattendu qu'il prêtait à sourire.

— Oh ! je le trouve complètement idiot !

Sir Herbert se cala dans son fauteuil, ses deux mains tenant étroitement le verre de cognac pour mieux en humer l'arôme tandis qu'il parcourait du regard l'imposant espace de la salle. On avait desservi la table. Un vase empli de roses séparait Ashenden de son hôte. Les domestiques éteignirent la lumière électrique en quittant la pièce qui était maintenant éclairée par le feu des bougies sur la table et par celui de la cheminée. En dépit de ses dimensions la pièce baignait maintenant dans une ambiance d'intimité discrète. L'ambassadeur regardait le portrait si distingué de la reine Victoria qui surplombait la cheminée.

— C'est difficile à dire, murmura-t-il.

— Il faudra qu'il abandonne la diplomatie.

— J'en ai bien peur.

Ashenden regarda l'ambassadeur à la dérobée. Il ne s'attendait pas à lui voir manifester la moindre sympathie pour Byring.

— Oui, dans ces circonstances, poursuivit-il, son départ est sans doute inévitable. C'est triste. Il est capable et on le regrettera. Je pense qu'il avait de l'avenir.

— Oui, c'est ce qu'on m'a dit. Je crois qu'au ministère on lui donnait la cote.

— Il possède un grand nombre des qualités nécessaires dans ce métier plutôt rébarbatif, dit l'ambassadeur de son ton froid et sentencieux, corrigé d'un léger sourire. C'est un bel homme, un gentleman ; il possède une éducation parfaite, son français est excellent et il est loin d'être bête. Il pouvait réussir.

— Quel dommage de gaspiller de pareils atouts !

— Je crois qu'à la fin de la guerre il doit entrer dans le commerce des vins. Par une curieuse coïncidence il représentera la maison qui m'a procuré ce cognac.

Sir Herbert porta le verre à ses narines et en huma l'arôme. Puis il regarda Ashenden. Sa façon de dévisager les gens alors qu'il avait peut-être l'esprit ailleurs suggérait qu'il les considérait comme des espèces d'insectes bizarres mais plutôt répugnants.

— Avez-vous déjà vu la femme en question ? demanda-t-il.

— J'ai dîné avec elle et Byring chez *Larue*.

— Comme c'est intéressant ! Comment est-elle ?

— Charmante.

Ashenden essaya de la décrire à son hôte, mais tout en parlant, une partie de son esprit essayait de retrouver l'impression qu'il avait éprouvée le jour où Byring l'avait présenté à elle au restaurant. Il n'était pas qu'un peu intrigué de faire la connaissance d'une femme dont il avait tellement entendu parler depuis tant d'années. Elle se faisait appeler Rose Auburn, mais peu de gens savaient son véritable nom. Elle était venue à Paris pour la première fois avec une troupe de danseuses nommées les « Glad Girls », qui se produisaient au Moulin-Rouge, mais sa beauté extraordinaire l'avait bientôt fait remarquer et un riche industriel français s'éprit d'elle. Il lui offrit une maison, la combla de bijoux, mais il ne réussit pas à faire face aux besoins financiers qu'elle exprimait, de sorte qu'elle passa rapidement aux mains de plusieurs amants. Très vite elle devint la cocotte la plus connue en France. Elle était d'une prodigalité indescriptible et ruinait ses admirateurs avec une cynique indifférence. Les hommes les plus riches se révélaient incapables de soutenir le train de ses dépenses. Avant la guerre, Ashenden l'avait vue une fois à Monte-Carlo perdre cent quatre-vingt mille francs en une soirée, somme importante à l'époque. Assise à la grande table au milieu d'un demi-cercle de curieux, elle jetait les paquets de billets de mille francs avec un sang-froid qui eût été admirable s'il s'était agi de son propre argent.

Quand Ashenden fit sa connaissance, elle menait cette vie de dissipation, de fêtes, de nuits dans les casinos et d'après-midi aux courses presque quotidiennement depuis douze ou treize ans et elle n'était plus dans sa prime jeunesse. Mais c'est à peine si une ride sur son adorable visage, si l'ombre d'une patte-d'oie au coin de ses yeux langoureux venaient trahir la réalité. Le plus extraordinaire de tout, c'était cette apparence de pureté virginale qu'elle avait gardée en dépit d'une incessante succession de débauches insensées. Bien entendu, tel était le genre qu'elle avait choisi. Sa taille gracile et menue était mise en valeur par d'innombrables robes d'une parfaite simplicité. Sa chevelure brune était coiffée sans le moindre apprêt. L'ovale de son visage, son charmant petit nez et ses grands yeux bleus la faisaient ressembler à l'une des délicieuses héroïnes des romans d'Anthony Trollope. C'était le style *keepsake* poussé à une telle perfection que vous en aviez le souffle coupé. Sa peau aux nuances délicates pouvait se passer de tout maquillage et il émanait de sa personne une sorte de fraîcheur innocente d'autant plus séduisante qu'elle était plus inattendue.

Bien entendu, Ashenden avait appris que Byring était son amant depuis un an ou deux. Sa réputation était telle qu'une publicité de mauvais aloi s'attachait à ceux qui avaient une liaison avec elle, mais dans ce cas particulier les bavards furent d'autant mieux servis que Byring n'avait guère de fortune et que l'on n'avait jamais vu Rose Auburn accorder ses faveurs sans l'espoir d'une solide compensation pécuniaire. Se pouvait-il qu'elle fût tombée amoureuse de lui ? Pour incroyable qu'elle puisse être, y avait-il une autre explication possible ? Byring était un jeune homme propre à rendre n'importe quelle femme amoureuse. Il avait passé la trentaine, il était très grand et très beau, possédait un charme et une prestance si remarquables que l'on se retournait sur son passage. Mais à la différence de la plupart des beaux garçons, il semblait ne pas du tout se rendre compte de l'effet qu'il produisait. Quand le bruit se répandit que Byring était l'amant de cœur — comme le disent si joliment les Français — de cette courtisane célèbre, il devint pour de nombreuses femmes un objet d'admiration, et d'envie pour de nombreux hommes. Mais lorsqu'il fut question de mariage, ses amis furent plongés dans la consternation et les autres dans une hilarité salace. On apprit que la question avait été posée à Byring par son chef et qu'il avait confirmé le projet. On fit pression sur lui pour qu'il abandonne une idée si funeste, on lui représenta que l'épouse d'un diplomate avait des obligations sociales dont Rose Auburn ne pouvait s'acquitter. Byring répondit qu'il était prêt à démissionner dès qu'il pourrait le faire sans inconvénient pour le service. Aucune remontrance ni aucun argument n'eurent de prise sur lui : il était décidé à se marier.

La première fois qu'Ashenden rencontra Byring il ne le trouva guère sympathique. Il y avait chez lui une certaine indifférence. Mais, comme les hasards de son activité le mettaient de temps en temps en rapport avec lui, il se rendit compte que sa manière hautaine n'était que la conséquence de sa timidité et lorsqu'il se mit à mieux le connaître, il fut conquis par la gentillesse de sa nature. Toutefois, leurs relations restèrent purement officielles, de sorte qu'il fut un peu surpris le jour où Byring l'invita à dîner pour rencontrer Miss Auburn ; il se demanda si ce n'était pas parce que les gens commençaient à lui faire grise mine. Mais une fois arrivé, il s'aperçut que l'invitation était due à la curiosité de la dame. Toutefois, sa surprise en apprenant qu'elle avait eu le temps de lire — et, semblait-il, d'apprécier — deux ou trois de ses romans ne fut pas le seul étonnement de la soirée. L'existence calme et studieuse qu'il menait dans l'ensemble ne lui avait guère donné l'occasion d'accéder au monde de la prostitution de grand luxe et ce n'est que de nom qu'il connaissait les grandes courtisanes de l'époque. Il fut quelque peu stupéfait de constater que Rose Auburn ne se distinguait pas, par ses manières, des élégantes de Mayfair que, par ses œuvres, il avait pu connaître plus ou moins intimement. Elle était peut-être un peu plus désireuse de plaire et elle se rendait agréable par l'intérêt qu'elle prenait à la conversation de ses interlocuteurs ; mais son maquillage n'était pas plus appuyé et ses propos étaient aussi spirituels. Il leur manquait seulement la grossièreté qui est maintenant de mise dans le beau monde. Elle devait sentir d'instinct que ces lèvres charmantes ne devaient jamais se souiller de paroles dégradantes ; ou bien tout simplement était-elle demeurée un peu provinciale. De toute évidence, elle et Byring étaient follement épris l'un de l'autre. Le spectacle de leur passion avait quelque chose d'émouvant. En les quittant, Ashenden serra la main qu'elle lui tendait en fixant sur lui l'éclat de son regard bleu.

— Vous viendrez nous voir quand nous serons installés à Londres, dit-elle, vous savez que nous allons nous marier.

— Je vous félicite très sincèrement, dit Ashenden.

— Et lui ? demanda-t-elle en souriant.

C'était le sourire d'un ange : il avait la fraîcheur d'une aurore, la grâce d'un soleil de printemps.

— Vous êtes-vous jamais contemplé dans un miroir ?

Sir Herbert Witherspoon fixait intensément Ashenden tandis que ce dernier, non sans humour, décrivait ce dîner. Pas l'ombre d'un sourire ne traversait son regard froid.

— Croyez-vous que ce mariage réussira ? demanda-t-il.

— Non.

— Pourquoi pas ?

La question étonna Ashenden.

— Un homme n'épouse pas seulement sa femme, il épouse ses amis. Imaginez-vous qui Byring devra fréquenter ? Des femmes de réputation douteuse, des déclassés, des parasites et des aventuriers ! Bien sûr, ils ne manqueront pas d'argent, ses bijoux valent sûrement des centaines de milliers de livres. Ils pourront faire sensation dans le demi-monde élégant de Londres. Connaissez-vous cette bohème dorée ? Quand une femme de mauvaise réputation se marie, ses amis l'admirent, elle est parvenue à ses fins, elle s'est fait épouser, la voilà respectable. Mais lui, le mari, ne recueille que de la dérision. Même les amies de la femme, les vieilles haridelles avec leurs gigolos ainsi que ces êtres abjects qui gagnent sordidement leur vie comme intermédiaires auprès des naïfs contre une commission de dix pour cent, même ces gens-là le méprisent. C'est lui le dindon. Croyez-moi, pour vous en tirer avec grâce dans une pareille situation, il vous faut ou bien une dignité exceptionnelle ou bien une effronterie sans bornes. Et croyez-vous que cela puisse durer ? Une femme qui a mené cette existence effrénée est-elle capable de s'installer dans le mariage ? L'ennui la jettera bientôt dans une nouvelle agitation. Et combien de temps l'amour dure-t-il ? Ne croyez-vous pas que Byring éprouvera des sentiments amers quand, devenu indifférent à son égard, il comparera l'homme qu'il est à celui qu'il aurait pu être ?

Witherspoon se versa encore un peu de cognac. Puis il se tourna vers Ashenden avec une expression curieuse.

— Je me demande si un homme n'a pas raison de faire ce à quoi il tient véritablement, sans se soucier des conséquences.

— Ce doit être très agréable d'être ambassadeur, dit Ashenden.

Sir Herbert esquissa un pâle sourire.

— Byring me fait penser à un garçon que j'ai connu alors que je faisais mes débuts au ministère. Je ne vous dirai pas son nom parce qu'il est maintenant au seuil de la célébrité et que tout le monde le respecte. Il a fait une carrière réussie. Il y a toujours une certaine absurdité dans la réussite.

A ces mots Ashenden souleva légèrement les sourcils car il s'attendait peu à pareil commentaire de la part de Sir Herbert, mais il garda le silence.

— C'était un de mes jeunes collègues, un garçon brillant, de l'aveu général, et dont les débuts permettaient d'augurer qu'il irait loin. J'ajouterai qu'il possédait tous les atouts nécessaires dans la carrière diplomatique. Il était d'une famille de militaires et de marins, pas excessivement en vue, mais en tout point respectable et, dans le monde, il savait se tenir sans timidité ni gaucherie. Il était cultivé, s'intéressait à la peinture, au point, peut-être même, de frôler le ridicule. Il entendait se tenir au courant, ne pas être dépassé et à une époque où l'on parlait peu de Gauguin et de Cézanne, il raffolait de leurs toiles. Peut-être un certain snobisme inspirait-il son attitude, le désir de braver les conventions et de choquer, mais son amour de la peinture était profond et sincère. Il adorait Paris et, chaque fois qu'il le pouvait, allait s'y installer, dans un petit hôtel du quartier Latin où il se trouvait au contact des peintres et des écrivains. Comme ces gens le font volontiers, il était un peu traité comme un enfant, n'étant qu'un diplomate, et, appartenant visiblement à un milieu comme il faut, on se moquait un peu de lui. Mais on l'aimait bien car il se plaisait à les écouter parler et, s'il les complimentait pour leurs œuvres, ils allaient jusqu'à reconnaître que, pour un profane, il avait un certain goût pour ce qui en valait la peine.

Ashenden enregistra le sarcasme et sourit à cette pierre ainsi jetée dans le jardin de leur profession. Il se demandait où menait cette longue description. L'ambassadeur paraissait s'y attarder à la fois par plaisir et parce que, pour une raison quelconque, il hésitait à en venir au fait.

— Mais mon ami était un modeste. Il s'amusait énormément et il écoutait bouche bée ces jeunes peintres et ces gribouilleurs inconnus démolir des réputations établies et déclarer leur enthousiasme pour des personnages dont les secrétaires cultivés et convenables de Downing Street n'avaient jamais entendu parler. Au fond de lui-même, il savait bien que ces gens n'étaient que des talents de second ordre et, lorsqu'il revenait à Londres reprendre son travail, c'était sans aucun regret, mais avec l'impression d'avoir assisté à un spectacle bizarre et divertissant. La pièce était finie et il fallait rentrer à la maison. Je ne vous ai pas dit qu'il était ambitieux. Il savait que ses amis comptaient beaucoup sur son avenir et il n'avait aucunement l'intention de les décevoir. Il était sûr de ses capacités et il entendait bien réussir. Malheureusement il n'était pas riche, vivant d'une rente de quelques centaines de livres, mais il avait perdu ses parents, n'avait ni frère ni sœur. Il voyait bien que cette absence de liens était un avantage. Il lui était loisible de se faire toutes les relations susceptibles de lui servir sans avoir de comptes à rendre. Le personnage vous semble-t-il antipathique ?

— Pas du tout, répondit Ashenden à cette question soudaine. La plupart des jeunes gens intelligents sont conscients de leur intelligence et les plans qu'ils échafaudent sont généralement assez cyniques. Il est naturel que ces jeunes gens soient ambitieux.

— Enfin, lors d'un de ses petits voyages à Paris, mon ami fit la connaissance d'un jeune peintre irlandais de talent nommé O'Malley. Aujourd'hui il est membre de l'Académie royale et reçoit d'importants honoraires pour exécuter le portrait du Grand Chancelier ou des membres du Cabinet. Je me demande si vous vous souvenez de celui qu'il a fait de ma femme et qui a été exposé il y a deux ans ?

— Non, mais je sais qui c'est.

— Il a beaucoup plu à ma femme. J'ai toujours trouvé son style très délicat et attachant. Il sait merveilleusement traduire sur la toile la distinction de ses modèles. Quand il exécute le portrait d'une femme du monde, vous savez que c'est une femme du monde et pas une donzelle.

— C'est un don charmant, dit Ashenden. Sait-il aussi peindre une traînée de façon convaincante ?

— Dans le temps, oui. Aujourd'hui cela ne le tenterait guère. A l'époque, il habitait dans un sale petit studio de la rue du Cherche-Midi avec une petite

Française du genre dont vous parliez et il a fait d'elle plusieurs portraits très ressemblants.

Ashenden trouvait que Sir Herbert entrait dans des détails un peu superflus et il se demandait si l'ami dont il était question et dont l'histoire ne semblait mener nulle part n'était autre que lui-même. Il écouta avec une attention plus soutenue.

— Mon ami aimait bien O'Malley. C'était un compagnon agréable, bavard comme une pie et qui racontait une histoire comme savent le faire les Irlandais. C'était un parleur infatigable et brillant au dire de mon ami. Il allait volontiers s'asseoir dans le studio pendant que O'Malley était en train de peindre. Celui-ci n'arrêtait pas de faire des commentaires sur la technique de la peinture. O'Malley affirmait qu'un jour il ferait son portrait, ce qui flattait sa vanité. Il pensait que la beauté naturelle du modèle — image convaincante d'un gentleman — servirait la réputation du peintre.

— Au fait, demanda Ashenden, quand cela se passait-il ?

— Oh ! il y a trente ans... Ils parlaient de leur avenir et quand il entendait O'Malley lui dire qu'un jour, ce portrait qu'il allait peindre de lui serait en bonne place à la National Portrait Gallery, mon ami ne doutait guère, en dépit de ses modestes protestations, qu'on l'y trouverait un jour. Un soir, mon ami — appelons-le Brown pour lui donner un nom — était dans le studio de O'Malley. Celui-ci se dépêchait de terminer pour le Salon, à la lumière du jour, le portrait de sa maîtresse qui se trouve maintenant à la Tate Gallery. O'Malley l'invita à dîner en leur compagnie. Yvonne — c'était le nom de l'amie de O'Malley — attendait une amie et Brown ferait le quatrième. Cette amie était acrobate et O'Malley désirait la faire poser pour un nu. Yvonne disait qu'elle avait un corps splendide. Elle avait vu ce que faisait O'Malley et elle était d'accord pour poser. On devait en discuter à table. Elle se trouvait alors libre de tout engagement, attendant l'ouverture de la Gaîté-Montparnasse, et, libre pendant la journée, elle était disposée à rendre service à une amie tout en gagnant un peu d'argent. L'idée amusa Brown, qui n'avait jamais rencontré d'acrobate : il accepta. Yvonne suggéra qu'elle serait peut-être à son goût, auquel cas, assura-t-elle, elle ne serait pas excessivement rebelle. Avec ses grands airs et son chic anglais elle le prendrait pour un milord. Mon ami s'esclaffa. Il ne prenait pas l'idée très au sérieux : « On ne sait jamais », dit-il. Yvonne le regardait d'un air malicieux. Il demeura donc dans le studio. C'était pendant la période de Pâques, il faisait froid, mais il faisait bien chaud dans le studio et en dépit de son exiguïté, du désordre et de la poussière qui s'entassait au bord de la fenêtre, il régnait une atmosphère accueillante. A Londres, dans Waverton Street, Brown avait un petit appartement avec de beaux mezzo-tinto aux murs et de vieilles porcelaines, mais il se demandait pourquoi sa plaisante garçonnière était dépourvue de l'ambiance intime et attachante qu'il trouvait dans ce studio en désordre.

« On sonna bientôt à la porte et Yvonne fit entrer son amie. Elle s'appelait Alix, serra la main de Brown en articulant une banalité quelconque du ton minaudant qu'aurait pu avoir n'importe quelle grosse caissière dans un bureau de tabac. Elle était vêtue d'un grand manteau en imitation de vison et d'un énorme chapeau rouge écarlate. Elle avait une allure d'une vulgarité incroyable. Elle n'était même pas jolie. Elle avait un visage large et aplati, une grande bouche, le nez en trompette, une masse de cheveux blonds mais visiblement décolorés, de grands yeux bleus comme de la porcelaine et un maquillage excessif.

Ashenden ne doutait plus maintenant que Witherspoon était en train de lui raconter une aventure personnelle : sinon, comment, trente ans plus tard, aurait-il pu se souvenir de ce que portait la jeune femme, de son manteau ? Il s'amusait de la candeur de cet ambassadeur qui s'imaginait pouvoir déguiser la vérité par un subterfuge aussi flagrant. Ashenden devinait déjà comment l'histoire allait se terminer et il riait en son for intérieur en pensant que ce personnage délicat, distingué et froid, eût pu avoir une aventure dans sa vie.

— Elle se mit à bavarder avec Yvonne et mon ami remarqua qu'elle possédait un trait physique auquel il était étrangement sensible : sa voix était grave et comme enrouée ; on eût dit qu'elle venait d'avoir un mauvais rhume et, sans comprendre pourquoi, il était captivé par ce timbre de voix. Il demanda à O'Malley si c'était sa voix naturelle et il répondit qu'il lui avait toujours connu cette voix-là. Il l'appelait une voix de rogomme. Ayant répété à Alix le propos de Brown, celle-ci lui fit un sourire et lui expliqua que l'alcool n'y était pour rien, que cela venait du fait qu'elle devait très souvent rester debout sur la tête. C'était un des inconvénients du métier. Puis tous quatre se rendirent dans un minable petit restaurant près du boulevard Saint-Michel où, pour deux francs cinquante, vin compris, mon ami dîna de façon infiniment plus agréable qu'il ne l'avait fait au *Savoy* ou au *Claridge*. Alix était une bavarde et Brown se distrayait au récit parfois étonnant des différents événements de sa vie quotidienne. L'argot qu'elle employait abondamment, bien qu'il n'en saisît pas la moitié, ajoutait au charme qu'il trouvait à son pittoresque vulgaire. Elle évoquait la chaleur du goudron, le zinc des bistrots, l'atmosphère populeuse des quartiers pauvres de Paris. Son parler aux images savoureuses et originales agissait sur Brown comme du champagne. Oui, c'était une fille des rues, mais sa vitalité était aussi communicative que la chaleur d'un brasero. Il se doutait bien qu'Yvonne avait parlé de lui comme d'un Anglais célibataire et plein aux as. Il saisit les regards d'appréciation qu'elle lui lançait et, faisant semblant de n'avoir rien entendu, il saisit la remarque : « Il n'est pas mal. » Cela l'amusait vaguement ; il savait parfaitement qu'il n'était pas mal du tout. Mais à vrai dire il y eut des moments où les choses allèrent plus loin. Elle ne lui prêtait guère attention et la conversation portait sur des sujets qu'il ne comprenait pas. Il pouvait tout juste essayer d'avoir l'air de s'y intéresser. Mais, de temps à autre, elle lui lançait une œillade en passant rapidement la langue sur ses lèvres comme pour faire comprendre qu'il lui suffisait de demander pour obtenir ce qu'il voulait d'elle. Mentalement il restait assez indifférent. Elle respirait la santé et la jeunesse, sa vivacité avait quelque chose d'agréable mais, à part sa voix rauque, il ne lui trouvait pas de charme particulier. Pourtant, l'idée d'avoir une petite aventure à Paris n'était pas pour lui déplaire ; c'est la vie et puis, une artiste de music-hall, cela avait quelque chose d'assez piquant. Plus vieux, il se rappellerait avec plaisir qu'il avait obtenu les faveurs d'une acrobate. Est-ce La Rochefoucauld ou Oscar Wilde qui dit que l'on devrait commettre des fautes dans sa jeunesse afin de pouvoir avoir des regrets durant sa vieillesse ? A la fin du dîner — il était tard car on avait pris le café, puis du cognac —, comme ils sortaient du restaurant, Yvonne lui suggéra de raccompagner Alix. Il se déclara enchanté de le faire. Ce n'était pas loin, dit Alix, et ils y allèrent à pied. Elle ajouta qu'elle avait un petit pied-à-terre bien que, la plupart du temps, elle fût en tournée, mais une femme aime bien avoir ses meubles à elle, autrement on la regarde de haut. Ils arrivèrent bientôt devant un immeuble misérable, dans une rue malpropre. Elle sonna pour que la concierge ouvre la porte. Elle n'insista pas pour le faire entrer : il ignorait que pour elle la chose allait de soi. La timidité le saisit. Il se creusait la tête sans rien trouver à dire. Un long silence suivit, c'était absurde. La porte s'ouvrit avec un petit déclic ; elle le regarda, attendant qu'il se décide ; elle n'y comprenait rien. Une vague de timidité le submergea. Alors elle lui tendit la main, le remercia de l'avoir raccompagnée et lui souhaita le bonsoir. Son cœur battait à tout rompre. Si elle lui avait demandé de venir il serait entré. Il n'attendait qu'un signe d'encouragement. Il lui serra la main, dit bonsoir, souleva son chapeau et tourna les talons. Il se sentait grotesque. Cette nuit-là il ne dormit pas. Il se retournait dans son lit en se disant qu'elle devait le prendre pour une belle nouille. C'est à peine s'il pouvait attendre que le jour se lève pour tenter d'effacer l'impression lamentable qu'elle avait dû garder de lui. Son amour-propre était en pièces. Pour ne pas perdre de temps il fit un saut jusque chez elle à onze heures du matin afin de l'inviter à déjeuner, mais elle était sortie. Il lui fit porter des fleurs et repassa plus tard. Elle était rentrée mais était de nouveau sortie. Il se rendit chez O'Malley dans l'espoir de l'y trouver, mais elle n'y était pas et O'Malley lui demanda d'un ton ironique comment cela avait marché. Pour sauver la face il répondit qu'en fin de compte elle ne lui disait rien et qu'en homme du monde il l'avait laissée rentrer. Mais il avait l'impression désagréable que O'Malley n'en croyait pas un mot. Il lui envoya un pneumatique pour l'inviter à dîner avec lui le lendemain. Elle ne répondit pas. Il n'y comprenait rien et douze fois par jour demandait au chasseur de son hôtel s'il n'y avait rien pour lui. A la fin, en désespoir de cause, il passa chez elle avant le dîner. Le concierge lui dit qu'elle était chez elle et il monta l'escalier. Il était très nerveux, partagé entre l'irritation d'être traité de façon si cavalière et le désir de paraître naturel. Il grimpa les quatre étages d'un escalier sombre et nauséabond, puis sonna à la porte qu'on lui avait indiquée. Il fit une pause, puis entendit du bruit à l'intérieur et sonna de nouveau. Elle vint ouvrir. Il dut constater qu'elle n'avait pas la moindre idée de qui il était. Il fut soufflé : quel coup pour sa vanité ! Mais il adopta une expression souriante :

« — Je voulais savoir si vous vouliez dîner avec moi ce soir. Je vous ai envoyé un pneumatique.

« Alors elle le reconnut. Mais elle demeurait sur le seuil sans l'inviter à entrer.

« — Oh ! non, pas ce soir ! J'ai une migraine terrible et je vais me coucher. Je n'ai pas pu répondre à votre pneumatique, je ne sais plus où je l'ai mis et j'ai oublié comment vous vous appelez. Merci pour les fleurs, c'était gentil à vous de les envoyer.

« — Alors, dînons ensemble demain soir.

« — Impossible, j'ai justement un rendez-vous demain soir. Je suis désolée.

« Il n'y avait plus rien à dire. Il n'eut pas l'audace de lui demander autre chose et, lui ayant souhaité le bonsoir, il s'en alla. Il avait l'impression qu'elle ne lui en voulait pas du tout, mais qu'elle l'avait totalement oublié. C'était humiliant. De retour à Londres sans l'avoir revue, il éprouvait un curieux sentiment de frustration. Il n'était pas du tout épris d'elle, il lui en voulait, mais elle lui trottait sans cesse dans l'esprit. Il était assez honnête avec lui-même pour admettre qu'il souffrait simplement d'une blessure d'amour-propre.

« Au cours du dîner à ce petit restaurant près du Boul'Mich' elle avait dit qu'au printemps sa troupe irait à Londres. Dans une lettre à O'Malley il mentionna au passage que si sa jeune amie Alix passait par Londres, O'Malley pourrait le lui faire savoir et il lui rendrait visite. Il voulait lui entendre dire de vive voix ce qu'elle pensait du nu que O'Malley avait fait d'elle. Peu de temps après, le peintre lui écrivit pour lui annoncer qu'elle devait se produire la semaine suivante au *Metropolitan*, dans Edgware Road : son sang ne fit qu'un tour. Il se rendit à son spectacle. Il avait pris la précaution d'être en avance et de consulter le programme, sinon il l'aurait manquée, car son numéro était le premier de la liste. Il y avait deux hommes, un gros et un maigre, et Alix. Ils portaient des maillots roses mal ajustés et des shorts de satin vert. Les hommes exécutèrent différents exercices sur des trapèzes parallèles pendant qu'Alix allait de l'un à l'autre, leur passant des mouchoirs pour s'essuyer les mains et, de temps à autre, accomplissant une cabriole. Quand le gros hissa le maigre sur ses épaules, elle grimpa en dernier et, debout sur les épaules du maigre, envoya des baisers au public. Ils firent des tours sur des bicyclettes de cirque. Il peut y avoir de la grâce et même de la beauté dans les numéros des bons acrobates, mais ce numéro était si ordinaire et si banal que mon ami se trouva véritablement embarrassé. On a honte de voir des adultes se ridiculiser en public. La pauvre Alix, les lèvres figées dans un sourire artificiel, avec son maillot rose et son short vert en satin, avait un air si ridicule qu'il s'étonna d'avoir pu éprouver un mouvement d'humeur quand elle ne l'avait pas reconnu dans son appartement. C'est avec un haussement d'épaules condescendant qu'après le numéro il se rendit à l'entrée des artistes et glissa un shilling au portier pour qu'il lui remette sa carte de visite. Quelques minutes plus tard elle apparut ; elle paraissait ravie de le voir.

« — Oh ! dit-elle, quelle joie de rencontrer un visage connu dans cette triste ville ! Maintenant vous pouvez m'offrir ce dîner auquel vous m'aviez invitée à Paris. Je meurs de faim. Je ne mange jamais avant mon spectacle. Comment ont-ils pu nous placer si mal dans le programme ? C'est une insulte. Mais demain nous en parlerons à notre agent. S'ils croient pouvoir nous traiter de la sorte, ils se trompent. Non, non et non ! Et quel public ! Aucun enthousiasme, aucun applaudissement, rien !

« Mon ami n'en revenait pas. Était-il possible qu'elle prît son numéro au sérieux ? Il faillit éclater de rire. Mais l'étrange fascination de cette voix de gorge agissait de nouveau sur lui. Elle était tout de rouge vêtue et portait le chapeau rouge de leur première rencontre. Elle était si vulgaire qu'il hésita à l'inviter dans un endroit où il risquait d'être reconnu, aussi proposa-t-il Soho. A cette époque il y avait encore des fiacres et je suppose que le fiacre se prêtait mieux à des entreprises amoureuses que le taxi d'aujourd'hui. Mon ami enlaça la taille d'Alix et l'embrassa. Elle se laissa faire, sans pour autant l'encourager excessivement. Ils dînèrent tard et il se montra très empressé ; elle accueillit ses avances favorablement, mais lorsque, au moment de partir, il lui proposa de l'accompagner à sa garçonnière de Waverton Street, elle lui dit qu'un ami l'avait accompagnée depuis Paris et qu'ils avaient rendez-vous à vingt-trois heures. Elle avait pu dîner avec Brown parce que son ami avait un rendez-vous d'affaires. Brown était furieux mais désirait ne pas le montrer. Comme ils remontaient Wardour Street — car elle voulait aller au *Café Monico* —, ils s'arrêtèrent devant la devanture d'un prêteur sur gages pour regarder les bijoux qui y étaient exposés. Elle tomba en extase devant un bracelet de saphirs et de diamants qu'il trouvait d'un incroyable mauvais goût et il lui demanda si le bijou lui ferait plaisir.

« — Mais il coûte quinze livres, dit-elle.

« Il entra et le lui offrit. Elle était ravie. Elle lui demanda de la quitter juste avant d'arriver à Piccadilly Circus.

« — Maintenant, écoute, mon petit, dit-elle, je ne peux pas te voir à Londres car mon ami est jaloux comme un tigre et il vaut mieux que tu t'en ailles. Mais la semaine prochaine je joue à Boulogne. Pourquoi ne viendrais-tu pas m'y retrouver ? Je serai seule. Mon ami doit rentrer chez lui en Hollande.

« — D'accord, dit Brown, j'irai à Boulogne.

« Il prit deux jours de congé pour s'y rendre et n'avait qu'une idée en tête : venger son amour-propre blessé. Pourquoi s'en souciait-il ? C'est inexplicable. Il ne pouvait pas souffrir l'idée de passer pour un benêt aux yeux d'Alix et il pensait qu'après lui avoir ôté cette idée il cesserait de s'intéresser à elle. Il pensait également à O'Malley et à Yvonne. Elle avait dû leur parler de lui et il ne pouvait pas supporter l'idée que des gens qu'au fond il méprisait puissent rire à ses dépens. A votre avis, était-ce si condamnable ?

— Sûrement pas, dit Ashenden. Tout homme de bon sens sait que la vanité est, de tous les vices dont souffre l'âme humaine, le plus invétéré, le plus commun et le plus nocif ; et la nature même de ce vice le pousse à nier son influence. Au fur et à mesure que l'on vieillit, les affres et les tourments de la passion amoureuse s'atténuent, mais pas la sujétion de la vanité. La vieillesse vous libère des souffrances de l'amour, mais la mort seule met un terme aux blessures de l'amour-propre. L'amour est simple et ne triche pas avec lui-même, alors que la vanité vous donne mille faux-semblants. Elle est indissociable de toute vertu, elle est le ressort du courage, le soutien de l'ambition ; l'amant lui doit sa fidélité et le stoïque son endurance ; elle anime chez l'artiste le désir de se faire une réputation, elle est chez l'honnête homme la justification et la récompense de son intégrité ; son cynisme transparaît même dans l'humilité du saint. Vous n'y échapperez pas, et quelque peine que vous puissiez prendre pour vous en protéger, vos soins seront l'instrument de la vanité. Vous ne pouvez vous défendre d'elle, car vous ignorez de quel côté elle viendra vous surprendre. La sincérité est impuissante à déjouer sa ruse et l'humour ne peut vaincre son ironie.

Ashenden s'interrompit, non par manque d'inspiration, mais pour reprendre son souffle. Il nota que, désireux de parler plutôt que d'écouter, l'ambassadeur l'avait entendu avec une politesse forcée. Mais il s'était acquitté de sa tirade, moins pour édifier son hôte que pour se faire plaisir à lui-même.

— Et, enfin, c'est la vanité qui permet à un homme de subir un sort parfois abominable.

Sir Herbert demeura silencieux pendant une minute. Il regardait droit devant lui, comme si ses pensées allaient avec nostalgie vers le lointain horizon de ses propres souvenirs.

— A son retour de Boulogne, mon ami se rendit compte qu'il était amoureux fou d'Alix et il s'arrangea pour la revoir de nouveau quinze jours plus tard à l'occasion d'une représentation à Dunkerque. Entre-temps il ne pensait à rien d'autre et le soir qui précéda son départ il ne réussit pas à fermer l'œil tant sa passion le dévorait. Il ne disposait cette fois que de trente-six heures. Ensuite, il alla la revoir à Paris pour une nuit et, alors qu'elle se trouvait libre d'engagement pendant une semaine, il obtint d'elle qu'elle le rejoigne à Londres. Il savait qu'elle ne l'aimait pas. Pour elle il n'était qu'un homme parmi des centaines et elle ne lui cachait pas qu'elle avait d'autres amants. Sa jalousie le faisait souffrir cruellement mais il savait bien qu'il ne ferait qu'exciter l'ironie ou la colère de sa maîtresse en lui en faisant part. Elle n'éprouvait même pas pour lui une préférence particulière. Elle appréciait son éducation et sa mise. Elle était tout à fait disposée à demeurer sa maîtresse aussi longtemps qu'il se montrerait supportable. Mais c'était tout. Ses moyens ne lui permettaient pas de lui faire des propositions vraiment sérieuses, mais le lui eussent-ils permis que le goût d'indépendance d'Alix lui aurait opposé un refus.

— Et le Hollandais ? demanda Ashenden.

— Le Hollandais ? C'était une pure invention. Elle l'avait improvisé pour une raison ou pour une autre afin de se débarrasser de Brown. Elle n'en était pas à un mensonge près ! N'allez pas croire qu'il ne luttait pas contre sa passion. Il savait bien qu'il se conduisait comme un fou, qu'une liaison durable avec Alix ne pouvait que le mener au désastre. Il la jugeait sans illusions. Elle était inintéressante, commune, vulgaire. Elle ne pouvait discuter d'aucun des sujets qui l'intéressaient et ne faisait pas le moindre effort dans ce sens. Pour elle, il allait de soi que lui s'intéressait à ses petites affaires et elle n'en finissait pas de lui parler de ses disputes avec ses compagnons de tournée, avec les directeurs ou avec les hôteliers. Ce qu'elle disait l'ennuyait à mourir, mais le timbre de sa voix de gorge lui faisait battre le cœur au point d'en suffoquer.

Ashenden se sentait mal à l'aise dans son fauteuil. C'était un fauteuil Sheraton de très belle apparence, mais dur et droit ; il espérait que Sir Herbert aurait la bonne idée de les faire revenir dans l'autre pièce où le divan était confortable. De toute évidence cette histoire lui était arrivée personnellement et Ashenden était gêné de voir cet homme mettre ainsi à nu ses sentiments intimes. Il ne désirait pas subir cette confidence contre son gré. Sir Herbert Witherspoon n'était rien pour lui. A la lumière tamisée des bougies, Ashenden observait qu'il était d'une pâleur funèbre et que son regard était empreint d'un trouble étrangement déconcertant chez un homme aussi peu démonstratif. Il se versa un verre d'eau ; il avait la gorge trop sèche pour parler sans effort, mais il poursuivit sans ménagements.

— Mon ami finit par se reprendre. Cette intrigue sordide le dégoûtait, il n'en retirait que de la honte et elle ne menait à rien. Sa passion était d'une nature aussi grossière que la femme qui l'avait suscitée. Il advint qu'Alix devait passer six mois en Afrique du Nord avec sa troupe et il lui serait alors impossible de la voir. Il se décida à profiter de cette occasion pour rompre définitivement. Il songeait avec amertume qu'elle s'en moquerait totalement. Au bout de trois semaines elle l'aurait oublié. Et puis il y avait aussi autre chose. Depuis quelque temps déjà, il était très lié à un couple, le mari et la femme, dont les relations dans la société et dans le monde de la politique étaient considérables. Ils avaient une fille unique qui, pour des raisons que j'ignore, s'était éprise de lui. Elle était exactement le contraire d'Alix : une beauté anglaise aux yeux bleus, au teint pâle, aux joues roses, grande et blonde. On aurait cru qu'elle sortait d'une illustration de Du Maurier dans *Punch*. Elle était intelligente, cultivée et, ayant passé toute sa vie dans le monde de la politique, elle savait discuter des sujets auxquels il s'intéressait. Il lui était permis de penser que s'il la demandait en mariage, elle accepterait. Comme je vous l'ai dit, il avait de l'ambition. Il était conscient de ses grandes capacités et désirait trouver l'occasion de les mettre à l'épreuve. Il était apparenté à quelques-unes des plus grandes familles d'Angleterre et il eût été stupide de ne pas comprendre qu'une union de ce genre lui faciliterait considérablement la tâche. C'était une occasion inespérée. Et quel soulagement de penser qu'il pourrait classer définitivement ce vilain petit intermède et, au lieu de ce mur d'indifférence frivole, de réalisme bon enfant, contre lequel était venue se heurter sa passion pour Alix, quel bonheur de sentir qu'il comptait vraiment pour quelqu'un d'autre ! Comment ne pas être flatté et reconnaissant quand il voyait son visage s'illuminer lorsqu'il entrait dans la pièce où elle se trouvait ? Il n'était pas amoureux d'elle, mais il la trouvait charmante et il voulait oublier Alix et la vulgarité où elle l'avait plongé. Il finit par se décider. Il fit sa demande en mariage et fut accepté. Sa famille était ravie. Le mariage devait avoir lieu à l'automne car le père de la fiancée devait partir en mission en Amérique du Sud, accompagné de sa femme et de sa fille. Ils seraient absents pendant tout l'été. Mon ami Brown quittait le ministère pour les ambassades et on lui avait promis un poste à Lisbonne. Il devait s'y rendre sans délai.

« Il accompagna sa fiancée au bateau. Puis, à la suite d'un contretemps, l'homme que Brown devait remplacer à Lisbonne y fut maintenu pour trois mois de plus et pendant cette période mon ami se trouva en disponibilité. Juste au moment où il allait se décider à prendre une occupation temporaire, il reçut une lettre d'Alix. Elle revenait en France et avait un engagement pour une tournée. Elle lui envoyait une longue liste des villes où elle devait se produire et, à sa façon amicale et désinvolte, ajoutait que ce serait amusant de pouvoir se rencontrer pendant un jour ou deux. Une impulsion folle et dangereuse s'empara de lui. Peut-être y eût-il résisté si elle avait exprimé un véritable désir de le revoir, mais c'est précisément cette indifférence banale et détachée qui le fit bouger. Tout à coup il n'y tint plus de la revoir. Elle était ordinaire, vulgaire, mais il l'avait dans la peau et l'occasion ne se représenterait plus. D'ici peu il serait marié : c'était maintenant ou jamais. Il se rendit à Marseille et l'accueillit comme elle débarquait du bateau de Tunis. Son sang ne fit qu'un tour quand il vit le plaisir qu'elle manifestait à le retrouver. A n'en pas douter, il était fou d'elle. Il lui dit qu'il allait se marier dans trois mois et lui demanda de partager avec lui le peu de temps de liberté qui lui restait. Elle refusa d'abandonner sa tournée. Pouvait-elle laisser tomber ses partenaires ? Il s'offrit à les indemniser mais il n'y eut rien à faire : on ne pourrait pas trouver de remplaçante sur-le-champ et il n'était pas question de renoncer à un engagement qui pourrait lui amener d'autres contrats plus tard. Ils faisaient leur métier honnêtement, ils étaient de parole, avaient des responsabilités vis-à-vis de leurs directeurs et vis-à-vis du public. Brown était furieux : comment pouvait-on sacrifier son bonheur à cette maudite tournée ! Et au bout de trois mois ? Que deviendrait-elle ? Non, non, il lui demandait quelque chose de tout à fait déraisonnable. Il lui déclara qu'il l'adorait : jusqu'à ce moment il ne s'était jamais rendu compte qu'il l'aimait à la folie.

Dans ces conditions, dit-elle, pourquoi lui ne l'accompagnerait-il pas en tournée ? Sa compagnie lui ferait plaisir. Ils s'amuseraient bien, au bout de trois mois il pourrait aller épouser son héritière et personne ne s'en porterait plus mal. Il hésita un instant, mais maintenant qu'il l'avait revue, il ne pouvait pas supporter l'idée de la quitter si vite. Il accepta et elle lui dit alors :

« — Mon petit, écoute-moi bien, il ne faut pas faire l'enfant, tu sais. Les directeurs n'aiment pas les femmes qui font des chichis. Je dois penser à mon avenir et ils ne seront pas si pressés de me revoir si je refuse de faire plaisir à de vieux clients. Cela ne se produira pas souvent, mais qu'il soit bien entendu que tu ne me feras pas de scènes si de temps en temps je couche avec quelqu'un qui en a envie. Cela sera sans importance, c'est le travail, toi, tu seras mon amant de cœur.

« Il éprouva une douleur atroce à ces mots et devint si pâle qu'elle le crut sur le point de s'évanouir. Elle le regarda curieusement.

« — Voilà les conditions, dit-elle, c'est à prendre ou à laisser.

« Il accepta.

Sir Herbert Witherspoon s'était penché en avant, son visage était si livide qu'Ashenden pensa qu'il défaillait. La peau de son front était si tendue que son visage ressemblait à une tête de mort, mais les veines saillaient comme des boyaux. Toute réserve l'avait abandonné et, une fois de plus, Ashenden souhaita ne plus entendre. Cet exhibitionnisme intime le troublait : personne n'a le droit de se dépouiller ainsi devant un de ses semblables. Il eut envie de crier « Assez, assez, vous en avez assez dit, vous aurez honte de vous-même. » Mais son interlocuteur avait perdu toute pudeur.

— Trois mois durant, d'une monotone ville de province à une autre, ils voyagèrent ensemble, partageant de petites chambres d'hôtel crasseuses dans des endroits minables. Alix ne le laissait pas descendre dans de bons hôtels car, disait-elle, elle n'avait pas de toilettes convenables et se trouvait plus à l'aise dans le genre d'hôtel auquel elle était habituée. Elle ne voulait pas qu'on l'accuse de vouloir faire bande à part. Ils passaient des heures interminables dans des cafés douteux. Les membres de la troupe le traitaient comme un frère, on l'appelait par son prénom, on le blaguait, on lui tapait dans le dos. Quand ils étaient au travail il faisait des courses pour eux. Dans le regard des directeurs il pouvait lire un mépris amusé et il devait subir la familiarité des machinistes. On voyageait toujours en troisième et il aidait à porter les bagages. Lui qui était un fervent de lecture n'ouvrait plus jamais un seul livre car cela ennuyait Alix, qui trouvait prétentieux les gens qui lisaient. Tous les soirs il allait au spectacle et assistait à son numéro, d'une écœurante banalité. Et il devait feindre pieusement que c'était du grand art. Il devait la féliciter quand cela avait bien marché et s'apitoyer avec elle si quelque chose avait raté. Quand elle avait terminé il allait l'attendre au café pendant qu'elle se changeait. Il lui arrivait d'entrer d'un air pressé pour dire :

« — Ne m'attends pas ce soir, mon chou, j'ai du travail.

« Il traversait alors des crises atroces de jalousie et souffrait comme il croyait impossible de pouvoir souffrir. Elle rentrait à l'hôtel vers trois ou quatre heures du matin, s'étonnait de ne pas le trouver endormi. Dormir ! Il en était bien question avec cette souffrance qui lui rongeait le cœur ! Il lui avait promis de ne pas s'en mêler. Il ne tint pas parole. Il lui fit des scènes épouvantables, allant jusqu'à la battre. Elle perdait patience, lui disait qu'elle en avait assez de lui, qu'elle allait faire sa valise. Alors il allait se traîner à ses pieds, lui faisait toutes sortes de promesses, se jurant d'avaler toutes les couleuvres et toutes les humiliations, pourvu qu'elle ne le quitte pas. C'était horrible et avilissant. Il était malheureux. Malheureux ? Non pas : plus heureux qu'il ne l'avait jamais été. Il se vautrait dans la fange, mais il s'y vautrait avec délices. Son existence passée lui paraissait insupportablement monotone, et celle-ci trépidante et romanesque. C'était cela la vraie vie. Et cette femme laide, tapageuse, avec sa voix de radeuse, possédait une vitalité si puissante, un amour de la vie si éclatant qu'il en était lui-même vivifié comme par une flamme plus pure et plus radieuse. Lit-on encore Walter Pater ?

— Je ne sais vraiment pas, répondit Ashenden, je ne saurais le dire.

— Cela dura trois mois. Oh ! comme le temps passait vite au fur et à mesure que filaient les semaines ! Il lui arrivait d'envisager de tout quitter pour continuer sa vie avec les acrobates. On s'était vraiment pris d'amitié pour lui et on prétendait qu'il lui serait facile de s'entraîner pour faire partie du spectacle s'il en avait envie. Il savait bien qu'on ne parlait pas sérieusement, mais, tout de même, il y songeait vaguement. Puis il se disait que ce n'était qu'un rêve, que cela ne menait à rien. Mais quand les trois mois seraient écoulés, ne lui faudrait-il pas retrouver les obligations de son existence réelle ? Avec son intelligence froide et logique, il se disait qu'il serait absurde de tout sacrifier pour une femme comme Alix. Il était ambitieux, voulait arriver ; et surtout il ne pouvait pas briser le cœur de cette pauvre enfant qui lui avait donné son amour et sa confiance. Elle lui écrivait toutes les semaines. Elle attendait avec impatience le moment du retour, comptait les heures et les minutes, alors que, de son côté, il désirait secrètement qu'un événement quelconque retarde le jour de son arrivée. Que ne pouvait-il avoir encore un peu de temps pour lui ! Peut-être au bout de six mois viendrait-il à bout de sa passion pour Alix ? Déjà il lui arrivait parfois de la haïr.

« Le dernier jour arriva. Ils paraissaient avoir peu de chose à se dire. Tous deux étaient tristes ; mais il savait qu'Alix regrettait simplement l'interruption d'une habitude agréable. Encore vingt-quatre heures et elle serait avec ses camarades de fortune aussi gaie et active que si leurs routes ne s'étaient jamais croisées. Quant à lui, une seule pensée occupait son esprit : la perspective d'aller à Paris le lendemain pour rencontrer sa fiancée et la famille de celle-ci. Ils passèrent leur dernière nuit en larmes dans les bras l'un de l'autre. Lui eût-elle alors demandé de ne pas la quitter qu'il serait peut-être resté ; mais elle n'en fit rien, n'y songea pas un instant ; la séparation était chose décidée, elle pleurait, non parce qu'elle l'aimait, mais parce qu'il était malheureux.

« Le matin elle dormait si profondément qu'il n'eut pas le cœur de l'éveiller pour lui dire adieu. Il fila sans faire de bruit, sa valise à la main, et alla prendre son train pour Paris.

Ashenden tourna la tête car il vit deux larmes couler sur les joues de Witherspoon qui ne prit même pas la peine de les dissimuler. Ashenden alluma un autre cigare.

— A Paris les gens poussèrent les hauts cris en le voyant. Il avait l'air d'un spectre. Il leur raconta qu'il avait été souffrant et le leur avait caché pour qu'ils ne s'inquiètent pas. On fut très gentil avec lui. Un mois plus tard il était marié. Il fit brillamment son chemin.

On lui donna l'occasion de se distinguer et il se distingua. Son ascension fut spectaculaire. Il obtint la situation respectable et distinguée qu'il désirait obtenir dans le monde, le pouvoir et l'influence qu'il souhaitait exercer. Il fut comblé d'honneurs. Oh ! certes, son existence fut une réussite et il fit des centaines d'envieux. Mais tout avait un goût de cendres. Il s'ennuyait à mourir : ennuyeuse la beauté distinguée qu'il avait prise pour femme, ennuyeux les gens avec lesquels il était forcé de vivre. Il vivait dans une comédie permanente et par moments il ne pouvait plus supporter l'idée de garder un masque jusqu'à la fin de ses jours. Il ne s'y ferait jamais. Mais il s'y fit bien. Il éprouvait parfois le désir si vif de revoir Alix qu'il lui semblait préférable de se brûler la cervelle que d'endurer pareille tension. Il ne la revit jamais. Jamais. Par O'Malley il apprit qu'elle avait quitté la troupe pour se marier. Aujourd'hui ce doit être une grosse vieille et tout cela n'a plus d'importance. Mais il avait gâché sa vie et il n'avait pas fait le bonheur de la pauvre fille qu'il avait épousée. Car pouvait-il, année après année, lui dissimuler que le seul sentiment qu'il pouvait lui témoigner était la pitié ? Un beau jour, il était si malheureux qu'il lui parla d'Alix et, de ce jour, elle ne cessa jamais de le poursuivre de sa jalousie. Il savait bien qu'il n'aurait jamais dû l'épouser. Si, à l'époque, il le lui avait dit, elle aurait mis six mois à se consoler et aurait fini par vivre heureuse avec un autre mari. En ce qui la concernait, son sacrifice avait été inutile. Il était terriblement travaillé par l'idée qu'il n'avait qu'une vie et accablé de tristesse à la pensée de l'avoir gâchée. Jamais il ne s'en remettrait. Il riait en écoutant les gens parler de lui comme d'un homme fort : l'onde n'était pas plus faible et instable que lui. Voilà pourquoi je vous dis que Byring a raison. Même si cela ne dure que cinq ans, même si sa carrière doit en être ruinée, même si ce mariage se termine par un désastre, il n'aura rien à regretter. Il aura eu ce qu'il voulait, il aura accompli son destin.

A cet instant la porte s'ouvrit et une dame entra. L'ambassadeur leva les yeux vers elle et pendant un moment son visage s'imprégna d'une froide hostilité. Mais ce fut l'affaire d'une seconde. Il se leva, imprima à son visage défait une expression de mansuétude courtoise. Il gratifia la nouvelle venue d'un pitoyable sourire :

— Voici ma femme. Je vous présente Mr. Ashenden.

— Je vous cherchais partout. Pourquoi n'êtes-vous pas allés vous asseoir dans votre bureau ? Mr. Ashenden a dû être horriblement mal assis.

C'était une femme d'une cinquantaine d'années, grande, mince, plutôt amaigrie et étiolée. Mais on voyait qu'elle avait dû être jolie. Elle possédait une distinction naturelle qui se manifestait au premier regard. Elle faisait vaguement songer à une plante exotique cultivée en serre chaude et dont l'éclat est en train de disparaître. Elle était vêtue de noir.

— Comment était le concert ? demanda Sir Herbert.

— Oh, pas mal du tout. Ils ont commencé par un concerto de Brahms, ensuite l'incantation du feu de *la Walkyrie* et des *Danses slaves* de Dvořák. Je les ai trouvées un peu tapageuses.

Elle se tourna vers Ashenden.

— J'espère que vous ne vous êtes pas ennuyé en tête à tête seul avec mon mari. De quoi avez-vous parlé ? De peinture, de littérature ?

— Non, dit Ashenden, de leur matière première.

Et il prit congé.

Pile ou face

Il était grand temps. Il avait neigé dans la matinée, mais maintenant le ciel était dégagé et Ashenden, après un coup d'œil aux étoiles glacées, sortit rapidement. Il craignait qu'Herbartus, lassé de l'attendre, ne fût retourné chez lui. Il devait lors de cette entrevue prendre une certaine décision et l'hésitation qu'il éprouvait à ce sujet avait été une de ses préoccupations constantes toute la soirée, tel un malaise qui n'aurait qu'à se préciser un petit peu plus pour être ressenti comme une douleur. Car Herbartus, infatigable et résolu, avait été chargé de l'organisation d'un complot qui prévoyait de faire sauter certaines usines de munitions en Autriche. Il est inutile de donner ici les détails de son plan, il était ingénieux et efficace, mais il avait un inconvénient, celui d'entraîner la mort et la mutilation d'un bon nombre de Polonais de Galicie, ses compatriotes, qui travaillaient dans les usines en question. Il avait averti Ashenden précédemment dans la journée que tout était prêt et qu'on n'attendait plus que son signal.

— Mais je vous prie de ne le donner qu'en cas d'absolue nécessité, dit-il dans son anglais précis, quelque peu guttural. Bien sûr, nous n'hésiterons pas si c'est indispensable, mais nous ne voulons pas sacrifier les nôtres pour rien.

— Quand vous faut-il une réponse ?

— Ce soir. Nous avons quelqu'un qui part pour Prague demain matin.

C'est alors qu'Ashenden avait fixé le rendez-vous auquel il se rendait maintenant en toute hâte.

— Vous ne serez pas en retard, n'est-ce pas ? avait recommandé Herbartus. Passé minuit, je serai dans l'impossibilité de disposer du messager.

Ashenden était tourmenté. Il avait conscience que ce serait un soulagement, en arrivant à l'hôtel, de découvrir qu'Herbartus était parti. Cela lui accorderait un répit. Les Allemands avaient fait sauter des usines en pays alliés et il n'y avait pas de raison qu'on ne leur rende pas la monnaie de leur pièce. C'était un acte de guerre légitime. C'était non seulement une entrave à la fabrication des armes et des munitions, mais cela ébranlait aussi le moral de la population non combattante. Ce n'était naturellement pas le genre de choses dont les gros bonnets tenaient à se mêler. Bien que plutôt disposés à profiter des activités d'agents obscurs dont ils n'avaient jamais entendu parler, ils fermaient les yeux sur la sale besogne afin de pouvoir se mettre une main sans tache sur le cœur et se féliciter de n'avoir jamais rien fait d'indigne d'un homme d'honneur. Ashenden pensa avec un humour cynique à un incident qui s'était produit dans ses relations avec R. On lui avait fait une offre qu'il estimait de son devoir d'exposer à son chef.

— A propos, lui dit-il d'un ton aussi désinvolte que possible. J'ai un tireur qui est tout disposé à assassiner le roi B. pour cinq mille livres.

Le roi B. était le souverain d'un État balkanique qui, grâce à son influence, était sur le point de déclarer la guerre aux Alliés, et il était évident que sa disparition de la scène politique serait de la plus grande utilité. Les sympathies de son successeur étaient mal définies et il pourrait être possible de le persuader de maintenir son pays dans la neutralité. Ashenden vit au regard tendu que lui décocha R. qu'il avait parfaitement saisi la situation. Mais ce dernier fronça le sourcil d'un air maussade.

— Bon, et alors ?

— Je lui ai dit que je transmettrais son offre. Je suis persuadé qu'elle est parfaitement valable. Il est pro-Alliés et il pense que, si son pays se mettait du côté des Allemands, cela le mènerait à la ruine.

— Pourquoi alors demande-t-il cinq mille livres ?

— Il court un risque et, s'il rend service aux Alliés, il ne voit pas pourquoi il n'en tirerait pas quelque chose.

R. hocha la tête vigoureusement.

— Nous ne pouvons pas tremper dans ce genre de combines. Nous ne faisons pas la guerre selon ces méthodes-là. Nous laissons ça aux Allemands. Bon Dieu, nous sommes des gentlemen.

Ashenden ne répondit pas, mais il observa R. avec attention. Il y avait dans ses yeux cette lueur rougeâtre curieuse qu'ils avaient parfois et qui leur donnait une expression si sinistre. Il avait toujours une légère tendance au strabisme et maintenant il louchait vraiment.

— Vous n'y pensez pas, de me faire une telle proposition. Pourquoi n'avez-vous pas assommé cet homme quand il vous l'a faite ?

— Je ne crois pas que cela aurait été possible, dit Ashenden. Il est plus fort que moi. De plus, cela ne m'a jamais effleuré l'esprit. Il était très courtois et très obligeant.

— Bien sûr, cela serait fichtrement intéressant pour les Alliés que le roi B. soit hors circuit, mais de là à encourager son assassinat, il y a un monde. Si l'homme était un patriote, je crois qu'il aurait foncé et agi comme il pensait devoir le faire sans se soucier des conséquences.

— Il pense peut-être à sa veuve, dit Ashenden.

— En tout cas je ne suis pas disposé à discuter de cette affaire-là. Chacun a sa façon de voir les choses, et s'il est quelqu'un pour penser qu'il aiderait les Alliés en prenant sur son dos une telle responsabilité, cela, bien sûr, ne regarde que lui.

Il fallut un certain temps à Ashenden pour voir ce que voulait dire son chef. Puis il esquissa un sourire.

— N'allez pas croire que je vais payer à ce type cinq mille livres de ma poche. Pas question.

— Je ne pense à rien de tout cela, vous le savez bien, et je vous serais fort obligé de ne pas exercer sur moi votre piètre sens de l'humour.

Ashenden haussa les épaules.

A présent, au souvenir de cette conversation, il les haussa de nouveau. Ils étaient tous pareils. Ils voulaient la fin, mais hésitaient sur les moyens. Ils voulaient bien tirer profit d'un coup accompli à condition de rejeter sur quelqu'un d'autre la responsabilité de sa réalisation.

Ashenden entra au café de l'*Hôtel de Paris* et vit Herbartus attablé en face de la porte. Il eut un petit haut-le-corps comme celui qui saisit le plongeur lorsque l'eau est plus froide que prévu. Il n'y avait plus moyen de se dérober. Il fallait prendre une décision. Herbartus buvait une tasse de thé. Son visage lourd et glabre s'éclaira lorsqu'il aperçut Ashenden et il lui tendit une grosse main velue. C'était un puissant gaillard, brun avec des yeux sombres, farouches. Tout en lui suggérait la force massive. Aucun scrupule ne l'embarrassait et comme il était désintéressé, il pouvait se permettre d'être impitoyable.

— Eh bien, comment s'est passé votre dîner ? demanda-t-il à Ashenden tandis qu'il s'asseyait. Avez-vous touché un mot de notre projet à l'ambassadeur ?

— Non.

— Je crois que vous avez sagement agi. Il est préférable de tenir ce genre de personne à l'écart de problèmes graves.

Ashenden regarda Herbartus une minute, méditatif : il était assis, sur le qui-vive, comme un tigre prêt à bondir, et une expression singulière se lisait sur son visage.

— Avez-vous jamais lu *le Père Goriot* de Balzac ? demanda soudain Ashenden.

— Il y a vingt ans, quand j'étais étudiant.

— Vous souvenez-vous de cette conversation entre Rastignac et Vautrin à propos du problème du mandarin : si vous pouviez d'un simple signe de tête provoquer la mort d'un mandarin en Chine et hériter d'une fortune colossale, le feriez-vous ? C'était une idée de Rousseau.

Le gros visage d'Herbartus s'épanouit lentement en un large sourire.

— Rien à voir avec notre affaire. Vous êtes embarrassé pour donner un ordre qui entraînera la mort d'un nombre considérable de gens. Est-ce pour votre bénéfice personnel ? Lorsqu'un général donne à son armée l'ordre d'avancer, il sait que tant d'hommes seront tués. C'est la guerre.

— Quelle guerre stupide !

— Elle rendra la liberté à mon pays.

— Qu'en fera-t-il, votre pays, lorsqu'il l'aura ?

Herbartus ne répondit pas. Il haussa les épaules.

— Je vous avertis que si vous ne saisissez pas l'occasion, elle ne se représentera pas de sitôt. Nous ne pouvons pas envoyer un messager passer la frontière tous les jours de la semaine.

— Cela ne vous met-il pas mal à l'aise de penser à tous ces hommes pulvérisés soudain par une explosion ? Et puis il n'y a pas que les morts, il y a les mutilés.

— Ça ne me plaît pas du tout. Je vous ai dit qu'à cause de mes compatriotes qui seront sacrifiés, nous ne ferions rien à moins que cela n'en vaille la peine. Je ne souhaite pas la mort de ces malheureux, mais si cela se produit, je n'en dormirai pas moins profondément ni ne mangerai de moins bon appétit pour autant. Et vous ?

— Je suppose que non.

— Alors ?

Ashenden pensa soudain à ces étoiles cristallines sur lesquelles ses yeux s'étaient posés un instant tandis qu'il marchait dans la nuit glacée. Il lui semblait qu'un siècle s'était écoulé depuis qu'il était assis dans la vaste salle à manger de l'ambassade à écouter Sir Herbert Witherspoon lui faire le récit de sa vie qui avait été une réussite mondaine et pourtant gâchée. Les susceptibilités de Mr. Schäfer et ses petites intrigues, l'amour de Byring et Rose Auburn[1] : comme tout cela avait peu d'importance ! L'homme qui dispose de si peu de temps entre le berceau et la tombe passait sa vie dans les folies. Futile créature ! Les étoiles brillantes scintillaient dans le ciel sans nuages.

— Je suis fatigué. Il m'est impossible de penser avec clarté.

— Je dois partir dans une minute.

— Alors tirons à pile ou face, voulez-vous ?

---

1. Voir « Son Excellence », p. 218-260. *(N.d.T.)*

— Pile ou face ?

— Oui, dit Ashenden en sortant une pièce de sa poche. Si c'est face, dites à votre homme d'aller de l'avant et si c'est pile, dites-lui de ne rien faire.

— Très bien.

Ashenden posa la pièce en équilibre sur l'ongle de son pouce et, d'une chiquenaude bien appliquée, l'envoya voler dans les airs. Ils la suivirent des yeux tandis qu'elle tournoyait, et lorsqu'elle retomba sur la table, Ashenden la recouvrit de la main. Ils se penchèrent tous deux en avant pour regarder tandis qu'Ashenden retirait lentement sa main. Herbartus respira profondément.

— Eh bien, voilà qui est réglé, dit Ashenden.

Le linge de Mr. Harrington

Ashenden monta sur le pont et vit devant lui une côte basse et une ville blanche, il ressentit une émotion délicieuse. Il était tôt et le soleil n'était pas encore levé, mais la mer était transparente et le ciel tout bleu ; il faisait déjà bon et la chaleur de la journée menaçait d'être accablante : Vladivostok. On avait réellement l'impression d'être à l'autre bout du monde. C'était un long voyage qu'Ashenden venait d'accomplir de New York à San Francisco, puis à travers le Pacifique sur un bateau japonais jusqu'à Yokohama, et enfin sur un bateau russe au départ de Tsuruki, seul passager anglais pendant la traversée de la mer du Japon. De Vladivostok, il devait prendre le Transsibérien jusqu'à Petrograd. Jamais on ne lui avait confié une mission aussi importante et il se réjouissait des responsabilités qu'il allait devoir prendre. Il n'avait d'ordre à recevoir de personne et disposait de fonds illimités (il portait dans sa ceinture, à même la peau, des lettres de change pour une somme si énorme qu'il en avait le vertige rien que d'y penser) et, même si on lui avait demandé d'accomplir une tâche qui excédait les possibilités humaines, il l'ignorait encore et s'apprêtait à se mettre à l'ouvrage avec confiance. Il avait foi en son habileté. Malgré toute la sympathie et l'admiration qu'il vouait à la sensibilité de la race humaine, il tenait son intelligence en piètre estime : l'homme a toujours eu moins de peine à faire le sacrifice de sa vie qu'à apprendre la table de multiplication.

Ashenden redoutait vaguement ces dix jours qu'il devait passer dans un train russe, d'autant qu'à Yokohama le bruit courait qu'en plusieurs endroits les ponts avaient sauté et que la voie était coupée. On lui avait dit que des bandes armées incontrôlées lui voleraient tout ce qu'il possédait et l'abandonneraient en pleine steppe. La perspective était réjouissante ! Mais le train circulait et quoi qu'il arrive (Ashenden était persuadé que les choses n'allaient jamais aussi mal qu'on l'imagine), il était fermement décidé à le prendre. Il avait l'intention, dès son arrivée, de se rendre au consulat britannique pour voir quelles dispositions avaient été adoptées à son intention ; mais, en approchant de la côte, lorsqu'il aperçut cette ville délabrée et sordide, il sentit le courage lui manquer. Il ne connaissait que quelques mots de russe. Le seul homme qui parlait anglais à bord était le commissaire et, même s'il lui avait promis de tout faire pour l'aider, Ashenden sentait bien qu'il ne fallait pas trop compter sur lui. C'est donc avec soulagement, lorsqu'ils accostèrent, qu'il vit un jeune homme, petit de taille et à la tignasse ébouriffée (un Juif de toute évidence), s'avancer vers lui et lui demander s'il était bien Mr. Ashenden.

— Je m'appelle Bénédict, je suis interprète au consulat britannique. On m'a demandé de me mettre à votre disposition. On vous a réservé une place dans le train de ce soir.

Ashenden reprit courage. Ils débarquèrent. Le petit Juif s'occupa de ses bagages et fit viser son passeport ; puis ils s'installèrent dans une voiture qui les conduisit au consulat.

— J'ai ordre de mettre mes services à votre disposition, dit le consul. Demandez-moi ce que vous voudrez. Je vous ai déniché une place dans le train, mais Dieu seul sait si vous arriverez à Petrograd. Ah, tenez, pendant que j'y pense, je vous ai trouvé un compagnon de voyage. C'est un Américain, un certain Harrington, il se rend à Petrograd pour le compte d'une firme de Philadelphie. Il est chargé de conclure un marché avec le gouvernement provisoire.

— Quel genre d'homme ? demanda Ashenden.

— Très comme il faut. Je l'avais invité à déjeuner avec le consul d'Amérique mais ils sont partis en excursion. Vous devez être à la gare deux heures avant le départ du train. Il y a toujours une mêlée indescriptible et si vous n'arrivez pas à l'avance, on vous « soufflera » votre place.

Le train partait à minuit et Ashenden dîna avec Bénédict au buffet de la gare, apparemment le seul endroit dans cette ville miteuse où l'on pût faire un dîner convenable. La salle était pleine. Le service était d'une lenteur exaspérante. Puis ils se rendirent sur le quai qui, malgré leurs deux heures d'avance, était envahi par une foule houleuse. Des familles entières, juchées sur des piles de bagages, semblaient camper. Des voyageurs couraient dans tous les sens, ou discutaient avec passion par petits groupes. Des femmes criaient. D'autres pleuraient en silence. Une indicible confusion régnait sur toute la scène. La lumière de la gare était faible et froide, et les visages blancs de tous ces gens évoquaient les visages blancs des trépassés attendant patients, anxieux ou pénitents l'heure du Jugement dernier. A peine le train fut-il formé que la plupart des wagons étaient déjà bondés. Lorsque

Bénédict trouva enfin le compartiment d'Ashenden, un homme en surgit, très excité.

— Venez donc vous asseoir, dit-il, j'ai eu toutes les peines du monde à garder votre place. Un individu voulait s'y installer avec sa femme et ses deux enfants. Mon consul vient de le conduire au chef de gare.

— Je vous présente Mr. Harrington, dit Bénédict.

Ashenden pénétra dans le compartiment. Il y avait deux couchettes. Le porteur s'occupa de ses bagages. Il serra la main à son compagnon de voyage.

Mr. John Quincy Harrington était un homme mince, d'une taille au-dessous de la moyenne ; il avait un visage osseux au teint parcheminé et de grands yeux bleu pâle ; lorsqu'il ôta son chapeau pour s'essuyer le front après les tribulations qu'il venait de subir, il découvrit un immense crâne chauve et osseux dont les rides et les protubérances ressortaient de façon déconcertante. Il portait un melon, un veston et un gilet noirs, un pantalon à rayures, un col blanc très haut et une élégante cravate de couleur discrète. Ashenden n'avait aucune idée de la tenue qu'il convient d'adopter pour un voyage de dix jours à travers la Sibérie, mais ce dont il était sûr, c'était que celle de Mr. Harrington était invraisemblable. Il s'exprimait avec précision d'une voix aiguë avec un accent qu'Ashenden reconnut pour être celui de la Nouvelle-Angleterre.

Une minute plus tard, le chef de gare arriva, flanqué d'un Russe barbu, apparemment en proie à la plus violente émotion et suivi d'une dame traînant deux enfants par la main. Le Russe, le visage inondé de larmes, s'adressait, les lèvres tremblantes, au chef de gare, tandis que sa femme, à travers ses sanglots, avait l'air de raconter sa vie. Lorsqu'ils arrivèrent dans le compartiment, l'altercation devint plus violente et Bénédict intervint dans un russe parfait. Sans connaître un traître mot de russe, Mr. Harrington, de toute évidence d'un tempérament bouillant, se lança dans la mêlée et expliqua dans un anglais intarissable que ces places avaient été réservées, respectivement, par le consul de Grande-Bretagne et celui des États-Unis, et que, sans présumer des intentions du roi d'Angleterre, il était sûr que, sans même l'ombre d'un doute, le président des États-Unis ne tolérerait jamais qu'un citoyen américain fût privé d'une place qu'il avait régulièrement payée. Il ne céderait qu'à la force, et, si on le touchait, il déposerait immédiatement une plainte entre les mains de son consul. Il dit tout cela et bien d'autres choses encore au chef de gare qui, bien sûr, n'y comprenait rien mais qui, avec beaucoup de conviction et force gestes, lui adressa un discours plein de véhémence. Cette réponse mit Mr. Harrington au comble de la fureur et, tout en lui brandissant son poing sous le nez, il s'écria, pâle de rage :

— Dites-lui que je ne comprends pas un mot à ses propos et que je ne tiens pas à les comprendre. Si les Russes veulent qu'on les traite en peuple civilisé, pourquoi ne parlent-ils pas une langue civilisée ? Dites-lui que je m'appelle John Quincy Harrington et que je représente la firme Crewe et Adams de Philadelphie et que je suis porteur d'une lettre particulière d'introduction pour Mr. Kerenski et que si on ne me laisse pas en paix dans ce compartiment, Mr. Crewe en référera officiellement à l'administration de Washington.

Le ton de Mr. Harrington était si courroucé et ses gestes si dissuasifs que le chef de gare, battant en retraite, tourna les talons sans un mot et s'éloigna d'un air morne suivi du Russe barbu, de sa femme en grande discussion avec lui et de ses deux enfants apathiques. Mr. Harrington regagna sa place.

— Je suis terriblement navré d'avoir refusé ma place à une dame, mère de deux enfants, s'écria-t-il. Personne ne sait mieux que moi le respect dû à une femme et à une mère de surcroît, mais je dois absolument me rendre à Petrograd si je ne veux pas perdre une commande importante et je n'ai pas l'intention de passer dix jours dans le couloir même pour toutes les mères de la Russie.

— Comme je vous comprends !

— Je suis marié et j'ai moi-même deux enfants. Je sais qu'il est difficile de voyager en famille mais rien ne vous empêche, que je sache, de rester chez vous.

Lorsqu'on reste dix jours enfermé avec le même homme dans un wagon de chemin de fer, il est difficile d'ignorer quoi que ce soit à son égard et pendant dix jours (onze pour être exact), Ashenden resta vingt-quatre heures sur vingt-quatre en compagnie de Mr. Harrington. Ils se rendaient, il est vrai, trois fois par jour au wagon-restaurant pour prendre leur repas, mais ils se retrouvaient face à face ; il est vrai aussi que le train s'arrêtait une heure matin et soir pour leur permettre de faire quelques pas sur le quai, mais là encore ils marchaient côte à côte. Ashenden lia connaissance avec d'autres voyageurs et ils venaient quelquefois bavarder avec lui dans son compartiment ; mais, s'ils ne parlaient que français ou allemand, Mr. Harrington les toisait avec mépris et s'ils parlaient anglais, il ne leur laissait pas placer une parole. Car Mr. Harrington était bavard. Il parlait comme s'il s'agissait d'une fonction naturelle de l'être humain, automatiquement, comme d'autres respirent ou digèrent ; il ne parlait pas parce qu'il avait quelque chose à dire, mais parce qu'il ne pouvait s'en empêcher, d'une voix aiguë et nasillarde, sans la moindre inflexion et sur le même ton monocorde. Il parlait avec précision, usant d'un vocabulaire abondant et tournant ses phrases avec application ; il n'utilisait jamais un mot bref lorsqu'un mot plus long faisait l'affaire, et jamais il ne tarissait. Il n'arrêtait pas. Ce n'était pas un torrent car il n'avait rien d'impétueux, c'était une coulée de lave se déversant irrésistiblement sur les flancs d'un volcan. Elle coulait avec une énergie calme et tranquille, emportant tout sur son passage.

Ashenden pensait qu'il n'en avait jamais autant su à propos de qui que ce soit, non seulement sur lui avec ses opinions, ses habitudes et son cadre de vie, mais sur sa femme et les parents de sa femme, ses enfants et leurs camarades, ses employeurs et les alliances qui, depuis trois ou quatre générations, les rattachaient aux meilleures familles de Philadelphie. Ses ancêtres étaient venus du Devonshire au début du XVIIIe siècle et Mr. Harrington s'était rendu dans le village où se trouvaient encore les tombes de ses aïeux. Il était fier de son ascendance anglaise tout autant que de sa nationalité américaine même si, à ses yeux, l'Amérique se réduisait à une mince bande de terre le long de la côte Atlantique, et les Américains à un petit nombre de personnes d'origine anglaise ou hollandaise dont la descendance n'avait jamais connu d'ingérences étrangères. Il considérait les Allemands, Suédois, Irlandais et autres habitants de l'Europe centrale ou occidentale qui, ces cent dernières années, s'étaient abattus sur les États-Unis comme des intrus. Il se détournait d'eux comme une vieille fille vivant dans un manoir retiré du monde détourne ses regards des cheminées d'usines venues troubler sa retraite.

Un jour qu'Ashenden parlait d'un homme immensément riche possédant quelques-uns parmi les plus beaux tableaux d'Amérique, Mr. Harrington déclara :

— Je ne l'ai jamais rencontré personnellement. Mais ma grand-tante Maria Penn Warmington disait que sa grand-mère était une excellente cuisinière. Elle était sans rivale pour confectionner les chaussons aux pommes.

Mr. Harrington, très attaché à sa femme, s'étendit longuement sur sa culture et ses qualités de mère. Elle avait une santé fragile et avait subi plusieurs opérations qu'il décrivit dans les moindres détails. Lui-même avait subi deux interventions, l'une pour les amygdales, l'autre pour l'appendice et, jour après jour, il conta ses aventures à Ashenden. Tous ses amis s'étaient eux aussi fait opérer et ses connaissances chirurgicales étaient encyclopédiques. Il avait deux fils, tous deux en âge scolaire, et il envisageait sérieusement de les faire opérer. L'un avait curieusement des amygdales dilatées et l'appendice du second ne lui disait rien de bon. Ils étaient si tendrement unis, plus que ne le sont habituellement des frères, qu'un de ses amis, chirurgien à Philadelphie, lui avait proposé de les opérer ensemble pour éviter de les séparer. Il montra à Ashenden des photographies des deux garçons et de leur mère. Ce voyage en Russie constituait leur première séparation ; chaque matin, il écrivait une longue lettre à sa femme, lui racontant tout ce qui s'était passé et ce qu'il avait dit dans la journée. Ashenden le regardait noircir page après page de son écriture nette, régulière et bien formée.

Mr. Harrington avait lu tous les manuels sur l'art de la conversation et n'ignorait aucune de ses finesses. Il avait un petit carnet dans lequel il notait les histoires drôles qu'il avait entendues et il expliqua à Ashenden que, chaque fois qu'il dînait en ville, il en répétait cinq ou six pour ne pas être pris au dépourvu. Il les affectait d'un P si elles pouvaient être racontées en public, et d'un H (pour hommes) si elles étaient réservées aux oreilles moins délicates de la gent masculine. Il était spécialiste de ce type d'anecdotes qui consiste à narrer dans le plus petit détail une histoire longue et sérieuse pour déboucher finalement sur un dénouement comique. Il ne vous épargnait rien ; ainsi, Ashenden, qui avait depuis longtemps deviné la fin, devait-il serrer les poings et froncer les sourcils pour ne pas trahir son impatience, et contraindre sa bouche réticente à laisser échapper un rire sardonique et forcé. Si quelqu'un entrait dans le compartiment au beau milieu de l'histoire, Mr. Harrington lui faisait fête :

— Entrez donc et asseyez-vous. J'étais justement en train de raconter une histoire à mon ami. Il faut que je vous la redise, c'est l'une des plus drôles que je connaisse.

Alors, il recommençait du début et répétait les mêmes mots sans changer la moindre épithète jusqu'au dénouement humoristique. Ashenden suggéra de chercher deux autres personnes dans le train pour faire une partie de bridge, mais Mr. Harrington déclara qu'il n'avait jamais touché une carte de sa vie et lorsque Ashenden, en désespoir de cause, se lança dans une réussite, il prit un air pincé.

— Je n'arrive pas à comprendre comment un homme intelligent peut perdre son temps à jouer aux cartes ; et parmi les distractions futiles, je crois qu'il n'y a pas plus futile que les réussites. Cela tue la conversation. L'homme est un animal social et c'est dans la conversation qu'il exprime ses facultés les plus nobles.

— Il y a une certaine élégance à savoir perdre son

temps, dit Ashenden. N'importe quel imbécile peut gaspiller son argent, mais quand vous perdez votre temps, vous perdez l'irremplaçable. D'ailleurs, rien ne vous empêche de parler, ajouta-t-il avec amertume.

— Comment voulez-vous que je parle quand je vous vois préoccupé de savoir si vous allez tirer un sept de trèfle pour mettre sur votre huit de cœur ? La conversation fait appel aux plus hautes ressources de l'intelligence et, si vous avez étudié votre propos, le moins qu'on puisse attendre c'est que la personne à laquelle on s'adresse vous accorde toute l'attention dont elle est capable.

Il ne disait pas ces mots avec colère mais avec la patience bienveillante d'un homme fort éprouvé. Il énonçait une vérité d'évidence et Ashenden n'y changerait rien. L'artiste ne demande rien d'autre que d'être pris au sérieux.

Mr. Harrington était un lecteur assidu. Il lisait la plume à la main, soulignait les passages qui attiraient son attention et inscrivait ses commentaires en marge de sa fine écriture. Il aimait à discuter ses remarques et lorsque Ashenden, lui-même en train de lire, sentait tout à coup que Mr. Harrington, un livre dans une main et son stylo dans l'autre, posait sur lui ses grands yeux pâles, il en avait de violentes palpitations. Il n'osait plus lever les yeux ni même tourner la page car il savait que Mr. Harrington en tirerait prétexte pour se lancer dans un discours. Il demeurait l'œil rivé désespérément sur le même mot, comme un moineau hypnotisé, et ne s'aventurait à reprendre sa respiration que lorsque Mr. Harrington, battant en retraite, recommençait sa lecture. Il avait entrepris de lire une histoire de la Constitution américaine en deux volumes et, pour se détendre, il parcourait un gros volume censé rassembler tous les plus grands discours du monde. Car Mr. Harrington, orateur du dimanche, avait lu tous les traités sur l'art de parler en public. Il savait exactement comment s'attirer les faveurs de son audience, à quel moment il convient d'employer les mots sérieux qui touchent les cœurs, comment captiver l'attention par quelques anecdotes bien senties et, finalement, quel ton choisir, suivant les circonstances, pour placer sa péroraison.

Mr. Harrington adorait lire à haute voix. Ashenden avait eu fréquemment l'occasion d'observer cette désastreuse tendance chez les Américains. Souvent, dans les salons d'hôtel, le soir après le dîner, on voit le père de famille se retirer dans un coin avec sa femme, ses deux fils et sa fille pour leur faire la lecture. Sur les transatlantiques, il avait souvent avec effroi observé ce grand monsieur maigre d'aspect autoritaire qui, assis au milieu d'une quinzaine de dames d'âge mûr, lisait d'une voix forte l'histoire de l'art. Dans ses promenades sur le pont, il avait remarqué des couples en voyage de noces étendus sur des chaises longues et surpris les accents recueillis de la jeune mariée en train de lire à son mari les pages d'un roman populaire. C'était à ses yeux une étrange façon de témoigner sa tendresse. Certains amis s'étaient proposés pour lui faire la lecture et il connaissait des femmes qui ne demandaient que ça, mais il avait toujours poliment décliné l'invitation et repoussé fermement la perche qui lui était tendue. Il avait autant horreur de faire la lecture que de subir celle des autres. Au fond de son cœur, il avait le sentiment que cette prédilection nationale pour ce type de passe-temps était la seule faille dans la perfection de l'âme américaine. Mais les dieux immortels, toujours prêts à se divertir aux dépens des humains, le livraient pieds et poings liés au couteau du sacrificateur.

Mr. Harrington, qui se piquait d'être un excellent lecteur, lui expliqua la théorie et la pratique de cet art. Ashenden apprit qu'il y a deux écoles, la dramatique et la naturelle ; selon les tenants de la première, il faut imiter les voix dans le cas d'un roman : ainsi lorsque l'héroïne se lamente, on se lamente avec elle et lorsque l'émotion étreint sa voix, la vôtre aussi subit le même sort ; selon l'autre école, il faut lire avec la même indifférence que si vous lisiez les tarifs d'une maison de vente par correspondance. Et Mr. Harrington se réclamait de cette école.

En dix-sept années de vie conjugale, il avait lu à sa femme et à ses fils, dès qu'ils avaient été en âge de les apprécier, les romans de Walter Scott, Jane Austen, Dickens, des sœurs Brontë, Thackeray, George Eliot, Nathaniel Hawthorne et William Dean Howells. Ashenden en arriva à la conclusion que lire à haute voix était devenu chez Mr. Harrington une seconde nature et que l'obliger à y renoncer le rendait aussi malheureux qu'un fumeur invétéré privé de tabac. Mais il vous prenait par surprise.

— Écoutez ça, non, mais écoutez ça ! s'écriait-il, comme s'il était soudain frappé par l'excellence d'une maxime ou l'élégance d'une expression. Dites-moi un peu ce que vous en pensez. Il ne s'agit que de trois lignes.

Il les lisait et Ashenden était tout disposé à lui accorder un moment d'attention, puis, sans même reprendre son souffle, il enchaînait et débitait des pages et des pages, sans discontinuer, de sa voix pointue et compassée, sans relief ni intonation. Ashenden s'agitait, croisait et décroisait les jambes, allumait des cigarettes et les fumait, changeait de position. Mr. Harrington continuait, imperturbable. Le train musardait à travers les steppes interminables de la

Sibérie et Mr. Harrington continuait toujours sa lecture. A la fin d'un grand discours d'Edmund Burke, il posa son livre d'un air triomphant.

— Voilà pour moi l'une des plus belles oraisons de la langue anglaise. C'est certainement une partie de notre patrimoine commun que nous pouvons considérer avec le plus de fierté.

— Est-ce que cela ne vous refroidit pas un tantinet de savoir que tous les auditeurs de ce discours sont morts à présent ? remarqua Ashenden d'un ton sinistre.

Mr. Harrington était sur le point de rétorquer que cela n'avait rien d'étonnant puisque le discours datait du XVIIIe siècle quand l'idée lui vint qu'Ashenden (se comportant merveilleusement dans l'adversité comme ne manquerait pas d'observer tout esprit impartial) voulait plaisanter. Il lui donna une claque sur le genou et éclata de rire.

— Ah ! Celle-là, c'est la meilleure ! je vais la noter dans mon calepin. Je vois très bien dans quelles circonstances je pourrai la placer au cours d'un dîner d'affaires.

Mr. Harrington était « vieux jeu » ; mais cette expression dont use le populaire en guise de dérision, il l'acceptait comme l'instrument de son martyre, comme saint Laurent le gril ou sainte Catherine la roue du supplice, comme un titre honorifique. Il s'en faisait gloire.

— Emerson aussi était « vieux jeu », disait-il. Longfellow aussi et Oliver Holmes ou James Russell Lowell.

L'intérêt que Mr. Harrington portait à la littérature américaine ne l'avait jamais amené à dépasser la période où ces écrivains éminents, mais pas particulièrement passionnants, faisaient encore recette.

Mr. Harrington était un raseur. Il exaspérait Ashenden et le faisait sortir de ses gonds. Il lui tapait sur les nerfs et le mettait dans des rages folles. Mais Ashenden ne le détestait pas. Sa fatuité était à la fois si énorme et si ingénue qu'il était impossible de lui en tenir rigueur ; sa vanité était si enfantine qu'elle prêtait plutôt à sourire. Il était si bien intentionné, si prévenant, si respectueux, si poli que, tout en se disant qu'il aurait pu le tuer de sang-froid, Ashenden ne pouvait nier que, dans ce court espace de temps, il avait conçu à l'égard de Mr. Harrington quelque chose qui ressemblait fort à de l'affection. Ses manières étaient parfaites, pointilleuses et un peu recherchées (mais comment s'en formaliser, si l'on sait que les bonnes manières, produits d'une société artificielle, s'accommodent très bien des perruques poudrées et des jabots de dentelle) et même si elles émanaient spontanément de sa bonne éducation, ses qualités de cœur leur conféraient une valeur très attachante. Il ne demandait qu'à rendre service et ne reculait devant rien pour obliger son prochain. Il était éminemment *serviable*[1]. Il est possible que ce mot soit intraduisible car la charmante qualité qu'il dénote est assez peu commune dans nos sociétés pragmatiques. Pendant les deux jours où Ashenden fut malade Mr. Harrington le soigna avec dévouement. Ashenden était embarrassé de le voir se donner autant de mal et, bien que se tordant de douleur, il ne pouvait s'empêcher de rire du soin méticuleux qu'il mettait pour prendre sa température, extraire toute une kyrielle de médicaments de son bagage bien rangé et veiller sur sa santé d'une main ferme. Il était sensible à toute la peine qu'il prenait pour se procurer au wagon-restaurant les aliments

1. En français dans le texte. *(N.d.T.)*

qu'il savait convenir à son état. Il faisait tout ce qui était en son pouvoir, excepté se taire.

Il ne se taisait que lorsqu'il se changeait car alors son esprit pudibond était tout entier occupé à résoudre le problème qui consistait à changer de vêtements devant Ashenden sans manquer à la décence. Il était extrêmement pudique. Il changeait de linge tous les jours : tirant méticuleusement un vêtement de sa valise et rangeant soigneusement le linge sale ; mais il accomplissait des prodiges pour éviter de mettre à nu la moindre parcelle de son individu. Au bout d'un ou deux jours, Ashenden, qui avait renoncé à lutter pour se tenir en état dans ce train sale avec un seul W.-C. par wagon, devint aussi crasseux que le reste des voyageurs ; mais Mr. Harrington refusait d'abdiquer devant l'adversité : il se livrait à une toilette en règle malgré les impatients qui secouaient la poignée de la porte, et revenait chaque matin des toilettes, lavé, rasé de frais et fleurant bon la savonnette. Une fois qu'il avait endossé son veston noir, son pantalon à rayures et ses souliers bien astiqués, il avait l'air aussi pimpant que s'il sortait de sa petite villa de brique rouge à Philadelphie pour prendre le tramway qui le conduisait à son bureau. Un jour, on annonça qu'on avait essayé de faire sauter un pont et qu'il y aurait des perturbations à la prochaine gare après le fleuve ; le train risquait d'être arrêté et les passagers livrés à eux-mêmes ou capturés. Ashenden, pensant être séparé de ses bagages, prit la précaution de revêtir ses vêtements les plus chauds, de sorte que, s'il devait passer l'hiver en Sibérie, il n'ait pas, autant que possible, à souffrir du froid ; mais Mr. Harrington ne voulait pas entendre raison ; il se refusa à toute précaution et Ashenden avait le sentiment que, s'il devait passer trois mois dans une prison russe, il n'en resterait pas moins tiré à quatre épingles. Une troupe de Cosaques occupa le train, avec des sentinelles postées l'arme au poing sur la plate-forme de chaque wagon, et le train s'engagea prudemment sur le pont endommagé ; puis ils arrivèrent à la gare où le danger avait été signalé et passèrent en trombe en forçant la vapeur. Mr. Harrington se moqua gentiment d'Ashenden lorsqu'il le vit enfiler une tenue plus estivale.

Mr. Harrington était un homme d'affaires averti. Il était évident qu'il fallait se lever de bonne heure pour le gruger et Ashenden était persuadé que ses employeurs avaient été bien inspirés en lui confiant cette mission. Il mettrait toutes ses forces à sauvegarder leurs intérêts et, s'il réussissait à arracher un marché aux autorités russes, il serait certainement avantageux. Sa fidélité à l'égard de sa firme l'exigeait. Il parlait de ses chefs avec un attachement respectueux. Il les chérissait et en était fier ; il n'enviait même pas leur colossale fortune. Il était satisfait de recevoir un salaire et s'estimait justement rétribué ; tant qu'il pouvait offrir une éducation à ses fils et assurer un avenir à sa veuve, l'argent n'avait pas d'importance à ses yeux. Pour lui, il y avait quelque chose de vulgaire dans la richesse. Il considérait que la culture était plus importante que l'argent. Il ne le gaspillait pas et, après chaque repas, il notait avec exactitude toutes ses dépenses dans son calepin. Sa firme n'avait rien à craindre : il ne lui demanderait pas un sou de plus que les sommes qu'il avait engagées. Mais, lorsqu'il s'aperçut que des malheureux venaient mendier à chaque gare et qu'ils étaient réellement réduits à la mendicité par la guerre, il prenait soin, avant chaque halte, de se munir de tout un stock de petite monnaie et, d'un air embarrassé et tout en se moquant de sa faiblesse à l'égard de ces imposteurs, il distribuait tout ce qu'il avait dans les poches.

— Je sais bien qu'ils n'en sont pas dignes, disait-il, mais je ne le fais pas pour eux. C'est uniquement pour ma tranquillité d'esprit. Je serais vraiment trop mal à l'aise si je savais qu'un homme a faim après que je lui ai refusé le prix d'un repas.

Mr. Harrington était absurde mais attachant. Il était tout aussi inconcevable d'être malpoli à son égard que de frapper un enfant ; aussi Ashenden, bouillant intérieurement mais tâchant de faire bonne figure, supportait, en silence et dans un esprit d'authentique charité chrétienne, le calvaire que lui imposait la présence de cet être doux mais impitoyable. Il fallait, à l'époque, onze jours pour rejoindre Petrograd, et Ashenden avait le sentiment qu'il n'aurait pas pu résister un jour de plus. Au douzième jour, il aurait tué Mr. Harrington.

Lorsque enfin ils arrivèrent dans les faubourgs de Petrograd (Ashenden sale et fatigué, Mr. Harrington frais et dispos et toujours aussi pontifiant), Mr. Harrington s'exclama en contemplant les quartiers surpeuplés de la ville :

— Eh bien, ces onze jours ont passé à la vitesse de l'éclair. Quel voyage admirable ! J'ai apprécié votre compagnie et je suis sûr qu'il en a été de même pour vous. A présent que nous avons fait connaissance, il ne faut surtout pas nous séparer. Il faudra tâcher de nous rencontrer le plus souvent possible à Petrograd.

— Je vais être bien occupé, dit Ashenden. Il me sera difficile de disposer de mon temps.

— Je sais, répondit Mr. Harrington, cordialement. Je serai moi-même très occupé, mais nous pouvons toujours prendre le petit déjeuner ensemble et comparer nos notes en fin de journée. Ce serait trop triste de nous séparer.

— Trop triste, en effet, soupira Ashenden.

Quand Ashenden se retrouva pour la première fois seul dans sa chambre d'hôtel, il s'assit pour regarder autour de lui. Il semblait parti depuis des années. Il n'avait pas le courage de défaire ses bagages. Il revoyait toutes ces chambres d'hôtel qu'il avait connues depuis le début de la guerre, somptueuses ou sordides, dans une région ou une autre, dans telle ou telle partie du monde. Il lui semblait avoir vécu avec ses bagages depuis toujours. Il était las. Il se demandait comment il allait se tirer de la mission qu'on lui avait confiée. Il se sentait perdu dans l'immensité de la Russie et bien seul. Il s'était récrié lorsqu'on lui avait proposé cette mission, elle dépassait ses possibilités, mais on n'avait pas tenu compte de ses protestations. Il avait été choisi non pas parce que les autorités pensaient qu'il était l'homme idéal, mais parce qu'il n'y avait personne d'autre de plus qualifié. On frappa à la porte et Ashenden, heureux d'utiliser les quelques mots qu'il connaissait, répondit en russe. La porte s'ouvrit. Il se dressa d'un bond :

— Entrez donc, dit-il, je suis heureux de vous voir.

Trois hommes entrèrent. Il les connaissait de vue car ils avaient voyagé ensemble entre San Francisco et Yokohama, mais, selon leurs instructions, ils n'étaient jamais entrés en relation. Ces Tchèques, exilés de leur pays comme révolutionnaires et depuis longtemps établis en Amérique, avaient été envoyés en Russie pour aider Ashenden dans sa mission et le mettre en contact avec le professeur Z. dont l'autorité sur les Tchèques de Russie était totale. Leur chef était un certain Dr Egon Orth, homme grand et sec avec une petite tête grisonnante ; il était pasteur dans une église du Middle West et était docteur en théologie, mais il avait abandonné sa charge pour se consacrer à la libération de son pays ; Ashenden avait l'impression que c'était un homme intelligent et assez accommodant sur les questions de conscience. Un pasteur illuminé a, sur le commun des mortels, l'avantage de pouvoir se convaincre qu'il a l'approbation du Tout-Puissant dans toutes ses entreprises. Le Dr Orth avait un éclair de malice dans les yeux et un humour caustique.

Ashenden avait déjà eu deux entretiens secrets avec lui à Yokohama et il avait appris que le professeur Z., bien qu'impatient de libérer son pays du joug autrichien et convaincu que ce but ne pouvait être atteint qu'après la défaite des Empires centraux, s'était joint corps et âme à la cause des Alliés tout en conservant des réticences ; il se refusait à commettre des actes allant à l'encontre de ses principes et exigeait que tout soit fait au grand jour si bien que certaines choses indispensables devaient être réalisées sans son assentiment. Son influence était si grande qu'il était impossible de négliger ses exigences ; pourtant, en une occasion, il sembla préférable de ne pas trop l'informer sur ce qui se passait.

Le Dr Orth, arrivé à Petrograd une semaine avant Ashenden, lui exposa ce qu'il savait de la situation. On semblait avoir atteint une phase critique et si quelque chose devait être tenté, c'était maintenant ou jamais. L'armée, insatisfaite, était en pleine mutinerie, le gouvernement du faible Kerenski était chancelant ; il ne conservait le pouvoir que parce que personne d'autre n'avait le courage de le lui arracher, la famine guettait le pays et, déjà, les Allemands s'apprêtaient à marcher sur Petrograd. Les ambassadeurs de Grande-

Bretagne et des États-Unis avaient été informés de l'arrivée d'Ashenden, mais sa mission devait demeurer secrète même pour eux car il y avait des raisons particulières qui l'empêchaient de chercher leur appui. Il demanda au Dr Orth de lui obtenir un rendez-vous avec le professeur Z. pour connaître son opinion et lui expliquer qu'il avait les fonds pour financer toute entreprise susceptible d'éviter ce que les Alliés redoutaient comme une catastrophe : une paix séparée avec la Russie. Il lui fallait contacter des personnalités importantes dans tous les milieux. Mr. Harrington, avec sa mission commerciale et ses lettres de recommandation, allait être en contact avec les membres du gouvernement, il lui faudrait un interprète. Le Dr Orth parlait le russe comme sa langue maternelle. Ashenden se dit qu'il jouerait ce rôle à merveille. Il lui expliqua les circonstances et il fut convenu que, pendant qu'Ashenden et Mr. Harrington seraient en train de déjeuner, le Dr Orth l'aborderait comme s'ils ne s'étaient pas déjà rencontrés et il se ferait présenter Mr. Harrington ; puis Ashenden, au détour de la conversation, suggérerait que la Providence lui envoyait l'homme de la situation.

Mais Ashenden pensait qu'une autre personne pouvait lui être utile.

— Avez vous entendu parler d'Anastasia Alexandrovna Léonidov ? C'est la fille d'Alexandre Denisiev.

— Je la connais très bien.

— J'ai des raisons de penser qu'elle se trouve à Petrograd. Pouvez-vous savoir où elle habite et ce qu'elle fait actuellement ?

— Certainement.

Le Dr Orth s'adressa en tchèque à l'un des deux hommes qui l'accompagnaient. Ils avaient tous deux l'air de rusés compères, l'un grand et blond, l'autre petit et brun, mais ils étaient plus jeunes que le Dr Orth et Ashenden comprit qu'ils étaient là pour exécuter ses ordres. L'homme s'inclina, se leva, serra la main d'Ashenden et sortit.

— Vous aurez tous les renseignements cet après-midi.

— Bon, eh bien, il n'y a plus grand-chose à faire pour l'instant, dit Ashenden. A dire vrai, cela fait onze jours que je n'ai pas pris de bain et j'en ai bien besoin.

Ashenden ne savait pas trop s'il était préférable de méditer dans un wagon de chemin de fer ou dans une baignoire. En ce qui concerne la création, il avait plutôt tendance à préférer un train se déplaçant lentement et sans à-coups, et certaines parmi ses meilleures idées lui étaient venues alors qu'il traversait les plaines de France ; mais, pour les plaisirs de la mémoire ou pour broder agréablement sur un thème donné, à coup sûr rien ne valait un bain chaud. A présent, tout en barbotant dans l'eau savonneuse comme un buffle dans un marécage, il songeait au caractère burlesque et sinistre de ses relations avec Anastasia Alexandrovna Léonidov.

Rien au cours de ces récits n'a pu laisser soupçonner qu'Ashenden fût occasionnellement sensible à la passion ironiquement qualifiée de tendre. Les spécialistes en la matière, ces charmantes créatures qui font commerce de ce que les philosophes considèrent comme une diversion, prétendent que les écrivains, les peintres et les musiciens, tous ceux qui, en bref, ont affaire avec les arts, font assez piètre figure dans la relation amoureuse. Il y a beaucoup de fumée, et peu de feu. Ils délirent et soupirent, font de belles phrases ou prennent des poses romantiques, mais le moment venu, comme ils pensent à leur art ou à eux-mêmes (ce qui, dans leur esprit, revient au même) plus qu'à l'objet de leurs tourments, ils n'offrent que du vent alors que ledit objet, avec le sens pratique qui caractérise son sexe, exige des témoignages plus tangibles. Tout cela est possible et c'est peut-être la raison (jamais mise en évidence) de la haine farouche que les femmes nourrissent contre les arts. Quoi qu'il en soit, au cours des vingt dernières années, le cœur d'Ashenden avait souvent battu la chamade pour de charmantes créatures. Il en avait tiré beaucoup de plaisir qu'il avait dû payer de pas mal de tourments et, même lorsqu'il se trouvait dans les affres d'un amour non partagé, il avait toujours la ressource de se dire, en faisant la grimace, qu'après tout, cela apportait de l'eau à son moulin.

Anastasia Alexandrovna Léonidov était la fille d'un révolutionnaire qui, après s'être évadé de Sibérie où il avait été envoyé aux travaux forcés à perpétuité, s'était installé en Angleterre. C'était un homme compétent et, pendant trente ans, il avait vécu de sa plume nerveuse et s'était même taillé une place de choix dans le monde des lettres anglaises. Quand Anastasia Alexandrovna Léonidov fut en âge de se marier, elle épousa Vladimir Séménovitch Léonidov, lui aussi exilé, et c'est quelques années après son mariage qu'Ashenden fit la connaissance d'Anastasia. L'Europe découvrait alors la Russie. Tout le monde lisait les écrivains russes, les Ballets russes captivaient l'attention du monde civilisé, les compositeurs russes faisaient vibrer la sensibilité de ceux qui commençaient à se détourner de Wagner. L'art russe s'abattit sur l'Europe avec la virulence d'une épidémie de grippe. De nouvelles expressions furent en vogue, de nouvelles couleurs, de nouvelles émotions et les intellectuels n'hésitaient pas une minute à se déclarer affiliés à l'*intelligentsia*. C'était un mot difficile à épeler mais facile à répéter. Ashenden fit comme tout le monde, il changea les coussins du salon, suspendit des icônes aux murs, se mit à lire Tchekhov et fréquenta les Ballets.

Les circonstances, la naissance et l'éducation désignaient Anastasia Alexandrovna pour faire partie de l'intelligentsia. Elle vivait en compagnie de son mari dans une petite maison près de Regent's Park où toutes les notabilités du monde des lettres londoniennes pouvaient admirer, avec une humilité respectueuse, de grands géants barbus au visage blême adossés aux murs comme des caryatides en mal de promenade ; ils étaient tous, comme un seul homme, révolutionnaires et c'était miracle s'ils avaient échappé aux mines de Sibérie. Les femmes de lettres portaient à leurs lèvres frémissantes un verre de vodka. Avec un peu de chance et par faveur extrême, vous pouviez serrer la main de Diaghilev, et, de temps à autre, comme une fleur de pêcher emportée par la brise, Pavlova en personne faisait des apparitions. A cette époque-là, le succès d'Ashenden ne portait pas encore ombrage aux intellectuels (dont il avait fait partie dans sa jeunesse) et, même si quelques-uns commençaient à le regarder de travers, la plupart (créatures optimistes ayant foi en la nature humaine) nourrissaient toujours quelques espoirs à son égard. Anastasia Alexandrovna lui dit ouvertement qu'il faisait partie de l'intelligentsia. Ashenden était tout disposé à le croire. Il était, d'ailleurs, prêt à croire n'importe quoi. Il frémissait d'émotion et d'enthousiasme. Il lui semblait être enfin sur le point de saisir cet insaisissable esprit romanesque qu'il poursuivait depuis si longtemps. Anastasia Alexandrovna avait de beaux yeux et la tournure avantageuse quoiqu'un peu voluptueuse à notre goût d'aujourd'hui, des pommettes saillantes, un nez épaté (qui faisait très tartare), une large bouche découvrant de grandes dents carrées et une peau très claire. Ses toilettes étaient plutôt tapageuses. Dans ses yeux sombres et mélancoliques, Ashenden découvrait les steppes illimitées de la Russie, le Kremlin avec ses cloches sonnant à toute volée, les cérémonies solennelles de la Pâque à Saint-Isaac, des forêts de bouleaux argentés et la perspective Nevski ; c'était inouï tout ce qu'il voyait dans ces yeux ronds, brillants et légèrement globuleux comme ceux des pékinois. Ensemble, ils parlaient de l'Aliocha des *Frères Karamazov*, de la Natacha de *Guerre et Paix*, d'*Anna Karénine* et de *Pères et Fils*.

Ashenden ne tarda pas à découvrir que son mari était tout à fait indigne d'elle et apprit presque aussitôt qu'Anastasia partageait son opinion. Vladimir Séménovitch était un homme petit avec une tête allongée qui avait l'air d'avoir été étirée comme de la pâte à modeler, surmontée d'une tignasse de cheveux en bataille. C'était un être doux et effacé, et il était difficile de croire que le gouvernement tsariste avait pu prendre ombrage de ses menées révolutionnaires. Il enseignait le russe et écrivait pour divers journaux moscovites. Il était aimable et serviable. Ces qualités lui étaient d'ailleurs indispensables car Anastasia Alexandrovna avait du caractère : lorsqu'elle avait mal aux dents, Vladimir Séménovitch subissait le supplice des damnés et, quand son cœur saignait pour les souffrances de son pauvre pays, Vladimir Séménovitch en venait à maudire jusqu'au jour de sa naissance. Ashenden ne pouvait s'empêcher de reconnaître qu'il était pitoyable, mais il était si inoffensif qu'il était difficile de ne pas l'aimer ; aussi lorsque, le moment venu, il déclara sa flamme à Anastasia

Alexandrovna et qu'à sa grande joie il découvrit qu'elle était partagée, il ne sut plus sur quel pied danser avec Vladimir. Ni Anastasia Alexandrovna ni lui-même ne pouvaient envisager la pensée de se quitter pour une minute et Ashenden craignait qu'en raison de ses opinions révolutionnaires et tout le reste, elle ne consentît jamais à l'épouser, mais, légère surprise et immense soulagement, elle accepta avec enthousiasme.

— Est-ce que, selon vous, Vladimir Séménovitch acceptera le divorce ? demanda-t-il, assis sur le sofa, en la tenant par la main, les reins calés contre des coussins dont la couleur évoquait la viande crue en décomposition.

— Vladimir m'adore, s'exclama-t-elle, il en aura le cœur brisé.

— C'est un gentil garçon, je ne voudrais pas qu'il ait trop de peine. J'espère qu'il s'en remettra.

— Il ne s'en remettra jamais. Les Russes sont ainsi faits. Je suis sûre que, lorsque je l'aurai quitté, il aura l'impression que la vie ne vaut plus la peine d'être vécue. Jamais personne n'a été épris d'une femme comme il l'est de moi. Mais, bien sûr, il refusera de se mettre en travers de mon bonheur. Il est bien trop noble pour cela. Il comprendra que puisqu'il s'agit d'accomplir ma destinée, je n'ai pas le droit d'hésiter. Vladimir me rendra ma liberté sans problème.

A cette époque, la loi sur le divorce en Angleterre était encore plus compliquée et absurde qu'elle ne l'est de nos jours ; à toutes fins utiles, Ashenden expliqua à Anastasia Alexandrovna les difficultés de l'entreprise. Il glissa doucement sa main dans la sienne.

— Vladimir n'acceptera jamais que je m'expose

au scandale vulgaire d'un divorce public. Quand je lui dirai que j'ai décidé de vous épouser, il se suicidera.

— Mais c'est horrible ! s'écria Ashenden.

Il était sidéré mais bouleversé. On était en plein roman russe. Devant ses yeux se déroulait, page après page, le récit terrible dans lequel Dostoïevski aurait décrit cette situation. Il imaginait les déchirements de ces personnages, les bouteilles de champagne fracassées, les visites aux tsiganes, la vodka, les syncopes, les extases et les interminables discours de tous les héros. Tout cela serait épouvantable, merveilleux et terrifiant.

— Nous serons très malheureux, ajouta Anastasia Alexandrovna, mais je ne vois pas d'autre solution. Je ne peux pas lui demander de vivre sans moi. Il serait comme un bateau à la dérive ou une voiture sans carburateur. Je le connais bien, mon Vladimir. Il se suicidera.

— De quelle façon ? demanda Ashenden, qui avait la passion des réalistes pour le détail précis.

— Il se fera sauter la cervelle.

Ashenden se souvint de *Rosmersholm*. Autrefois, il avait été ibsénien fanatique et avait même envisagé d'apprendre le norvégien pour mieux saisir, en lisant le maître dans le texte original, l'essence de sa pensée. Une fois, il avait même aperçu Ibsen en chair et en os en train de boire une bière à Munich.

— Mais vous croyez vraiment que nous pourrons vivre une seconde avec la mort de cet homme sur la conscience ? demanda-t-il. J'ai l'impression que son cadavre restera toujours entre nous.

— Je sais que nous allons souffrir horriblement, mais que faire d'autre ? C'est la vie. Il nous faut penser à Vladimir et à son bonheur. Il préférera se suicider.

Elle détourna la tête et Ashenden vit de grosses larmes rouler sur ses joues. Il était très ému car il avait le cœur tendre. C'était horrible de penser à ce pauvre Vladimir la tête trouée d'une balle.

Les Russes, eux, savent prendre la vie du bon côté !

Quand Anastasia Alexandrovna eut dominé son émotion, elle se tourna gravement vers lui. Elle le regarda de ses yeux ronds, humides et légèrement globuleux.

— Il nous faut être absolument sûrs de ce que nous allons faire. Je ne me pardonnerais jamais d'avoir laissé Vladimir se suicider si je découvrais ensuite que je m'étais trompée. Je pense qu'il faut que nous ayons la certitude que nous nous aimons.

— Mais en doutez-vous ? s'exclama Ashenden d'une voix sourde et vibrante. Moi, j'en suis sûr.

— Allons passer une semaine à Paris pour voir si nous nous entendons. Après, nous saurons à quoi nous en tenir.

Ashenden était plutôt traditionaliste et cette suggestion le prit au dépourvu. L'espace d'un instant seulement. Anastasia Alexandrovna était admirable. Elle était vive d'esprit, elle remarqua ce moment d'hésitation.

— J'espère que vous n'avez pas de préjugés bourgeois ? dit-elle.

— Bien sûr que non, s'empressa-t-il de répondre, car il aurait cent fois préféré être traité d'idiot plutôt que de bourgeois. C'est une idée merveilleuse.

— Pourquoi une femme risquerait-elle sa vie sur un coup de dés ? Impossible de connaître vraiment un homme si on n'a pas vécu avec lui. Il est juste qu'elle ait une chance de changer d'avis avant qu'il ne soit trop tard.

— Bien sûr, ajouta Ashenden.

Anastasia Alexandrovna n'était pas femme à laisser traîner les choses et, après les préparatifs nécessaires, ils partirent pour Paris le samedi suivant.

— Je ne dirai pas à Vladimir que je pars avec vous, dit-elle, il en serait malheureux.

— Et ça serait bien dommage, ajouta Ashenden.

— Et si, à la fin de la semaine, j'en viens à la conclusion que nous nous sommes trompés, il ne se doutera jamais de rien.

— Fort bien, dit Ashenden.

Ils se retrouvèrent à la gare Victoria.

— Nous voyageons en quelle classe ? demanda-t-elle.

— En première.

— J'en suis ravie. Père et Vladimir voyagent en troisième par conviction mais, comme je suis toujours malade dans le train, j'aime appuyer ma tête sur l'épaule de quelqu'un. En première, c'est plus facile.

Dès que le train démarra, Anastasia Alexandrovna déclara qu'elle avait mal au cœur. Elle ôta son chapeau et appuya sa tête sur l'épaule d'Ashenden. Il passa son bras autour de sa taille.

— Ne bougez surtout pas, voulez-vous ? dit-elle.

A peine fut-elle sur le bateau, qu'elle se précipita aux toilettes, mais arrivée à Calais, elle était prête à faire honneur à un bon repas. Lorsqu'ils reprirent le train, elle ôta de nouveau son chapeau et appuya sa tête sur l'épaule d'Ashenden. Comme il avait envie de lire, il prit un livre.

— Ça ne vous ferait rien de ne pas lire ? dit-elle. J'ai besoin d'être soutenue et lorsque vous tournez les pages, je me sens toute drôle.

Ils arrivèrent enfin à Paris et s'installèrent dans un petit hôtel de la rive gauche que connaissait Anastasia Alexandrovna. Elle prétendait qu'il avait du caractère.

Elle ne pouvait supporter les grands hôtels luxueux de l'autre rive, ils étaient désespérément vulgaires et bourgeois.

— Je n'ai aucune préférence, dit Ashenden, pourvu qu'il y ait une salle de bains.

Elle sourit en lui pinçant la joue.

— Vous êtes adorablement anglais. Vous ne pouvez pas vous passer d'une salle de bains pour une semaine. Mon ami, vous avez encore beaucoup à apprendre.

Ils discutèrent jusqu'à très tard dans la nuit, de Maxime Gorki et de Karl Marx, de la destinée humaine, de l'amour et de la fraternité des hommes ; ils absorbèrent d'innombrables tasses de thé russe ; aussi, le lendemain, Ashenden aurait volontiers pris son petit déjeuner au lit et fait la grasse matinée jusqu'au déjeuner, mais Anastasia Alexandrovna était matinale. La vie est si brève et il y a tant de choses à faire que c'est péché de prendre son petit déjeuner après huit heures trente. Ils descendirent dans une salle à manger sordide dont les fenêtres ne semblaient pas avoir été ouvertes depuis un mois. Mais elle avait du caractère. Ashenden demanda à Anastasia Alexandrovna ce qu'elle voulait prendre.

— Des œufs brouillés, dit-elle.

Elle mangea de bon appétit. Ashenden avait déjà remarqué qu'elle avait un bon coup de fourchette. Il en attribuait la cause au caractère russe : impossible d'imaginer Anna Karénine en train de déjeuner d'une biscotte et d'une tasse de café !

Après le petit déjeuner, ils allèrent au Louvre et, l'après-midi, au Luxembourg. Ils dînèrent de bonne heure pour aller à la Comédie-Française ; puis ils allèrent danser dans un cabaret russe. Le lendemain matin, quand ils se retrouvèrent dans la salle à manger et qu'Ashenden demanda à Anastasia Alexandrovna ce qu'elle désirait, elle répondit :

— Des œufs brouillés.

— Mais nous en avons déjà pris hier.

— Prenons-en encore aujourd'hui.

— Fort bien !

Ils passèrent la journée de la même façon que la veille : avec le musée Carnavalet à la place du Louvre et le musée Guimet à la place du Luxembourg.

Quand, le lendemain, Anastasia Alexandrovna demanda de nouveau des œufs brouillés, Ashenden se sentit défaillir.

— Mais nous en avons déjà mangé hier et avant-hier.

— N'est-ce pas une bonne raison pour en redemander aujourd'hui ?

— Je ne crois pas.

— Votre sens de l'humour vous ferait-il défaut ce matin ? Je mange des œufs brouillés tous les jours. Et je ne les tolère pas autrement.

— Bon, alors, dans ce cas, allons-y pour les œufs brouillés.

Mais le surlendemain, il n'y tint plus.

— Vous prenez des œufs brouillés comme d'habitude ? demanda-t-il.

— Bien sûr, dit-elle avec un sourire affectueux, découvrant une double rangée de grosses dents carrées.

— Bon, je vais en commander pour vous mais, pour moi, ce sera des œufs sur le plat.

Le sourire disparut de ses lèvres.

— Allons donc !

Elle marqua une pause.

— Est-ce bien raisonnable ? Est-il juste d'imposer au cuisinier un surcroît de travail ? Vous autres

Anglais, vous êtes tous les mêmes, vous considérez les domestiques comme des machines. Ne vous est-il jamais venu à l'idée qu'ils ont un cœur comme vous, les mêmes sentiments et les mêmes émotions ? Allez donc vous étonner si le prolétariat bouillonne de colère quand des bourgeois comme vous affichent un égoïsme aussi monstrueux ?

— Pensez-vous vraiment que la révolution va éclater en Angleterre si, à Paris, je préfère les œufs frits aux œufs brouillés ?

Elle secoua la tête d'indignation.

— Vous ne comprenez rien. C'est une question de principe. Vous pensez que ce n'est pas sérieux, je vois bien que vous plaisantez et j'apprécie l'humour comme tout le monde et, d'ailleurs, Tchekhov est bien connu en Russie pour son sens de l'humour. Mais ne voyez-vous donc pas de quoi il s'agit ? Toute votre attitude dénote l'incompréhension. Vous manquez de cœur. Vous ne tiendriez pas ce langage si vous aviez vécu les événements de 1905 à Saint-Pétersbourg. Quand je revois les foules massées à genoux devant le palais d'Hiver, femmes et enfants subissant la charge des Cosaques, alors je dis non, non et non !

Ses yeux s'emplirent de larmes et son visage se tordit de douleur. Elle prit la main d'Ashenden.

— Je sais que vous avez du cœur. Vous avez parlé sans réfléchir, oublions tout cela. Vous avez de l'imagination. Je le sais aussi. Vous prendrez des œufs brouillés comme moi.

— Mais certainement, répondit Ashenden.

A partir de ce jour, il mangea des œufs brouillés tous les jours au petit déjeuner. Le garçon lui en fit la remarque : *Monsieur aime les œufs brouillés*[1]. A la

1. En français dans le texte. *(N.d.T.)*

fin de la semaine, ils repartirent pour Londres. Il tint Anastasia Alexandrovna dans ses bras, la tête posée sur son épaule, de Paris à Calais et de Douvres à Londres. Il pensait au voyage de New York à San Francisco qui dure cinq jours. Lorsqu'ils arrivèrent à la gare Victoria et comme ils attendaient un taxi, elle le regarda de ses yeux ronds brillants et légèrement globuleux.

— Quel voyage merveilleux, n'est-ce pas ? dit-elle.

— Merveilleux, en effet.

— Je suis décidée. L'expérience est concluante. Je suis disposée à vous épouser dès que vous le voudrez.

Mais Ashenden se vit en train de manger des œufs brouillés jusqu'à la fin de sa vie. Quand il lui eut trouvé un taxi, il en héla un autre pour lui-même et se fit conduire aux bureaux de la compagnie Cunard pour prendre une couchette sur le premier bateau en partance pour les États-Unis. Jamais émigrant assoiffé de liberté et d'horizons nouveaux ne contempla la statue de la Liberté avec une admiration aussi attendrie qu'Ashenden, lorsque, par un beau matin ensoleillé, son bateau fit son entrée dans le port de New York.

Les années avaient passé et Ashenden n'avait pas revu Anastasia Alexandrovna, elle s'était rendue en Russie avec son mari. Il était possible qu'ils puissent lui être utiles : après tout, Vladimir Séménovitch ne lui devait-il pas la vie ? Il se résolut à écrire à Anastasia Alexandrovna pour lui demander de le rencontrer.

Quand Ashenden descendit déjeuner, il se sentait détendu. Mr. Harrington l'attendait et ils passèrent à table. Ils mangèrent ce qu'on leur servit.

— Demandez-leur d'apporter du pain, suggéra Mr. Harrington.

— Du pain ? répondit Ashenden. Mais il n'y a pas de pain.

— Je ne peux pas manger sans pain.

— Il faudra bien. Il n'y a plus ni pain, ni beurre, ni sucre, ni œufs, ni pommes de terre. Il n'y a que du poisson, de la viande et des légumes verts.

Mr. Harrington resta interloqué.

— Mais, c'est vraiment la guerre ! s'écria-t-il.

— Apparemment.

Mr. Harrington resta un moment interdit, puis il dit :

— Je vais vous dire ce que je vais faire : je vais tâcher de liquider mon affaire aussi vite que possible pour quitter ce pays. Je suis sûr que Mrs. Harrington ne supporterait pas de me voir manquer de sucre ou de beurre. J'ai l'estomac très délicat. Jamais les directeurs de ma firme ne m'auraient confié une telle mission s'ils avaient su que je risquais de manquer de l'essentiel.

Peu de temps après, le Dr Egon Orth arriva et tendit une enveloppe à Ashenden. Elle contenait l'adresse d'Anastasia Alexandrovna. Il lui présenta Mr. Harrington. De toute évidence, Mr. Harrington le trouvait sympathique, aussi, sans plus attendre, Ashenden lui suggéra de le prendre comme interprète.

— Il parle russe comme un Russe, mais il est américain, vous ne risquez pas de vous faire rouler. Je le connais depuis longtemps et je vous garantis qu'on peut lui faire confiance.

Mr. Harrington était parfaitement satisfait et, après le déjeuner, Ashenden les laissa régler les détails de l'affaire. Il écrivit un mot à Anastasia Alexandrovna et reçut bientôt une réponse : elle se rendait à une réunion mais passerait à son hôtel vers dix-neuf heures. Il l'attendit avec appréhension. Bien sûr, il savait à présent que ce n'était pas elle qu'il aimait mais bien Tolstoï, Dostoïevski, Rimski-Korsakov, Stravinski et Bakst ; mais il ignorait toujours si elle s'en était rendu compte. Quand elle arriva, entre vingt heures et vingt heures trente, il l'invita à dîner avec Mr. Harrington. La présence d'une tierce personne, pensait-il, rendrait leur rencontre moins embarrassante ; mais son appréhension était dénuée de fondement, car cinq minutes après qu'on leur eut servi le potage, il eut la certitude que les sentiments d'Anastasia Alexandrovna à son égard étaient aussi tièdes que les siens. Il en fut légèrement choqué. C'est bien dur, pour un homme, même réservé, de se faire à l'idée qu'une femme, autrefois éprise de lui, puisse cesser de l'aimer et, même si, bien sûr, il n'imaginait pas Anastasia Alexandrovna languissant dans les affres d'un amour dépité depuis cinq ans, il espérait pourtant qu'une rougeur, un battement de paupières ou un frémissement des lèvres lui indiqueraient qu'elle lui gardait encore une petite place dans son cœur. Mais pas le moindre signe. Elle s'adressait à lui comme à un ami qu'on est heureux de retrouver après une absence de quelques jours, mais avec qui l'on n'entretient que des rapports superficiels. Il demanda des nouvelles de Vladimir Séménovitch.

— C'est ma grande déception, répondit-elle. Je n'ai jamais pensé qu'il était intelligent mais, au moins, je le croyais honnête. Il va avoir un enfant.

Mr. Harrington, sur le point d'introduire un morceau de poisson dans sa bouche, s'arrêta net, fourchette en l'air, et regarda Anastasia Alexandrovna avec stupeur. Il faut préciser qu'il n'avait, de sa vie, jamais lu de roman russe. Ashenden, un peu surpris lui aussi, lui jeta un regard inquisiteur.

— Ce n'est pas moi la mère, dit-elle en riant. Je ne

m'intéresse pas à ce genre de choses. La mère est l'une de mes amies, spécialiste bien connue en économie politique. Je ne crois pas au bien-fondé de ses idées, mais je serais la dernière à prétendre qu'elles sont dénuées d'intérêt. Elle est intelligente, très intelligente.

Elle se tourna vers Mr. Harrington.

— Est-ce que vous vous intéressez à l'économie politique ?

Pour la première fois de sa vie, Mr. Harrington resta sans voix. Anastasia Alexandrovna exposa ses vues sur la question et la conversation s'orienta vers la situation de la Russie. Elle était, apparemment, très liée avec les chefs des différents partis politiques et Ashenden essaya de la sonder pour savoir si elle accepterait de l'aider. Sa passion ne l'avait pas aveuglé au point d'oublier que c'était une femme extrêmement intelligente. Après dîner, il informa Mr. Harrington qu'il souhaitait parler affaires avec Anastasia Alexandrovna et il la conduisit dans un coin retiré du salon. Il lui raconta ce qu'il jugeait indispensable et découvrit qu'elle était intéressée au point de lui proposer son aide. Elle avait une passion pour l'intrigue et une soif de domination. Quand il lui laissa entendre qu'il avait de vastes sommes à sa disposition, elle comprit tout de suite que, par son entremise, elle pouvait exercer une influence sur les affaires de la Russie. Cela chatouillait son amour-propre. Son patriotisme était immense mais, comme beaucoup de patriotes, elle avait l'impression que son destin personnel coïncidait avec l'intérêt de son pays. Avant de se séparer, ils en vinrent à un accord.

— Quelle femme admirable ! s'exclama Mr. Harrington lorsqu'ils se retrouvèrent le lendemain au petit déjeuner.

— Prenez garde à ne pas en tomber amoureux ! dit Ashenden en souriant.

Mais, sur ce sujet, Mr. Harrington n'était pas disposé à plaisanter.

— Je n'ai jamais posé les yeux sur une autre femme depuis mon mariage avec Mrs. Harrington, répliqua-t-il, son mari à elle doit être un scélérat.

— Je mangerais bien des œufs brouillés, remarqua Ashenden hors de propos, car leur petit déjeuner se résumait à une tasse de café au lait avec de la confiture en guise de sucre.

Avec l'aide d'Anastasia Alexandrovna et l'appui du Dr Orth, Ashenden se mit au travail. Les affaires russes allaient de mal en pis. Kerenski, chef du gouvernement provisoire, était dévoré de vanité et renvoyait tout ministre dont la compétence mettait en danger sa propre position. Il faisait des discours, des discours interminables. On craignit un moment une percée des Allemands en direction de Petrograd. Kerenski faisait des discours. La disette s'aggravait, l'hiver approchait et il n'y avait plus rien à brûler. Dans l'ombre, les bolcheviques s'activaient, Lénine se cachait dans Petrograd ; on disait que Kerenski savait où il se trouvait mais n'osait pas l'arrêter. Il faisait des discours.

L'inconscience de Mr. Harrington au milieu de ce tumulte amusait Ashenden. L'histoire était en marche et Mr. Harrington vaquait à ses propres affaires. Sa tâche n'était pas facile. Secrétaires et humbles larbins lui extorquaient des pots-de-vin en lui faisant miroiter des audiences avec les hommes forts du régime. Il attendait des heures dans des antichambres pour être ensuite congédié sans ménagements. Enfin, lorsqu'il réussissait à approcher ces importants personnages, ils n'avaient rien d'autre à lui offrir que de vagues paroles. Ils lui faisaient des promesses et, un ou deux jours après, il découvrait que ce n'était que du vent. Ashenden lui suggéra d'abandonner la partie et de retourner aux États-Unis, mais Mr. Harrington ne voulait rien entendre ; sa firme lui avait assigné une mission et, contre vents et marées, il entendait l'accomplir, dût-il y laisser la vie. C'est alors qu'Anastasia Alexandrovna le prit en main. Ils s'étaient liés d'une étrange amitié. Mr. Harrington la considérait comme une femme admirable victime d'une horrible injustice. Il lui parla de sa femme et de ses deux enfants et de la Constitution des États-Unis. De son côté, elle lui raconta sa vie avec Vladimir Séménovitch et l'initia à Tolstoï, Tourgueniev et Dostoïevski. Ils passaient ensemble des instants mémorables. Il prétendait qu'il ne pouvait se résoudre à l'appeler Anastasia Alexandrovna ; aussi l'appelait-il Dalila. Elle mit son indomptable énergie à son service et ils rencontrèrent les personnalités susceptibles de lui être utiles. Mais les événements se précipitaient et les rues devenaient dangereuses. De temps en temps, des autos blindées, chargées de réservistes mécontents, descendaient à toute allure la perspective Nevski et, pour montrer qu'ils étaient en colère, ils prenaient les passants pour cibles. Un jour que Mr. Harrington et Anastasia Alexandrovna se trouvaient ensemble en tramway, des coups de feu vinrent arroser les fenêtres et ils furent contraints de se jeter à plat ventre. Mr. Harrington suffoquait d'indignation.

— Une vieille femme obèse était allongée sur moi et, tandis que j'essayais de me dégager, voilà que Dalila m'envoie une gifle en travers de la figure en disant : « Ne bougez pas, idiot ! » Je n'aime pas ces manières russes, Dalila.

— N'empêche que vous vous êtes tenu tranquille ! dit-elle, goguenarde.

— Ce qu'il faut dans ce pays, c'est un peu moins d'art et un peu plus de civilisation.

— Quel bourgeois vous faites, Mr. Harrington ! Vous ne faites pas partie de l'intelligentsia.

— Vous êtes bien la première à me le dire. Si je n'en fais pas partie, je ne vois pas alors qui pourrait bien y prétendre, répliqua Mr. Harrington avec dignité.

Un jour, Ashenden travaillait dans sa chambre quand on frappa à la porte. Anastasia Alexandrovna fit une entrée fracassante, suivie de Mr. Harrington, tout penaud. Ashenden vit qu'elle était très agitée.

— Que se passe-t-il ? demanda-t-il.

— Si ce fou ne retourne pas aux États-Unis, il va se faire tuer. Il faut que vous lui parliez. Sans moi, je ne donnais pas cher de sa vie.

— Mais pas du tout, Dalila, intervint Mr. Harrington sèchement, je suis parfaitement capable de me tirer d'affaire tout seul et, d'ailleurs, je ne courais pas le moindre risque.

— De quoi s'agit-il ? demanda Ashenden.

— Je venais de conduire Mr. Harrington au laure d'Alexandre Nevski, pour lui montrer la tombe de Dostoïevski, quand, sur le chemin du retour, nous avons vu un soldat qui maltraitait un peu une vieille femme.

— Un peu ! s'exclama Mr. Harrington. Il y avait une vieille femme qui marchait sur le trottoir, un panier à provisions au bras. Deux soldats sont arrivés par-derrière, l'un d'entre eux lui a arraché son panier et il s'est enfui avec. Elle s'est mise à pleurer et à pousser de hauts cris — j'ignore ce qu'elle pouvait raconter mais je devine sans peine —, alors, l'autre soldat a pris son fusil et lui a donné un coup de crosse sur la tête. Est-ce exact, Dalila ?

— Oui, répondit-elle sans pouvoir retenir un sourire. Et, avant que j'aie eu le temps de m'interposer, Mr. Harrington avait sauté du taxi puis il s'est rué sur le soldat qui tenait le panier, le lui a arraché des mains et s'est mis à le traiter de tous les noms. Sur le coup, ils étaient tellement sidérés qu'ils ne savaient que faire mais ensuite, ils se sont mis en colère. Je me suis lancée à la poursuite de Mr. Harrington et leur ai expliqué que c'était un étranger et qu'il était ivre.

— Ivre ? s'écria Mr. Harrington.

— Oui, ivre. Bien sûr, les passants commençaient à s'attrouper. On sentait qu'il allait y avoir du grabuge.

Mr. Harrington souriait de ses grands yeux bleu pâle.

— Et moi qui avais l'impression que vous étiez en train de leur dire leurs quatre vérités, Dalila ! Ça valait vraiment le déplacement !

— Ne soyez pas bête, Mr. Harrington, s'écria Anastasia en tapant du pied dans un brusque accès de colère, ne voyez-vous pas que ces soldats étaient sur le point de vous tuer et moi aussi par-dessus le marché, et que personne n'aurait levé le petit doigt pour nous venir en aide ?

— Me tuer ? Moi ? Mais je suis citoyen américain, Dalila. Jamais ils n'auraient osé toucher un seul cheveu de ma tête.

— Ils auraient eu bien du mal, en effet, lança Anastasia Alexandrovna qui, lorsqu'elle était en colère, perdait toute retenue. Si vous vous imaginez que des soldats russes vont hésiter à vous tuer parce que vous êtes citoyen américain, vous vous exposez à de graves déconvenues un jour ou l'autre.

— Et la vieille femme ? demanda Ashenden.

— Les soldats ont fini par s'éloigner et nous sommes retournés auprès d'elle.

— Toujours avec le panier ?

— Oui, Mr. Harrington ne voulait pas lâcher prise. La vieille femme était étendue par terre avec du sang qui coulait de sa tête. Nous l'avons fait monter dans le taxi et, dès qu'elle a pu nous dire où elle habitait, nous l'avons raccompagnée chez elle. Elle saignait abondamment et nous avons eu beaucoup de mal à arrêter l'hémorragie.

Anastasia Alexandrovna jeta un regard bizarre à Mr. Harrington et, à sa grande surprise, Ashenden le vit rougir.

— Qu'y a-t-il encore ?

— Vous comprenez, nous n'avions rien pour lui faire un bandage. Le mouchoir de Mr. Harrington était trempé. Je n'avais qu'une seule chose sur moi qui puisse s'enlever rapidement, alors j'ai quitté ma...

Mais avant qu'elle ait pu continuer, Mr. Harrington s'interposa :

— Inutile de préciser à Mr. Ashenden ce que vous avez quitté. Je suis un homme marié et je sais que les femmes en portent, mais je ne vois pas l'utilité d'aller le crier sur les toits.

Anastasia Alexandrovna gloussait de rire.

— Il vous en coûtera un baiser, Mr. Harrington. Sinon, je le dis.

Mr. Harrington hésita un instant, pesant, de toute évidence, le pour et le contre, mais il vit qu'Anastasia Alexandrovna était résolue.

— Bon, comme vous voudrez, Dalila, mais je me demande bien quel plaisir vous y trouvez.

Elle le prit dans ses bras et posa un baiser sur ses deux joues puis, sans transition, fondit en larmes.

— Vous avez été très courageux, Mr. Harrington. Vous êtes absurde, mais sublime, dit-elle d'une voix entrecoupée de sanglots.

Mr. Harrington paraissait moins surpris qu'Ashenden ne l'aurait imaginé. Il contemplait Anastasia Alexandrovna avec un petit sourire narquois tout en lui tapotant la joue.

— Allons, allons, Dalila, remettez-vous. Ça vous a donné un choc, n'est-ce pas ? Vous en êtes encore toute retournée. Je vais avoir des rhumatismes à l'épaule si vous continuez à m'inonder de larmes.

La scène était ridicule et touchante. Ashenden riait, mais il avait la gorge serrée.

Après le départ d'Anastasia Alexandrovna, Mr. Harrington resta songeur.

— Ils sont bizarres, ces Russes. Savez-vous ce qu'a fait Dalila ? dit-il de but en blanc. Elle s'est dressée dans le taxi, au beau milieu de la rue, avec des passants de tous les côtés, et elle a ôté sa culotte. Elle l'a déchirée en deux morceaux et m'en a tendu une moitié pendant qu'elle bandait la blessure avec l'autre. Je n'ai jamais été aussi honteux de ma vie.

— Dites-moi ce qui vous a donné l'idée de l'appeler Dalila.

Mr. Harrington rougit légèrement.

— C'est une femme fascinante, Mr. Ashenden. Elle a été terriblement maltraitée par son mari et j'ai tout naturellement une grande sympathie à son égard. Mais les Russes sont très sentimentaux et je voulais éviter qu'elle se méprenne sur le sens de ma sympathie. Je lui ai dit que j'étais très attaché à Mrs. Harrington.

— Vous n'avez pas l'impression qu'elle serait plutôt l'épouse de Putiphar ?

— Je ne vous suis pas, Mr. Ashenden, répondit

Mr. Harrington. Mrs. Harrington m'a toujours laissé entendre que je ne déplaisais pas aux femmes ; aussi, j'ai pensé que si j'appelais notre amie Dalila, tout serait clair entre nous.

— La Russie n'est décidément pas faite pour vous, Mr. Harrington, remarqua Ashenden en souriant. A votre place, je partirais dès que possible.

— Je ne peux pas tout de suite. Ils ont enfin accepté mes conditions et nous signons le contrat la semaine prochaine. Aussitôt après, je boucle mes valises.

— Je me demande ce que vaudront ces signatures, dit Ashenden.

Il avait enfin arrêté un plan de bataille. Il lui fallait vingt-quatre heures de travail acharné pour coder un télégramme dans lequel il exposait son plan aux personnes qui l'avaient envoyé à Petrograd. Ce plan fut accepté et on lui accorda tous les fonds qu'il réclamait. Ashenden savait que rien ne se ferait si le gouvernement provisoire ne gardait pas le pouvoir au moins trois mois ; mais l'hiver approchait et les vivres se faisaient chaque jour plus rares. L'armée se mutinait. Le peuple réclamait la paix. Tous les soirs, à l'*Hôtel Europe*, Ashenden buvait un chocolat avec le professeur Z. et discutait avec lui sur la meilleure façon d'utiliser ses partisans tchèques. Anastasia Alexandrovna avait un appartement dans un quartier assez retiré où il rencontrait toutes sortes de personnes. On échafaudait des plans. On prenait des mesures. Ashenden discutait, persuadait, promettait. Il devait vaincre les hésitations des uns et combattre le fatalisme des autres. Il lui fallait jauger la détermination et l'esprit d'indépendance de ses collaborateurs et apprécier l'honnêteté de leurs intentions. Il lui fallait réprimer son impatience à l'égard de la volubilité des Russes ; il lui fallait se montrer affable avec des gens qui parlaient de tout autre chose que de ce qui le préoccupait ; il lui fallait prêter une oreille attentive aux fanfaronnades et aux palabres ; il lui fallait se garder de la trahison. Il lui fallait flatter la vanité des sots et déjouer l'appétit des ambitieux. Le temps pressait. Les rumeurs allaient bon train ainsi que les menées des bolcheviques. Kerenski courait en tous sens comme une poule affolée.

Puis ce fut la fin. Dans la nuit du 7 novembre 1917, les bolcheviques se soulevèrent ; les ministres de Kerenski furent arrêtés et la foule se rua sur le palais d'Hiver ; Lénine et Trotski s'emparèrent des rênes du pouvoir.

Très tôt, ce matin-là, Anastasia Alexandrovna vint rejoindre Ashenden dans sa chambre. Il était en train de coder un télégramme. Il avait passé la nuit d'abord au Smolny, ensuite au palais d'Hiver. Il était épuisé. Anastasia Alexandrovna avait le visage défait et une lueur tragique dansait dans ses yeux marron et brillants.

— Vous connaissez la nouvelle ? demanda-t-elle.

Il hocha la tête.

— Tout est fini à présent. On dit que Kerenski est en fuite. Ils ne se sont même pas battus.

Elle suffoquait de rage.

— Les bouffons ! hurla-t-elle.

A cet instant, on frappa et Anastasia Alexandrovna regarda la porte avec une soudaine appréhension.

— Vous savez que les bolcheviques ont dressé une liste des gens qu'ils ont décidé d'exécuter. Mon nom y figure et peut-être aussi le vôtre.

— S'ils sont là, ils n'ont plus qu'à tourner la poignée de la porte, dit Ashenden en souriant mais avec un curieux pincement au cœur. Entrez !

La porte s'ouvrit et Mr. Harrington pénétra dans la pièce. Il était plus élégant que jamais dans sa courte veste noire et son pantalon rayé, avec ses chaussures impeccablement cirées et son melon planté sur sa tête chauve. Il l'ôta dès qu'il aperçut Anastasia Alexandrovna.

— Comment, vous ici et si tôt ? Je voulais vous apprendre la bonne nouvelle avant de sortir. J'ai vainement essayé de vous joindre hier soir. Vous n'êtes pas rentré pour le dîner ?

— Non, j'assistais à une réunion, dit Ashenden.

— Félicitez-moi tous les deux ! J'ai mes signatures depuis hier. Le marché est conclu.

Mr. Harrington, fier comme Artaban, rayonnait de joie et se rengorgeait comme un petit coq qui vient d'évincer tous ses rivaux. Anastasia Alexandrovna éclata d'un rire hystérique. Il la contempla d'un air perplexe.

— Allons bon, Dalila, qu'est-ce que c'est encore ? demanda-t-il.

Anastasia riait si fort que les larmes coulaient de ses yeux jusqu'au moment où elle se mit à pleurer pour de bon. Ashenden expliqua :

— Les bolcheviques viennent de renverser le gouvernement. Les ministres de Kerenski sont en prison. Les bolcheviques sont en chasse. Dalila dit que son nom est sur leurs listes. Votre ministre a signé le contrat parce qu'il savait que cela n'avait plus aucune espèce d'importance. Votre contrat est nul et non avenu. Les bolcheviques vont conclure la paix avec l'Allemagne le plus tôt possible.

Anastasia Alexandrovna recouvra son sang-froid avec autant de soudaineté qu'elle l'avait perdu.

— Vous avez intérêt à quitter la Russie au plus

vite, Mr. Harrington. Ce n'est plus la place d'un étranger et, dans quelques jours, il sera peut-être trop tard.

Les yeux de Mr. Harrington allaient de l'un à l'autre.

— Nom d'un chien de nom d'un chien, répétait-il machinalement. Est-ce que vous êtes en train de me dire que ce ministre russe s'est payé ma tête ?

Ashenden haussa les épaules.

— Comment connaître ses intentions ? Peut-être avait-il le sens de l'humour ? Il a dû lui sembler cocasse de signer un contrat de cinquante millions de dollars avant d'être conduit devant le peloton d'exécution. Anastasia Alexandrovna a raison, Mr. Harrington, prenez le premier train pour la Suède.

— Et vous, qu'allez-vous devenir ?

— Je n'ai plus rien à faire ici. Je vais demander des instructions et je partirai dès que j'en aurai la permission. Les bolcheviques nous ont devancés et les gens avec qui je travaillais auront toutes les peines du monde à sauver leur vie.

— Boris Petrovitch a été exécuté ce matin, dit Anastasia Alexandrovna d'un air sombre.

Ils regardèrent tous les deux Mr. Harrington qui gardait les yeux baissés. Tout le plaisir qu'il éprouvait à savourer sa réussite venait de s'envoler et il se dégonflait comme un ballon de baudruche. Mais, bientôt, il se ressaisit. Il lança à Anastasia Alexandrovna un petit sourire et, pour la première fois, Ashenden remarqua la douceur et le charme de son sourire. Il avait quelque chose d'étrangement désarmant.

— Si les bolcheviques vous recherchent, Dalila, vous ne croyez pas que vous feriez mieux de m'accompagner ? Je prendrais soin de vous et si vous désiriez venir en Amérique, je suis sûr que Mrs. Harrington se ferait un plaisir de vous aider.

— Vous imaginez un peu la tête de Mrs. Harrington en vous voyant arriver à Philadelphie en compagnie d'une réfugiée russe ? dit Anastasia Alexandrovna en riant. J'ai bien peur que vous ayez quelque difficulté à vous justifier. Non, c'est décidé, je reste.

— Même si votre vie est en danger ?

— Je suis russe. Ma place est ici. Je ne quitterai pas mon pays au moment où il a le plus besoin de moi.

— Quelle blague, Dalila ! dit Mr. Harrington d'un ton calme.

Anastasia Alexandrovna, qui s'était exprimée avec une émotion intense, sursauta et lui adressa un petit regard ironique.

— Je sais bien, mon bon Samson, répondit-elle. A vrai dire, j'ai l'impression que nous allons tous en voir des vertes et des pas mûres. Dieu sait ce qui va se passer, mais je tiens à être là. Je ne voudrais pour rien au monde perdre une seule seconde du spectacle.

Mr. Harrington secoua la tête.

— C'est la curiosité qui perd les femmes, Dalila.

— Allez donc faire vos bagages, Mr. Harrington, dit Ashenden en souriant, et nous vous conduirons jusqu'à la gare. Le train va être pris d'assaut.

— Très bien, je m'en vais et sans le moindre regret. Je n'ai pas eu un seul repas convenable depuis que je suis ici et j'ai fait une chose qui m'avait toujours paru impossible : j'ai bu mon café sans sucre et, lorsque j'ai pu mettre la main sur un morceau de pain noir, il m'a fallu le manger sans beurre. Mrs. Harrington ne me croira jamais lorsque je lui raconterai ce que j'ai dû endurer. Ce qui manque dans ce pays, c'est l'organisation.

Après son départ, Ashenden et Anastasia Alexandrovna discutèrent de la situation. Ashenden était découragé de voir que tous ses plans mirifiques étaient réduits à néant, mais Anastasia Alexandrovna, très excitée, envisageait toutes sortes d'hypothèses sur l'issue de la révolution. Elle avait l'air très sérieuse mais, au fond de son cœur, elle avait l'impression d'assister à une pièce fascinante. Elle attendait sans cesse de nouveaux rebondissements. On frappa à la porte et, avant qu'Ashenden ait eu le temps de répondre, Mr. Harrington faisait irruption dans la pièce.

— Le service dans cet hôtel est vraiment lamentable ! s'écria-t-il hors de lui. Voilà quinze minutes que je sonne et personne n'y prête la moindre attention.

— Le service ? s'exclama Anastasia Alexandrovna. Mais il n'y a plus un seul domestique dans l'hôtel.

— Et mon linge alors ? On me l'avait promis pour ce soir.

— Je crois bien que vous ne le reverrez jamais, dit Ashenden.

— Je ne partirai pas sans mon linge. Quatre chemises, deux caleçons, un pyjama et quatre faux cols. Je lave mes chaussettes et mes mouchoirs moi-même. Je ne quitterai jamais cet hôtel sans mon linge.

— Ne soyez pas stupide, s'écria Ashenden. Tout ce qui vous reste à faire, c'est de partir alors qu'il est encore temps. S'il n'y a plus personne pour aller chercher votre linge, il vous faut l'abandonner.

— Je vous demande bien pardon, monsieur, mais je ne ferai rien de la sorte. J'irai le chercher moi-même. J'en ai assez supporté dans ce pays ; je ne vais tout de même pas faire cadeau à ces sales bolcheviques de quatre chemises en parfait état. Non, monsieur, je ne quitterai pas la Russie sans mon linge.

Anastasia Alexandrovna garda les yeux baissés un instant. Puis, avec un sourire, elle releva la tête. Ashenden avait l'impression que quelque chose en elle répondait à l'obstination futile de Mr. Harrington. Dans son esprit de Russe, elle comprenait que Mr. Harrington ne pouvait quitter la Russie sans son linge. Son insistance en avait fait comme un symbole.

— Je vais descendre pour essayer de trouver quelqu'un qui puisse m'indiquer où est la blanchisserie. Si je la trouve, nous irons ensemble. Et vous récupérerez votre linge.

Mr. Harrington se détendit. Il répondit avec son sourire doux et désarmant :

— C'est vraiment chic de votre part, Dalila. Et je le prendrai même s'il n'est pas prêt.

Anastasia Alexandrovna sortit.

— Alors, que pensez-vous des Russes et de la Russie, à présent ? demanda Mr. Harrington.

— J'en ai par-dessus la tête. J'en ai assez de Tolstoï, de Tourgueniev et de Dostoïevski, assez de Tchekhov et assez de l'intelligentsia. J'aspire à me retrouver en compagnie d'êtres équilibrés qui ne changent pas d'avis d'une minute à l'autre et qui n'ont qu'une parole ; je suis saturé des phrases ronflantes, des grands airs et des beaux discours.

Ashenden, gagné par le virus de l'éloquence, était sur le point de faire un discours quand il fut interrompu par un crépitement sec, comme si on lançait des pois sur un tambour. Ce bruit était d'autant plus étrange et insolite que la ville était curieusement silencieuse.

— Qu'est-ce donc ? demanda Mr. Harrington.

— Des coups de feu. De l'autre côté du fleuve, à mon avis.

Mr. Harrington fit une moue étrange. Il riait, mais son visage était légèrement pâle ; il n'était pas rassuré, mais Ashenden ne lui en tenait pas rigueur.

— Je crois qu'il est grand temps de partir. S'il ne s'agissait que de moi, passe encore, mais j'ai une femme et des enfants. Il y a si longtemps que je n'ai pas reçu de nouvelles de Mrs. Harrington que je commence à m'inquiéter.

Il s'interrompit.

— J'aimerais que vous fassiez sa connaissance, c'est une femme admirable et la meilleure épouse du monde. Avant de venir ici, je ne l'avais pas quittée plus de trois jours depuis notre mariage.

Anastasia Alexandrovna revint pour leur dire qu'elle avait trouvé l'adresse.

— C'est à environ quatre minutes d'ici à pied. Si vous voulez bien me suivre, je crois qu'il faut partir.

— Je suis prêt.

— Faites donc attention, dit Ashenden. Je pense que les rues doivent être assez malsaines à présent.

Anastasia Alexandrovna regarda Mr. Harrington.

— Je veux mon linge, Dalila, dit-il. Je n'aurais jamais de repos si je le laissais derrière moi et Mrs. Harrington me le reprocherait jusqu'à la fin de mes jours.

— Allons-y.

Ils partirent et Ashenden se remit péniblement à traduire, dans un code compliqué, les nouvelles sensationnelles qu'il avait à communiquer. C'était un long message dans lequel il demandait aussi des instructions concernant ses déplacements. C'était un travail mécanique, mais qui mobilisait toute son attention. La moindre erreur de chiffre suffisait à brouiller toute une phrase.

La porte s'ouvrit brusquement et Anastasia Alexandrovna entra précipitamment. Elle avait perdu son chapeau et était tout échevelée. Elle était essoufflée. Les yeux semblaient lui sortir de la tête et elle était, visiblement, dans un état de grande agitation.

— Où est Mr. Harrington ? cria-t-elle. Il n'est pas ici ?

— Non.

— Est-il dans sa chambre ?

— Je n'en sais rien. Pourquoi ? Qu'est-ce qui s'est passé ? Allons voir. Pourquoi n'est-il pas revenu avec vous ?

Ils descendirent le couloir et allèrent frapper à la porte de Mr. Harrington. Pas de réponse. Ils essayèrent d'ouvrir. La porte était verrouillée.

— Il n'est pas chez lui.

Ils retournèrent dans la chambre d'Ashenden. Anastasia Alexandrovna s'effondra sur une chaise.

— Donnez-moi un peu d'eau, voulez-vous ? Je suis à bout de souffle. Il m'a fallu courir.

Elle but l'eau que lui tendait Ashenden. Elle laissa échapper un sanglot.

— Pourvu qu'il ne lui soit rien arrivé. Je ne me le pardonnerais jamais. Je pensais qu'il était rentré avant moi. Il a récupéré son linge. Nous avons trouvé la blanchisserie. Il ne restait plus qu'une vieille femme qui refusait de nous servir mais nous avons insisté. Mr. Harrington était furieux de voir qu'on n'avait même pas touché à son linge. Il était exactement dans l'état où il l'avait laissé. Ils le lui avaient promis pour hier soir, mais le paquet de Mr. Harrington n'était même pas défait. Je lui ai dit que c'était ça la Russie et il a répondu qu'il préférait encore les nègres. Je l'avais fait passer par les petites rues, je pensais que c'était préférable. Puis nous avons pris le chemin du retour. D'un carrefour, j'ai aperçu, à l'autre bout de la rue, un attroupement et un homme qui haranguait la foule.

« — Allons voir ce qu'il raconte, dis-je.

« Je voyais que la discussion était vive. Ça paraissait intéressant. Je voulais savoir de quoi il s'agissait.

« — Venez donc, Dalila, occupons-nous de nos affaires.

« — Retournez donc à l'hôtel faire vos valises. Je veux m'amuser un peu, dis-je.

« J'ai descendu la rue en courant et il m'a suivie. Il y avait deux ou trois cents personnes massées autour d'un étudiant. Quelques ouvriers lui lançaient des quolibets. Comme j'adore les disputes, je me suis faufilée à travers la foule. Tout à coup, nous avons entendu des coups de feu et, avant que nous ayons eu le temps de réaliser, nous avons aperçu deux automitrailleuses qui fonçaient sur nous. Elles étaient pleines de soldats qui tiraient tout autour d'eux. Je ne sais pas pourquoi. Pour s'amuser peut-être ou parce qu'ils étaient ivres. Nous nous sommes tous enfuis comme des lapins. C'était le sauve-qui-peut général. C'est alors que j'ai perdu Mr. Harrington. Je ne comprends pas pourquoi il n'est pas ici. Pensez-vous qu'il lui soit arrivé quelque chose ?

Ashenden garda un moment le silence.

— Je crois qu'il faudrait essayer de le retrouver, dit-il. Je me demande pourquoi diable il tenait tant à son linge.

— Je le comprends, je le comprends trop bien.

— C'est toujours ça, ajouta Ashenden avec humeur. Partons !

Il enfila sa veste, mit son chapeau et ils descendirent. L'hôtel était étrangement vide. Ils sortirent dans la rue. Il n'y avait presque personne. Les tramways ne marchaient pas et le silence de la grande ville était inquiétant. Les magasins étaient fermés. On était surpris lorsque, de temps à autre, une voiture passait en trombe. Les passants qu'ils croisaient avaient l'air traqués et abattus. Ils pressèrent le pas pour traverser une grande artère. Il y avait beaucoup de gens qui traînaient ici et là, comme s'ils ne savaient que faire. Des réservistes dans leur uniforme gris râpé marchaient par petits groupes au milieu de la chaussée. Ils ne parlaient pas. Ils avaient l'air de brebis égarées. Enfin, ils arrivèrent à la rue qu'Anastasia avait descendue en courant mais ils la prirent par l'autre bout. De nombreuses vitres avaient volé en éclats. La rue était vide. On pouvait voir l'endroit d'où les gens s'étaient enfuis car le sol était jonché d'objets qu'ils avaient abandonnés dans leur hâte : des livres, un chapeau d'homme, un sac de femme et un panier. Anastasia Alexandrovna toucha le bras d'Ashenden pour attirer son attention. La tête appuyée sur ses genoux, une femme était assise sur le trottoir, morte. Un peu plus loin, deux hommes étaient tombés ensemble. Ils étaient morts, eux aussi. On pouvait supposer que les blessés avaient réussi à se traîner ailleurs ou avaient été emportés par leurs amis. Ils découvrirent Mr. Harrington. Son melon avait roulé dans le caniveau. Il gisait face contre terre, dans une mare de sang, et son crâne chauve aux os protubérants était tout blanc. Son élégant veston était taché de boue. Mais ses mains agrippaient toujours le paquet qui contenait quatre chemises, deux caleçons, un pyjama et quatre faux cols. Mr. Harrington n'avait pas lâché son linge.

Achevé d'imprimer par Elsnerdruck
à Berlin

N° d'édition : 2840
Dépôt légal : décembre 1997
Imprimé en Allemagne